Wisst ihr noch, wie es geschehen?

Neue Weihnachtsspiele

Patmos

Die Deutsche Bibliothek – CIP-Einheitsaufnahme

Messerschmidt, Brigitte:
Wisst Ihr noch, wie es geschehen? : neue Weihnachtsspiele / Brigitte
Messerschmidt. – Düsseldorf : Patmos, 2002
ISBN 3-491-78060-8

Umschlagfoto: Renate Wickenhöfer
Fotos im Innenteil: Helmut Korthauer
Satz: Typo Fröhlich, Düsseldorf
Druck und Bindung: Friedrich Pustet, Regensburg
ISBN 3-491-78060-8
www.patmos.de

Inhaltsverzeichnis

Vorwort

„Weihnachten kommt immer so plötzlich!", in welchem Vorbereitungskreis für den Kindergottesdienst, in welchem Kindergarten oder in welcher Schule mag dieser Satz wohl noch nicht zu hören gewesen sein?
Die in diesem Band vorgestellten Weihnachtsspiele – allesamt vielfach in der Praxis erprobt – ermöglichen es, die Advents- und Weihnachtszeit ein wenig ruhiger anzugehen.
Kindgerecht entfaltet Brigitte Messerschmidt in ihren Entwürfen für generationenübergreifende Gottesdienste die biblische Weihnachtsbotschaft.
Originell und manchmal sehr überraschend wird die alte Geschichte von der Geburt eines Kindes im Stall von Betlehem in jedem der Stücke in unsere Gegenwart hineingeholt.
Wir lernen, sie mit neuen Augen zu sehen.
Besonders gefallen mir die Einblicke in die Probenpraxis der Autorin, die auch unerfahrene Leserinnen und Leser ermutigen, kreativ mit den Weihnachtsspielen umzugehen und sie im Hinblick auf die Anzahl oder das Alter der Kinder und den vorhandenen Raum zu verändern.

Zu einem wahren Hit wurde im Kindergottesdienst meiner Gemeinde das Stück „Still werden, damit wir hören können". Noch während der Proben vergrößerte sich die Anzahl der zum Mitspielen bereiten Kinder und Erwachsenen rasant, technisch versierte Gemeindemitglieder kamen mit immer neuen Anregungen, wie die „Zeitreisenden" ausgestattet werden könnten und noch Wochen nach der Aufführung am Heiligen Abend gab es begeisterte und auch sehr nachdenkliche Rückmeldungen zum Inhalt des Stückes.
Für die Hamminkelner Predigtspiele hoffe ich, dass sie in Gemeinden, Schulen und Kindergärten regen Gebrauch finden.
Ihren Leserinnen und Lesern wünsche ich, dass sie sich – vielleicht auch „nicht nur zur Weihnachtszeit" – von ihnen anregen lassen, neu hinzuhören auf die Botschaft von der Menschwerdung Gottes, die aktuell ist wie eh und je.

Erhard Reschke-Rank

Theologischer Sekretär
des Gesamtverbandes für Kindergottesdienst in der EKD

Krippenspiel – Weihnachtsspiel – Predigtspiel

EIN BLICK IN DIE GESCHICHTE

Krippenspiele haben eine lange Tradition.
Meistens sind es Kinder, die die biblische Weihnachtsgeschichte nachspielen. Dabei orientieren diese Spiele sich ganz nah am biblischen Text, oftmals verbinden sie die Darstellungen des Lukas und des Matthäus miteinander. Im Gottesdienst nehmen diese Spiele die Funktion der Lesung auf, manchmal leitet der gelesene Bibeltext die Spielgruppe.
Die Deutung des Weihnachtsgeschehens in unsere Zeit hinein bleibt dann Aufgabe der Predigt.

Zunehmend wurden diese Krippenspiele hinterfragt. Erfüllen sie noch ihre Aufgabe der Verkündigung? Oder sind sie Zuckerguss, unter dem das eigentliche Weihnachtsfest verschwindet?
Wie sind die Reaktionen nach dem „Krippenspiel-Gottesdienst" zu werten, die sich in „Das haben die Kinder nett gemacht" erschöpfen?

Mehr und mehr wandelten sich die klassischen Krippenspiele zu Weihnachtsspielen, die die biblische Botschaft in einen Handlungszusammenhang hineinstellen, der aktuelle Bezüge ermöglicht oder auch auf weitere biblische Bezüge hinweist.

In Hamminkeln, einer evangelischen Kirchengemeinde am Niederrhein, in der die hier gesammelten Spiele entstanden sind, wurde für diese Spiele der Begriff „Predigtspiel" gefunden. Es prägt den gesamten Gottesdienst. Liturgische Elemente wie Gebete, Lieder, Lesung sind nach Möglichkeit in das Spiel integriert. Kern der Spiele ist immer die Weihnachtsbotschaft der biblischen Texte. Das Spiel macht diese Botschaft transparent, aktuell und manchmal hautnah.
Das Zusammenwirken von Kindern, Jugendlichen und Erwachsenen in dem Spiel ist ein wichtiges Element. Fragen, Anstöße, neue Blickwinkel auf eine scheinbar alte Geschichte werden möglich.

EIN BLICK AUF RAUM UND TECHNIK

Die Gottesdienstentwürfe sind für eine alte Dorfkirche geschrieben.
An ihr orientieren sich manche Regieanweisungen.

In jedem Gottesdienstraum gibt es Besonderheiten, die zu beachten sind.
Einige Grundregeln sind aber in allen Fällen gültig:

1. Mikrofone und Lautsprecher sind sehr sinnvoll. Ihr Einsatz muss von Anfang an Teil der Proben sein, damit alle sich möglichst sicher damit fühlen.
   Eine Über-Technisierung soll aber vermieden werden. Der Gottesdienst ist keine Theateraufführung. Und das Spiel muss nicht filmreif sein.
2. Das Spiel soll sich nach Möglichkeit durch die ganze Kirche/den ganzen Raum bewegen. So hat es die Chance, den Menschen nahe zu kommen. Dabei ist es kein Problem, wenn sich die Menschen aus den vorderen Reihen mal umdrehen müssen.
3. Besucher von Weihnachtsgottesdiensten sind zu einem erheblichen Teil kirchenfremde Menschen. Ein Gottesdienstablauf auf Papier und kurze, präzise „Anweisungen" helfen ihnen bei der Orientierung.
4. Häufig hat ein Kirchraum Plätze, von denen man keinen Blickkontakt zum Altarraum hat. Und besonders an Weihnachten sind auch diese Plätze besetzt. Für diese Gottesdienstbesucher ist das Weihnachtsspiel ganz überwiegend ein „Hörspiel". Die vorliegenden Entwürfe sind dafür gut geeignet, weil die Rollentexte die Handlung tragen und in einzelnen Fällen ein Erzähler mit einbezogen ist, um die Brücken zu schlagen.

5. Im Gottesdienst ist vieles anders als bei den Proben. Da sind plötzlich Plätze besetzt, die für Mitwirkende vorgesehen waren; kleine Krabbler wollen unbedingt zu Hirten gelangen; der Mittelgang ist mit zusätzlichen Stühlen eng geworden … Die Spielkinder kommen mit all diesen Situationen erstaunlich gut zurecht, wenn sie von Anfang an das Ganze tragen und spüren, dass dieser Gottesdienst ihre gemeinsame Sache ist.

EIN BLICK IN DIE PROBEN

Von Menschen aus anderen Gemeinden werden uns immer wieder dieselben Fragen gestellt: „Wie kriegt ihr das hin, dass Kinder so große Stücke spielen?" und: „Ihr müsst bestimmt schon ganz früh mit den Proben anfangen, weil das doch so umfangreich ist."

Unsere Antworten sind für die Fragenden meistens etwas unbefriedigend:
Wir proben nur an den vier Adventssamstagen, dreimal ca. 1 Stunde lang und am vierten ca. 2 Stunden lang. Und wir kriegen die Kinder nicht zu irgendwas, sondern die Kinder nehmen das Spiel für sich, eignen es sich an und wachsen hinein.

SO GEHT ES BEI UNS

Ausgangspunkt
Das Spiel ist geschrieben. Über den Kindergottesdienst und den Gemeindebrief wird eingeladen, mitzumachen und zur ersten Probe zu kommen. Kinder, Jugendliche und Erwachsene sind willkommen. Es gilt der Grundsatz: Niemand ist überflüssig.

1. ADVENTSAMSTAG

1. Schritt: Hören
Alle Anwesenden bekommen einen kompletten Text. Wir lesen ihn mit verteilten Rollen, ohne dass die Rollen schon künftigen Spielern zugeteilt wären. Aufforderung an die Kinder: „Achtet beim Lesen und Hören darauf, ob es eine Rolle gibt, die ihr besonders gern spielen möchtet."
Beim Lesen höre ich, wo die geschriebenen Sätze nicht in den Mund der Kinder passen – ich markiere sie, damit sie evtl. geändert werden. Ich höre die Stimmen und das Einfühlungsvermögen von Kindern, die neu dabei sind. Und ich spüre oft, welche Rollen auf Anhieb positiv aufgenommen werden und welche eher wenig Sympathie haben.

2. Schritt: Wer spielt was?
Ich beginne mit den weniger begehrten Rollen. Ihnen muss ich ein positives Gewicht geben. Ich achte darauf, dass die forschen, großen Kinder nicht gleich alle anderen zurückdrängen. Manchmal bitte ich ein spielerfahrenes Kind, ganz bewusst mal erst zurückhaltend zu sein, und mir notfalls bei weniger attraktiven Rollen aus der Klemme zu helfen.
Wenn die Rollen verteilt sind, wird das Stück noch einmal gelesen, jetzt aber in der verabredeten Besetzung. So bin ich sicher, dass die Kinder ihre Rolle erfasst haben.

3. Schritt: Mitwirkende machen sich den Text zu eigen
Ich bitte die Kinder ausdrücklich, ihren Text so zu verändern, dass er ihnen über die Lippen kommt. Denn nicht immer entspricht mein Satzbau den Sprechgewohnheiten eines Kindes.

4. Schritt: Aufgabe bis zu nächsten Probe
„Übt euren Text gut zu lesen. Lest ihn am besten jeden Tag einmal – und unbedingt laut. Sucht den richtigen Tonfall für die Stimme und stellt euch schon mal vor, wie ihr aussehen möchtet." Es wäre zu diesem Zeitpunkt ungeschickt zu sagen: Lernt schon mal ein bisschen auswendig. Denn damit gäbe ich einen hohen Leistungsanspruch vor. Kinder, die ihren Text jeden Tag einmal laut lesen, (und oft tun sie es ja mehrmals für Mutter, Oma, Opa …) lernen ihn automatisch auswendig. Aber sie denken nicht: Ich muss den Text jetzt können.

2. ADVENTSAMSTAG

1. Schritt: Kostüme auswählen
Die Kinder wählen sich Kostüme aus, die sie für ihre Rolle möchten. Gemeinsam wird überlegt, was passt, was noch fehlt usw.

2. Schritt: Probe in der Kirche, Erfassen der Technik
Alle können ihr Textblatt in der Hand haben und ablesen. Es wird genau geschaut, wo für die Spielerinnen und Spieler der Ausgangspunkt ist, wohin sie sich bewegen, wem sie sich zuwenden müssen. Die Kinder helfen sich gegenseitig dabei. Wir vermeiden nach Möglichkeit das Wiederholen von Szenen, denn das ermüdet die Kinder. Es reicht in diesem Stadium, wenn sie in einer Szene gemerkt haben, dass es so nicht geht, aber anders wohl.
Ich mache nur wenige Anmerkungen zur Aussprache. Wichtig ist, dass die Kinder den Umgang mit dem Mikro erfassen und dass sie ihre Rolle finden. Und vor allem müssen sie erspüren, zu wem sie sprechen, damit sie nicht irgendwo in den Raum starren oder immer auf mich sehen.

3. Schritt: Eindrücke und Probleme erfragen, Lösungen vorschlagen
Wir machen uns bewusst, wo jede und jeder zu Beginn in der Kirche sitzt, denn das wird der Ausgangspunkt in der nächsten Woche sein. Ich frage nach Eindrücken und Problemen, die Mitwirkende und zuschauende Eltern entdeckt haben.

4. Schritt: Aufgabe für die nächste Probe
„Versucht, euren Text möglichst auswendig zu können. Wenn ihr ihn zu Hause übt, dann stellt euch immer dabei vor, wo ihr steht oder geht, zu wem ihr redet und wie eure Stimmung ist. Wer zugesagt hat, Requisiten zu besorgen, bringt sie nächste Woche mit." Viele Kinder nehmen ihre Kostüme mit nach Hause, damit sie gewaschen, gebügelt und restauriert werden.

3. ADVENTSAMSTAG

1. Schritt: Den Ausgangspunkt aufsuchen und ohne Textblatt spielen
Die Kinder gehen in der Kirche auf ihre Ausgangsplätze. Heute wird mit Kostümen und ohne Textblatt gespielt. Es ist aber überhaupt nicht schlimm, wenn jemand im Text hängen bleibt. Im Gegenteil. So merken wir, wo der Text noch hakt, und dann kann man das in der nächsten Woche gut üben. Heute achte ich verstärkt auf die Aussprache und die Koordination der Bewegungsabläufe. Hierzu gehört auch, den Weg der Mikros bewusst zu machen. Mitarbeiterinnen und Mitarbeiter notieren sich, wo sie technische Hilfe leisten müssen. Spielerinnen und Spieler lernen, wer wem welches Mikro weiterreicht.

2. Schritt: Stücke wiederholen und korrigieren
Heute wird häufiger unterbrochen, korrigiert, noch mal ein Stückchen wiederholt.
Dabei muss ich vor allem beachten, dass die Jüngsten, die in der Regel ja kleine, kurze Auftritte haben, zu ihrem Recht kommen. Also übe ich die Abschnitte, in denen sie vorkommen, besonders gründlich. Zum einen ist das nötig, damit sie merken, wie wichtig sie sind. Zum anderen brauchen die Jüngsten oft etwas länger, bis sie ihren Ort im Spiel auch ausspielen können. Dafür nehme ich mir Zeit. Nur so schaffe ich es, dass die Kleinen nicht einen Text aufsagen, sondern eine Rolle haben. Die Intensität von Spielen hängt oft an diesen scheinbar kleinen Dingen.
Insgesamt soll auch diese Probe nicht länger dauern als etwa eine Stunde. Die Spannung und die Lust am Spielen muss erhalten bleiben. Manche Spielstücke erlauben das Proben in kleinen Gruppen nacheinander. Das kann – gut organisiert – sehr erleichternd sein.

3. Schritt: Aufgabe bis zur nächsten Woche
Die Aussprache muss nun konzentriert geübt werden. Das Tempo der Sprache muss bewusst gedrosselt werden. Ich kündige noch einmal an, dass die letzte Probe länger dauert, weil wir zwei Durchgänge machen werden. Eltern werden zur Generalprobe eingeladen und dürfen dann auch Fotos machen.
Spätestens in dieser Woche werden die Liedblätter für den Gottesdienst fertig gestellt.

4. ADVENTSAMSTAG

1. Schritt: Ein Durchgang mit Unterbrechungen und Korrekturen
Es geht ähnlich wie am dritten Probentag zu. Dann werden alle Requisiten wieder an ihren Ausgangspunkt gelegt, die Kostüme ausgezogen. Pause ist angesagt.
Die Mitwirkenden bekommen eine Erfrischung und als Dank ein kleines Geschenk der Kirchengemeinde.

2. Schritt: Die Generalprobe
Das Wort „Generalprobe" ruft eine besondere Spannung hervor, die dazu gehört.
Kirchenmusikerin, Küsterin, der Pfarrer, etliche Eltern kommen spätestens jetzt dazu. Alle erhalten das Liedblatt. Wir spielen, sprechen und singen den ganzen Gottesdienst. Und das ist mehr als eine „Probe". Es ist eine beginnende Feier.
Es wird nicht unterbrochen (es sei denn, etwas ist ganz daneben gegangen). Bei Texthängern helfen Mitarbeiterinnen, die extra dafür an verschiedenen Stellen in der Kirche sitzen – so wie es auch Heiligabend sein wird. Die Orgel begleitet die Lieder mit allen vorgesehenen Strophen, alle singen mit.
Lediglich die Fotoapparate klicken und blitzen heute. Das werden wir Heiligabend nicht haben, denn dann ist es nicht erlaubt.

3. Schritt: Die Verabredung für Heiligabend
Alle sind eine Stunde vor Gottesdienstbeginn da.

HEILIGABEND VOR DEM GOTTESDIENST

Wir legen alles in der Kirche zurecht, proben aber nur noch ganz kurz Stücke, die die Kinder wünschen. Dann gehen alle ins Gemeindezentrum. Die Kinder spielen, toben, setzen sich in eine Ecke und leiden genießerisch ihr Lampenfieber.
Etwa 15 Minuten vor Gottesdienstbeginn erinnere ich alle daran, dass sie bitte noch einmal zur Toilette gehen, damit es nicht mitten im Gottesdienst Probleme gibt.
Dann bilden wir gemeinsam mit Pfarrer, MitarbeiterInnen und PresbyterInnen einen großen Kreis, geben uns die Hände, und ich spreche ein Gebet, mit dem wir das, was wir nach unserer Kraft getan haben, nun in Gottes Hände geben, damit wir mit IHM anderen etwas weitergeben können.
In Ruhe gehen wir dann in die inzwischen vollbesetzte Kirche, alle an ihren Ort. Die Glocken klingen aus, die Orgel beginnt, und die Mitwirkenden sind ganz da.

DIE LIEDER

Im Singen begleitet die Gemeinde die Handlung, greift sie auf, führt sie weiter. Manchmal ist es schwierig, inhaltlich passende Verse zu finden. Manchmal stellen wir aus verschiedenen Liedern mit derselben Melodie eine neue Versauswahl zusammen. Mit Liedblättern für die Gemeinde ist das Singen solcher neuen Zusammenstellungen kein Problem. In den vorliegenden Entwürfen wurde dies vor allem mit der Melodie "Vom Himmel hoch, da komm ich her" praktiziert. Die jeweiligen Quellen der Texte sind angegeben.
Besonders schön ist es, wenn ein Themalied sich durch viele Gruppen und Veranstaltungen der Gemeinde im Advent hindurchzieht. Auf diese Weise haben sich manche neuere Lieder zum vertrauten Liedgut der Gemeinde entwickelt.
In diesem Buch sind die Lieder mit ihrem Titel und ihrer Quelle (Abkürzung) angegeben.

Übersicht über die Abkürzungen der Liedquellen, wie sie in diesem Buch verwendet werden

EG Evangelisches Gesangbuch (ab Liednr. 536 Regionalteil der EKiR)
Hall. Halleluja, Christ ist da, Helmut Schneider, Mundorgel-Verlag GmbH, Köln/Waldbröl, 1980
LzU Liederbuch zum Umhängen, Menschenkinder Verlag, Münster
LfJ Liederbuch für die Jugend, Quell-Verlag, Stuttgart
Christ. Christujenna, Gerd Watkinson, Ernst Kaufmann Verlag Lahr/Schwarzwald

Jesus Jesus erzählt von mir und dir, Ulrich Gohl u. Gottfried Mohr, Verlag Junge Gemeinde, Stuttgart

MKL 1 und 2 Menschenskinder-Liederbuch, 2 Bände, Beratungsstelle f. Gestaltung von Gottesdiensten und anderen Gemeindeveranstaltungen, Eschersheimer Landstraße 565, 60341 Frankfurt

WENNN DIE DUNKELHEIT ZERBRICHT

2. Seht das zweite Kerzenlicht sagt dir: Du bist nicht alleine,
unsre Erde ist nur eine, pflegt sie gut, zerbrecht sie nicht." Wenn die Dunkelheit...

3. Bei dem dritten Kerzenschein: Freu dich, du bist nie verlassen,
Gott geht mit auf allen Straßen und will immer bei dir sein. Wenn die Dunkelheit...

4. Wenn die vierte Kerze brennt, wird von Gott ein Stern geboren.
Öffnet Augen, Herz und Ohren für den großen Gott im Kind. Wenn die Dunkelheit...

5. Jesus Christus, Gottes Kind, schein in unsre Welt und Erde,
komm, dass wieder Frieden werde, wo jetzt Streit und Elend sind. Wenn die Dunkelheit...

6. Komm zu mir und mach mich froh, lass mich Frieden weitergeben,
Hoffnung, Mut zu neuem Leben. Komm, Herr, und beschenk mich so. Wenn die Dunkelheit...

EHRE SEI GOTT

Dieses Lied wurde für den Gottesdienst "Wahrlich die Engel verkündigen heut" von Reiner Wagner geschrieben und von Anne Wefelnberg bearbeitet. Seitdem ist es Teil der sonntäglichen Kindergottesdienst-Liturgie in unserer Gemeinde geworden. Und in fast jedem Weihnachtsgottesdienst wird es gesungen.

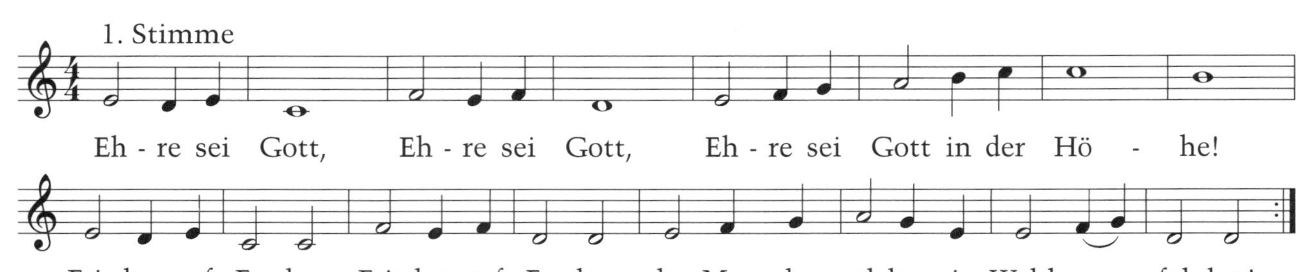

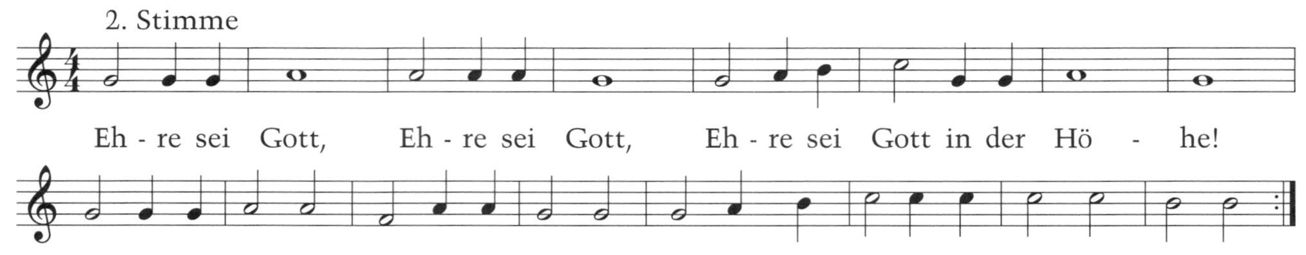

ALS ALLER HOFFNUNG ENDE WAR

Herkunft unbekannt

Weihnachten in der Dachkammer
Viel Platz ist an der Krippe – alle können kommen

IDEE UND INHALT

Kinder eignen sich die Weihnachtsgeschichte auf ihre Weise an. Erwachsene, die bereit sind, die Perspektive der Kinder aufzunehmen, finden für sich neue Eindrücke und Gedanken. Das haben wir in eine Spielhandlung umgesetzt.
Ort der Handlung ist der Dachboden in einem Mehrfamilienhaus. Die Kinder treffen sich dort in einer Mischung aus Spannung und Langeweile am Nachmittag des Heiligen Abend.
Die Idee, Weihnachten zu spielen – aber das richtige Weihnachten – wird mit dem, was die Dachkammer bietet und dem, was die Kinder können, umgesetzt.
Um diese Spielhandlung für die Gemeinde auch nachvollziehbar zu machen, haben wir die Figur der Frau Krüger eingeführt, die wir so definiert haben: Sie ist eine junge alleinstehende Frau, vielleicht eine Lehrerin oder Studentin, die einfach Spaß daran hat, mit Kindern etwas zu machen.
Am Schluss des Spieles finden die suchenden Eltern ihre Kinder, für die Weihnachten längst angefangen hat. Auch die Erwachsenen finden zusammen und ein Vater erinnert sich an die Weihnachtskiste seiner Großmutter. Die Kiste wird geöffnet und ihr Inhalt wird an die ganze Gemeinde ausgeteilt: In jede Wohnung soll ein Stück von der Dachkammer – und damit von Weihnachten – mitgenommen werden.
Diesen Schluss erhalten die Spielkinder bei den Proben nicht. So ist auch für sie noch eine Überraschung im Gottesdienst.
Wenn es räumlich möglich ist, sollten Kinder aus der Gemeinde eingeladen werden, mit in die Dachkammer zu kommen. Es ist Aufgabe der Frau Krüger diese Kinder mit einzubeziehen.

ROLLEN, KOSTÜME, REQUISITEN

Frau Krüger, einige Eltern, darunter mindestens 1 Vater.
Mindestens 11 Kinder sind in der Dachkammer nötig, darunter 2 Kinder, die das Flötenspiel übernehmen können.

Die Kinder beginnen in ganz normaler Kleidung und finden später das, was sie brauchen, in der Dachkammer. Dementsprechend sind die Kostümteile improvisiert und keine speziellen Kleidungsstücke.
Mindestens zwei Kinder sind Flötenspieler, die es schaffen, Lieder zum Mitsingen zu spielen. Hier sind auch andere Instrumente denkbar, die mal eben in den Dachboden geholt werden können.
Bei den Liedern, die die Kinder anstimmen, übernimmt ab der zweiten Strophe die Orgel die Begleitung, um die Kinder zu entlasten. Dabei ist es verblüffend, dass die Gemeinde mit der kleinen Flötenbegleitung gut mitsingt. Die Steigerung in der Lautstärke gibt den Liedern eine gute Dynamik.
Alle Spielkinder brauchen Liedblätter, damit sie problemlos mitsingen können.
Die Rolle der Frau Krüger ist am besten mit einer Mitarbeiterin aus dem Kindergottesdienst zu besetzen. Sie legt den Spieltext in eine große Bibel, die sie als „Gedächtnisstütze" nutzt.
Vor dem Gottesdienst wird die Dachkammer vor dem Altar eingerichtet: ca. 20 Sitzkartons bunt durcheinander, dazwischen eine Plastik-Badewanne, ein paar Fußbänkchen, die einfachen Kostümstücke, die sich die Kinder ausgesucht haben. Dazu einige Hüte und Hirtenstöcke für spontan dazukommende Kinder, ein Stock mit einem großen Stern für den Sternenträger. Für die Engel evtl. Kerzen in Haltern, die gefahrlos zu tragen sind. Außerdem sind im Altarraum vorhanden: vier Adventskerzen, Streichhölzer, eine Glocke und Großmutters Kiste mit dem Weihnachtsschmuck.
Von dieser Kiste erfahren die Spielkinder nichts, die entsprechende Szene ist nicht auf ihren Texten vorhanden, sondern nur den mitspielenden Eltern bekannt.
Wichtig ist, dass in allem gewollten Chaos die benötigten Kostüme genau geplant am richtigen Ort liegen und gefunden werden. Darum gehört das Einrichten der Dachkammer unbedingt zur dritten und vierten Probe.

ZEICHEN DER ERINNERUNG

Alle, die diesen Gottesdienst besuchen, bekommen am Ende ein kleines Erinnerungsstück aus Großmutters Kiste. In der Kiste sind zahlreiche kleinere Kartons mit unterschiedlichstem Weihnachtsschmuck, gekauft und selbstgemacht. Eltern und Mitarbeitende teilen die Dinge in der Gemeinde aus.

DER GOTTESDIENST

Mitarbeiter/in — Abkündigungen, endend mit der Liedansage.

LIED — Macht hoch die Tür (EG1)

Pfarrer/in — An diesem Tag sind wir hier zusammengekommen, um mit vielen Menschen auf der ganzen Welt das Christfest zu feiern. Im Namen Gottes, des Vaters, des Sohnes, des Heiligen Geistes. Auf Gottes Hilfe vertrauen wir in allem, was wir tun. Denn er hat den Himmel und die Erde und uns alle gemacht. Er ist uns treu durch alle Zeiten und schenkt uns seine Nähe.

Mitarbeiter/in — Herr, unser Herrscher, wie herrlich ist dein Name in allen Landen, der du zeigst deine Hoheit am Himmel. Über den Himmel hin hallt dein Ruhm aus dem Mund von Kindern und Säuglingen.

Mitarbeiter/in — Wir wollen dir unsere Tore und Türen öffnen. Sei in unserer Mitte, Gott, denn du bist der Herr, stark und mächtig.

Mitarbeiter/in — Wir wollen dir unsere Tore und Türen öffnen. Sei in unserer Mitte, Gott, denn du bist der Herr über Himmel und Erde. Dir sei Lob und Preis in Ewigkeit. Amen.

Mitarbeiter/in — Wir wollen Gott loben und preisen. Ganz besonders an diesem Tag. Damit möglichst viele Menschen erkennen, was diesen Tag zu einem ganz besonderen Tag macht, haben wir als Predigt ein Spiel vorbereitet. Und ihr alle könnt mitspielen, ein bisschen zumindest. Vor allem sollt ihr bei den Liedern kräftig mitsingen, die in dem Predigtspiel vorkommen. Dabei wird die erste Strophe meistens von Flöten begleitet. Das ist zwar nicht so laut, aber euer Singen wird dafür sicher um so schöner klingen. Bei den weiteren Strophen kommt dann die Orgel dazu.

Sprecher/in — Und jetzt mache ich mit euch eine kleine Reise. Ich nehme euch mit in ein großes Haus mit vielen Stockwerken. Da gehen wir ganz viele Treppen hoch. *(evtl. leise trappeln lassen).* Jetzt sind wir ganz oben unter dem Dach. Auf dem Dachboden. Seht ihr, hier liegt das ganze Gerümpel rum. Und da, da sind doch tatsächlich Leute auf dem Dachboden am Nachmittag des Heiligen Abends.

(Spielkinder nehmen ihre Plätze ein)

Alle Kinder aus dem großen Haus haben sich nämlich hier auf dem Dachboden getroffen. Die sind heute, am 24. Dezember, nachmittags zu Hause immer nur im Weg gewesen. Da haben sie hier wenigstens einen Platz gefunden, wo sie keiner anmeckert.

So, und nun kommt das andere zum Mitmachen für euch. Wer von den Kindern nun noch gern mit auf dem Dachboden sein will, kann nach vorn kommen und sich dazusetzen und mitspielen. *(Kinder können kommen, setzen sich dazu)*
Und dann geht es los.

(Atmosphäre: Langeweile)

Kind 1 — Ach, ist das langweilig heute. Es wird gar nicht Abend.

Kind 2 — Genau. Dabei bin ich gespannt wie ein Flitzebogen auf heute abend. Und die Zeit vergeht und vergeht nicht.

Kind 3 — Och, spannend ist es nicht. Ich weiß schon alles, was ich kriege. – Ein Fahrrad, eine CD …

Kind 4	Ist ja öde, wenn man schon alles weiß.
Kind 5	Ist ja gar kein richtiges Weihnachten.
Kind 1	Wie spät ist es?
Kind 6	Gerade fünf nach drei. Als du das letzte Mal gefragt hast, war es fünf vor drei.
Kind 7	Mensch, Zeit wie Kaugummi.
Kind 2	Können wir nicht mal was anderes machen, als nur warten?
Kind 8	Fernsehen.
Kind 3	O je. „Wir warten aufs Christkind." – Ist ja noch öder.
Kind 9	Ich hab 'ne Idee. Wie wär's, wenn wir einfach Weihnachten spielen?
Kind 1	Dann bin ich der Weihnachtsmann. Ich glaub, ich steh im Wald.
Kind 2	Sei doch nicht so affig. Die Idee ist doch gar nicht schlecht. Aber richtig Weihnachten.

(Die Atmosphäre wird munterer.)

Kind 9	Ja, das meinte ich doch. Wir kennen alle die Weihnachtsgeschichte, die aus der Bibel, meine ich.
Kind 10	Ja, und wir kennen 'ne Menge Weihnachtslieder. Und das bringen wir dann alles zusammen.
Kind 4	Das könnte was werden.
Kind 1	Und wozu das alles?
Kind 5	Mensch, bist du schwer von Begriff. Weil es Spaß macht. Einfach so. Immerhin feiern wir doch Weihnachten wegen dieser Geschichte.
Kind 6	Und immerhin ist es immer noch besser, als gelangweilt rumzuhocken und in die Glotze zu starren.
Kind 1	Na ja, wenn ihr meint. Aber ich bin Zuschauer. *(setzt sich abseits, evtl. etwas erhöht, zum Beispiel auf eine Banklehne).*
Kind 2	Na gut. Zuschauen ist ja nicht verboten.
Kind 7	Ich hole eben meine Flöte wegen der Lieder.
Weitere Flötenspieler	Ich auch!

(gehen weg und kommen später mit Flöten wieder)

Kind 9	Und wir suchen hier im Gerümpel schon mal nach Sachen zum Verkleiden und fürs Bühnenbild.

(suchen im Gerümpel ihre Requisiten, Kind 5, 3, 10 und 4 sind vorn)

Kind 5	Wenn meine Eltern wüssten, dass wir jetzt auf dem Dachboden den alten Kram durchwühlen – ich glaub, die würden aufschreien. Aber (Kind 5), an so einem Tag suhlst du dich im Dreck. Wo du doch gerade frisch gebadet bist.
Kind 3	Eltern sind wohl alle gleich. Aber zum Glück sind die ja beschäftigt mit Zimmer schmücken, Baum aufstellen, Geschenke sortieren …
Kind 10	Oma und Opa abholen und alles so was.
Kind 4	Wie gut, dass unsere Eltern so beschäftigt sind. Da haben wir wenigstens unsere Ruhe hier auf dem Dachboden.

(Kind 5, 3, 10 und 4 wühlen nun auch)

Kind 6	He, ich habe einen Hirtenstock gefunden. Der passt zu mir.

(Kind 5, 3, 10 und 2 sind vorn)

Kind 5	Und wie findet ihr das hier für Maria?
Kind 3	Nee, das hier ist besser. Gib mir deins mal. Das könnte zu einem Handwerker passen.
Kind 10	Guckt mal, eine Schiffsglocke. Können wir die gebrauchen?
Kind 2	Leg erst mal an die Seite, vielleicht fällt uns dazu noch was ein.

(Kind 5, 3, 10 und 2 wühlen weiter, Kind 9 und 4 nach vorn)

Kind 9	Ich suche die ganze Zeit nach einer Krippe für den Stall.
Kind 4	Du Witzbold. Das hier ist doch nicht der Dachboden von einem Bauernhof. Aber vielleicht tut's hier die Plastikwanne auch.

(An dieser Stelle sollen alle Kinder wieder ihre Plätze auf den Kartons eingenommen haben, einige haben ihre Kostüme schon angezogen. Alle haben die Requisiten griffbereit, die sie im weiteren Verlauf benötigen.)

Kinder mit Flöten kommen wieder, dicht hinter ihnen Frau Krüger)

Kind 7	Da sind wir wieder. Und wir haben noch jemanden mitgebracht.
Kind 1	*(zischelt)* Oh nee, muss das sein? Die Krüger vom 3. Stock.
Kind 7	Frau Krüger habe ich gerade im Treppenhaus getroffen. Sie ist ja allein und hat nichts vorzubereiten in ihrer Wohnung. Da hab ich sie gefragt, ob sie Lust hat, mit zu uns auf den Dachboden zu kommen.
Krüger	Hallo, Kinder. Ja, und da hab ich gedacht, das ist bei euch sicher besser, als allein herumzusitzen. (Kind 5) hat gesagt, ihr wollt die Weihnachtsgeschichte spielen. Kann ich da mitmachen?
Kind 2	Wenn sie nicht dauern an uns rummeckern?!
Krüger	Das fehlte ja noch. Mitspielen und Meckern, das passt doch nicht zusammen.
Kind 3	Na, dann ist es ja gut.
Kind 7	Also, fangen wir doch einfach mal an. Ich schlage vor, wir singen das neue Lied zum Advent: „Das Licht einer Kerze".
Kind 9	Das passt gut. Ich habe vier Kerzen gefunden, die machen wir dabei an.
LIED	Das Licht einer Kerze (LfJ 316, 1-4)
Kind 5	Aber ehe wir das Kind im Stall loben können, wie das Lied erzählt, muss es doch erstmal geboren werden.
Kind 4	Und bis dahin ist eine Menge passiert.
Kind 2	Aber wie ging das denn los?
Kind 1	Haste in Reli mal wieder gepennt, wie?
Kind 2	Selber besser machen!
Kind 1	Na ja, da war doch was mit so 'nem Ekel in Rom, der wollte ... Ach man, ich will ja bloß zugucken. Da muss ich den Anfang doch nicht wissen.
Kind 10	Ich hab 'ne Idee. Frau Krüger, Sie kennen die Geschichte doch bestimmt am besten von uns allen. Wenn sie jetzt anfangen zu erzählen, dann fällt uns sicher wieder alles besser ein und dann spielen wir dazu.

Krüger — Wenn ihr meint – dann will ich es versuchen. Also: Da war Augustus Kaiser in Rom. Der herrschte über ein Riesenreich. Auch Israel hatte er erobert und dort eine Art Stellvertreter eingesetzt, den Quirinius. Augustus ließ sich als Gott verehren und seine Herrschaft verschlang viel Geld. Eines Tages gab er einen Befehl heraus. Alle Einwohner seiner Länder sollten sich registrieren lassen. Sie sollten aufgeschrieben werden mit ihrem ganzen Besitz, damit sie sich nicht länger davor drücken könnten, Steuern für den Kaiser zu zahlen.

Kind 10 Ausrufer — He, jetzt kann ich die Glocke gebrauchen. Ich bin der Ausrufer des Kaisers.

Krüger — Gut. Du kommst jetzt in das Dorf Nazaret in Galiläa. Schau, da sind die Leute auf dem Marktplatz in Nazaret.

(Kind 3 und Kind 4 stehen vorn als Bürger von Nazaret. Der Ausrufer stellt sich mit seiner Glocke auf einen Hocker.)

Kind 10 Ausrufer — Bekanntmachung! Bekanntmachung! Hört, ihr Leute in Nazaret, den Befehl des Kaisers Augustus, des Herrschers der Welt, des Herrn, der euch regiert: Ein jeder Mann muss mit Frau und Kindern in die Stadt gehen, in der er geboren ist. Dort muss er sich und allen Besitz registrieren lassen für die Steuer. Wer diesem Befehl nicht folgt, wird streng bestraft. Der göttliche Kaiser hat es befohlen, also gehorcht ihm sofort.

Kind 3 Bürger — So ein Mist. So ein gemeiner Befehl. So lange muss ich reisen. Und die ganze Arbeit bleibt liegen, bloß, weil der Kaiser nur hinter dem Geld her ist.

Kind 4 Bürger — Schimpf nicht so laut. Der Bote könnte es hören. Aber Recht hast du. Wie Dreck werden wir behandelt. Wie ein Stein werden wir getreten. Ach, wenn Gott doch das Elend sähe. Der Gott, der uns aus Ägypten befreit hat – wann befreit er uns von diesem Elend. Wann erscheint der Befreier. Der Messias, auf den wir schon so lange warten?

Kind 3 Bürger — Der Messias! Wer meint schon wirklich, dass er kommt? Das ist doch nur ein frommer Wunsch. Die Wirklichkeit sieht anders aus.

(Bürger gehen weg)

Kind 7 (Flöte) — Jetzt möchte ich ein Lied von den Menschen singen, die verzweifelt warten: Oh Heiland, reiß die Himmel auf.

LIED — Oh Heiland, reiß die Himmel auf (EG 7, 1 und 4)

(gegen Ende des Liedes gehen Maria und Josef / Kind 2 und Kind 5 in den hinteren Teil der Kirche, also an ihren Ausgangsort)

Krüger — Auch Josef, der Zimmermann aus Nazaret musste sich auf den Weg machen, denn er war in Betlehem geboren. Seine Frau, Maria, musste mitgehen, obwohl sie doch schwanger war und die Zeit der Geburt nicht mehr fern war.

Kind 2 Josef — Ich bin schon unterwegs. Und Maria ist auch hier.
Maria, es tut mir so Leid. Aber gegen den Augustusbefehl können wir nichts machen. Wir müssen nach Betlehem.

Kind 5 Maria — Ach, Josef. Vor dem Weg habe ich große Angst. Ich habe zwar einige Windeln und Decken eingepackt. Aber die Geburt unseres ersten Kindes unterwegs zu erleben, das wünsche ich mir nun wirklich nicht.

Kind 2 Josef — Von Anfang an kriegt unser Kind die Macht des Kaisers zu spüren. Heimatlos, ohne Dach überm Kopf, gescheucht von den Machthabern. Was wird aus dem Kind werden?

Kind 5 Maria — Gott wird uns helfen, Josef, da bin ich sicher.

(Maria und Josef bleiben stehen.)

Kind 7 Flöte — Vom Weg der Maria gibt es doch ein altes Lied: Maria durch ein Dornwald ging

LIED — Maria durch ein Dornwald ging (Hall. 76, 1-3)

Krüger — Ein schönes Lied, obwohl die Wirklichkeit bestimmt nicht schön war. Sicher hat Maria Schmerzen gehabt und der Weg war steinig und zum Stolpern. Aber die Hoffnung und das Vertrauen auf Gottes Hilfe waren stärker. Die sind nicht totzukriegen. So wie in dem Lied die Rosen wieder aufblühen, obwohl sie wie tot aussahen.

Kind 1 — Sie meinen, so wie ein Licht in der Nacht, so ist das Kind, das da geboren werden soll?

Krüger — Ja, das ist auch so ein Bild, das man gebrauchen kann. Und die Weihnachtsgeschichte spricht ja auch vom Licht. Aber erstmal sind wir in der dunklen Nacht. Maria und Josef finden keine Bleibe in Betlehem. Nur ein Stall wird ihnen angeboten, vor der Stadt. Dort ist es warm. Frisches Stroh ist da. Dort können sie bleiben. Und Maria bekommt dort das Kind.

Kind 9 — Augenblick, wir müssen den Stall noch aufbauen. Hier habe ich einen Hocker. Aber eine Krippe haben wir nicht gefunden, nur diese Plastikwanne.

Kind 8 — Das macht nichts. Wenn die damals im Stall gestanden hätte, hätte Josef die für das Baby ausgepolstert.

Kind 2 Josef — Bestimmt. Gib her. Ich mach das schon. Ich bin ja schließlich der Josef.

Kind 8 — Und ich stell die Wände auf.

Kind 5 Maria — Und ich ruh mich aus, denn ich kann nicht mehr nach dem langen Weg.

(Aus den Kartons wird eine Stallwand gebaut. Maria setzt sich auf einen Hocker an ihren Platz. Josef polstert die Wanne mit Holzwolle aus, die in einem Karton bereitliegt. Die Spielkinder hocken sich auf den Boden außerhalb des Stalles. Wichtig: Wenn alles fertig ist und alles ruhig ist, legt Maria ihr Kind in die Krippe; eine Puppe, die sie die ganze Zeit unter ihrem Umhang verborgen hatte. Danach erst geht der Sprechtext weiter.)

Kind 7 Flöte — Und jetzt ist Jesus geboren. Deshalb können wir singen: Dies ist der Tag, den Gott gemacht.

LIED — Dies ist der Tag, den Gott gemacht (EG 42, 1, 2, 8)

Krüger — Noch weiß niemand von dem Kind im Stall. Aber Gott will ja nicht verborgen bleiben. Darum erfahren die Hirten sehr schnell, was geschehen ist.

Kind 6 Hirte — Das Stück der Geschichte kenne ich gut. Ich bin ein Hirte. Und wer kommt mit mir aufs Hirtenfeld?

(Der Hirte lädt unvorbereitete Kinder ein, mitzuspielen. Einige Kinder, die ohne Sprechtext mitspielen wollen, können auch hier beteiligt werden. Die Hirtengruppe geht zum Hirtenfeld in der Mitte der Kirche.)

Kind 8 Engel — Und ich bin ein Engel und ich brauche noch ganz viele dazu.

(Der Engel lädt unvorbereitete Kinder ein, mitzuspielen. Einige Kinder, die ohne Sprechtext mitspielen wollen, können hier beteiligt werden. Die Engel gehen an ihren Ausgangspunkt unter der Seitenempore. Dort erwartet sie eine Mitarbeiterin mit den vorbereiteten Kerzen, die nun an die Engel verteilt und angezündet werden. Dabei geht das Spiel mit den Hirten schon weiter.)

Kind 6 Hirte	Seht, unsere Schafe. Sie sind alle in der Umzäunung. Es wird eine ruhige Nacht sein. Kein Unwetter, kein Sandsturm ist zu befürchten. Und wilde Tiere hab ich hier in der Nähe von Betlehem lange keine mehr gesehen. Wir können uns ein bisschen ausruhen. *(Hirten legen sich)*

(Hirtenmusik mit Flöte. Es wird dadurch ganz ruhig und konzentriert in der Kirche)

(Engel treten auf. Hirten erschrecken)

Kind 8 Engel	Fürchtet euch nicht. Denn seht, ich verkündige euch große Freude, die allen Menschen gilt. Denn für euch ist heute hier in Betlehem der Heiland geboren, Christus, der Herr. Und das habt zum Zeichen: Ihr werdet ein Kind finden, in Windeln gewickelt und in einer Krippe liegen.
Alle Engel	*(singen)* Gloria *(Refrain des Liedes EG 54)*
Kind 7 Flöte	Das Lied der Engel müssen wir alle mitsingen, damit es überall klingt. Und alle Strophen dazu.
LIED	Hört der Engel helle Lieder (EG 54)
Kind 6 Hirte	Kommt, wir müssen sofort gehen und sehen, was die Engel uns gesagt haben. Der Heiland ist für uns geboren. Wir wollen ihn suchen. *(gehen zum Stall)*
Kind 6 Hirte	Das Kind in der Krippe. Der Heiland der Welt. Kommt, wir knien nieder. Unser Gott ist uns ganz nahe gekommen. Das hat der Bote Gottes gesagt. Und es ist wahr. *(Hirten knien nieder)*
Kind 5 Maria	Es ist schön, dass ihr gekommen seid. In eurem Stall haben wir Platz gefunden, und nun seid ihr die Ersten, die erfahren, dass Licht in unsere Dunkelheit gekommen ist.
Kind 6 Hirte	Ja, so war das vorhin: Mitten in der Dunkelheit wurde es hell. Und wir waren mitten im Licht. Das werde ich nie vergessen und immer weiter erzählen.
Kind 7 Flöte	Ich finde, wir müssen jetzt ein richtiges Hirtenlied singen. Wie wäre es mit: Kommet ihr Hirten?
LIED	Kommet ihr Hirten (EG 48, 1-3)
Krüger	Ja, Kinder, das war's. So wie die Hirten es sich vorgenommen haben, so ist es gegangen. Es wurde immer weitererzählt von dem Licht in der Dunkelheit, dem Heiland für alle Menschen. Wir haben das ja jetzt auch gemacht.
Kind 9	He, Moment mal. Das war doch noch nicht alles. Da kommen doch noch die drei Männer, die Könige mit den Geschenken und so.
Krüger	Die Weisen aus fernen Ländern meinst du? Tja, das steht aber nicht im Lukasevangelium, sondern das hat der Matthäus aufgeschrieben. Das steht also in einem anderen Teil der Bibel.
Kind 9	Na und, ist das denn schlimm? Ich möchte das gerne auch noch spielen.
Krüger	Nein, schlimm ist das nicht. Überhaupt nicht. Die Geschichte von den drei Weisen ist sogar ganz wichtig. Weil die ja eigentlich mächtige, starke, reiche Leute waren. Aber sie beugen sich vor dem Kind. Sie machen sich klein, um in den Stall zu kommen.
Kind 9	Also das Gegenteil von dem Augustus, diesem Fiesling. Der hat sich aufgeblasen und mit Gewalt groß gemacht. Und die drei machen sich klein.
Krüger	Du hast es begriffen, genau darum geht es.

Kind 9	So, ich spiel einen Weisen und zwei müssen dazukommen.
König	*(2 Kinder ohne Text/ ohne Vorbereitung dazu)*
Krüger	Und einen Sternträger können wir noch gebrauchen.
Kind 10 Ausrufer	Das übernehme ich. Dann habe ich noch mal was Schönes zu tun und nicht nur den grässlichen Kaiserbefehl.

(Der Sternträger geht etwa in die Mitte der Kirche, die drei Weisen gehen ganz nach hinten. Während Frau Krüger erzählt, gehen die Weisen los, aber zur Seite, also am Stern vorbei (nach Jerusalem). Der Stern wandert unterdessen langsam in Richtung Stall. Dann wenden die Weisen und gehen hinter dem Stern her.)

Krüger	Die Weisen haben einen Stern gesehen, aus dem sie schlossen: Ein König ist geboren und der ist ganz wichtig für die ganze Welt. Erstmal haben sie dann im Palast in Jerusalem nachgefragt. Aber dort gab es kein neugeborenes Königskind. Nur Herodes war da. Und der war ziemlich wütend. Er tat zwar freundlich gegenüber den Fremden, aber in Wirklichkeit hatte er Angst vor einem Konkurrenten und war fest entschlossen, das Kind umzubringen.
Kind 5 Maria	Von Anfang an ist Jesus so bedroht.
Krüger	Ja, von Anfang an. Die drei Weisen aber machen sich auf den Weg nach Betlehem. Denn von diesem Dorf sprachen die Schriften der Propheten. Und davon hatten sie in Jerusalem erfahren. Dort sollte der Heiland der Welt geboren werden. Und bald bemerkten sie, dass der Stern vor ihnen herzog, wie ein Wegweiser.
Kind 9 Weiser	So, und jetzt spielen wir das. He, schaut mal, der Stern leitet uns. Und jetzt bleibt er stehen. Aber was ist das denn, wo der Stern steht? Ein Stall? Der Herr der Welt in einem Stall? Ob das wohl stimmt?

(Der Stern steht nun hinter/über dem Stall. Die Weisen bleiben vor dem Stall stehen.)

Kind 7 Flöte	Hierher gehört das Lied: Stern über Betlehem
LIED	Stern über Betlehem (EG 559, 1, 3, 4)

(Wichtige Geste beim Folgenden: Die Weisen müssen sich tief bücken, um hineinzugehen!)

Kind 9 Weiser	Wir müssen uns ganz schön klein machen, um durch die Stalltür hineinzukommen. Du kleines Kind, du großer König. Wir knien vor dir. Denn du bist der Herr der Welt. Unsere Macht ist nichts vor dir. Denn du bist der Herr der Welt. Unser Reichtum zählt nicht. Du allein bist der König der ganzen Welt. Zu dir möchten wir gehören.
Kind 5 Maria	Es ist schön, dass ihr diesen einsamen Ort gefunden habt. Seht, Hirten sind hier, die einfachsten Leute von Betlehem. Und ihr seid mächtige Männer. Jetzt gehört ihr zusammen: Hirten und Mächtige, Starke und Schwache, Große und Kleine. Alle gehören zusammen. Und Jesus allein ist der Herr. So will es Gott.
Krüger	Und darum feiern wir Weihnachten überall in der Welt. Weil Jesus allein unser Herr ist und Gottes Wille uns zusammenführt.
Kind 7 Flöte	Dazu weiß ich ein Lied: Der heilige Christ ist kommen.
LIED	Der heilge Christ ist kommen (Hall. 41)

Kind 1 So hab ich die Weihnachtsgeschichte noch nie gehört wie heute hier in der Dachkammer. Das war immer sowas ganz Fremdes. Weit weg. Das ging mich gar nichts an. Darum hab ich gesagt, ich will nur Zuschauer sein. Aber jetzt möchte ich auch dabei sein, da im Stall. Bitte, Frau Krüger, gibt es für mich denn gar keine Geschichte mehr? Kann ich nicht doch noch mitspielen?

Krüger Doch ... auch für dich gibt es eine Geschichte. Oder eigentlich ein ganzes Buch. Alle Geschichten von Jesus haben etwas mit solchen Leuten zu tun, die abseits stehen und meinen, sie gehörten nicht richtig dazu. Jesus hat sich als Erwachsener ganz besonders um die Menschen bemüht, die sich nichts zutrauten, die allein und abseits waren. Und da war mal einer, der hat auch gedacht: Das geht mich nichts an. Aber zugucken möchte ich doch. Er hieß Zachäus. Auf einen hohen Baum ist er geklettert, um zuzugucken. Jesus hat ihn trotz der dichten Blätter gesehen und hat gesagt: Genau du bist wichtig. Bei dir will ich sein. Das war ein Freudenfest für den Zachäus.

Kind 1 Dann kann ich auch zum Stall, zum Jesus? Ich muss nicht länger Zuschauer sein?

Krüger Klar kannst du in den Stall. Alle, die Jesus suchen, werden ihn finden. Er wird keinen wegschicken. Das ist ja das Wichtige von Weihnachten und von Jesus und von Gott

(Kind 1 springt von seinem Platz im Abseits fröhlich in hohem Bogen herunter und läuft zur Krippe.)

Kind 7 Da müssen wir aber jetzt das Halleluja singen, das vom Leben Jesu erzählt.
Flöte

LIED Halleluja, Gott schickt nach Betlehem ein Kind. (Jesus, S.87)

(Während des Liedes beginnen einige Eltern in der ganzen Kirche zu suchen. Evtl. rufen sie dabei auch mal etwas. Das geht nach dem Lied noch etwas weiter, bis sie endlich die Kinder auf dem Dachboden entdecken.)

Eltern Hallo, Kinder! Wo bleibt ihr denn? Alle Eltern im Haus suchen schon nach euch. Gleich beginnt doch der Heilige Abend.

Kind 1 Wieso gleich?! Hier ist schon lange Heiliger Abend.

Eltern Aber was macht ihr bloß hier oben die ganze Zeit.

Kind 3 Wir sind nach Betlehem gezogen.

Kind 8 Wir haben Engel singen hören.

Kind 5 Weil ich ein Kind bekommen habe.

Kind 2 Und das heißt Jesus und bringt uns alle zusammen.

Kind 1 Und deshalb feiern wir Weihnachten.

Eltern Na, eben darum wollen wir euch doch endlich holen. Zum Weihnachtenfeiern. Eure Geschenke ...

Kind 10 Das tollste Geschenk haben wir hier: unsere Weihnachtsgeschichte.

Kind 3 Und die ist 'ne echte Überraschung.

Eltern Im Augenblick verstehe ich noch nicht viel. Mir scheint, wir werden heute Nacht hier im Haus noch eine Menge zu hören bekommen von euch.

Krüger Also los, Kinder. Es war sehr schön, mit euch zusammen Weihnachten zu erleben. Nun geht nach Hause und feiert weiter. Fröhliche Weihnachten wünsche ich euch.

Kinder Fröhliche Weihnachten!

Kind 1 Moment mal. Frau Krüger, sie haben gesagt, dass Jesus alle zusammenführt und dass keiner abseits bleibt. Sie sind heute Abend alleine. Das finde ich nicht gut. Kommen sie doch mit zu uns. Das ist viel schöner.

Vater — Das ist aber auch wahr. Da wohnen wir auf derselben Etage und haben überhaupt noch nicht daran gedacht. Kommen sie mit zu uns.

Krüger — Na prima. Ich komme gern.

Kind 7 — Und morgen früh, dann treffen wir uns alle zum Weihnachtsliedersingen, ja? Auf dem Dachboden ist es so gemütlich.

Kind 3 — In unserem Betlehem-Stall.

Kind 8 — Aber ein Lied können wir doch jetzt noch singen. Hier im Treppenhaus klingt es so schön.

Kind 7 — Ja, klasse. Und welches Lied?

Kind 8 — Halleluja

LIED — Halleluja (EG 182, 1 u. 7)

(bis hierher wird den Kindern der Text ausgeteilt)

Vater — Und während ihr singt, habe ich noch eine Überraschung für euch. Von meiner Großmutter ist hier noch ein großer Karton mit Weihnachtssachen. Da ist bestimmt für jeden etwas dabei. Das teilen wir. Dann ist in jedem Haus ein Stück aus unserer Dachkammer.

(Austeilen von kleinem verschiedenem Weihnachtsschmuck durch die mitspielenden Eltern und MitarbeiterInnen an die ganze Gemeinde. Die Spielkinder setzen sich für die Schlussliturgie auf den Boden.)

Pfarrer/in — In jedem Haus soll ein Stück aus unserer Dachkammer hier sein. Darum habt ihr etwas für euren Weihnachtsbaum zu Hause bekommen. Einen Weihnachtsschmuck aus der Dachkammer. Dieses Zeichen soll euch an etwas ganz Wichtiges erinnern:

Es soll sagen: Macht es so wie die Kinder in der Dachkammer. Feiert das Christfest mit dieser Geschichte. Es ist viel Platz an der Krippe. Jeder kann dorthin kommen. Jede findet dort einen Platz. Niemand muss Zuschauer sein. Das wünsche ich euch allen an diesem Heiligen Abend. Ihr sollt euren Platz bei Jesus Christus finden und mit ihm das Weihnachtsfest feiern.

Darum wollen wir nun Gott selbst bitten. Und nicht nur für uns treten wir vor Gott, sondern für viele, die Gottes Nähe besonders brauchen. So stehen wir auf und beten.

Sprecher/in — Guter Gott, wir danken dir, dass du zu uns gekommen bist.

Sprecher/in — Wir danken dir, dass durch Jesus alle Menschen zusammengehören wie die Hirten und die Weisen.

Sprecher/in — Wir bitten dich, lass auch uns unseren Platz bei dir finden, damit wir nicht Zuschauer bleiben, sondern mit dir leben.

Sprecher/in — Guter Gott, an diesem Abend voller Lichter denken wir an alle Menschen, für die es dunkel bleibt. Sende deine Engel mit dem Licht der guten Nachricht überall hin, wo Menschen darauf warten. Und mache uns selbst zu deinen Boten.

Sprecher/in — Guter Gott, an diesem Abend voller fröhlicher Lieder denken wir an alle Menschen, die nur noch weinen und klagen können, oder deren Mund stumm geworden ist vor Leid und Entsetzen. Wir stehen vor den Trümmern in unserer Welt *(aktuelle Ereignisse, Kriege, Unglücke etc. können genannt werden)* Und wir wissen, dass Schmerz und Verlust mit Geld nicht aufzuheben sind. Wir bitten dich, Herr, um Trost, um Mut, gegen alle Verzweiflung, Angst und Not anzuleben. Wir bitten dich um deine Nähe für alle Menschen, die so furchtbar getroffen sind.

Sprecher/in Guter Gott, an diesem Abend, über dem die Engel vom Frieden auf Erden singen, denken wir an alle Menschen, die von Krieg bedroht sind, die vor der Gewalt der Waffen fliehen mussten. Und wir denken auch an die, die Waffen in die Hand nehmen und benutzen. Gott, hilflos stehen wir davor. Den Bedrohten möchten wir Schutz geben, den Flüchtlingen eine Bleibe ermöglichen und allen die Waffen abnehmen, die verjagen, töten und bedrohen. Herr, zeige uns deinen Weg. Gib Frieden, auch und gerade da, wo unsere Vernunft nicht ausreicht.

Pfarrer/in Guter Gott, du bist uns so nahe gekommen. Als Bruder hast du dich neben uns gestellt. So stehen wir zusammen als Geschwister und sprechen gemeinsam zu dir: Unser Vater …

Pfarrer/in Segen

LIED Oh du fröhliche (EG 44)

Still werden, damit wir hören können

IDEE UND INHALT

Am Anfang stand der Satz: „Dieses Jahr sollten wir mal was ganz anderes, was Modernes machen!"
„Sind Roboter euch modern genug?" Allgemeine Zustimmung!
Robby und Tobby, zwei Figuren von einem anderen Stern, sind die Leitfiguren. Sie beobachten den Weihnachtsrummel auf der Erde und fragen sich, was das alles soll. Mit einer Zeitmaschine schalten sie zurück zum Ursprung und treffen so auf Lukas, der gerade beim Schreiben der Geburtsgeschichte Jesu von Kindern gestört wird. Ihnen erzählt er seine Geschichte und die Kinder setzen das sofort in ein Spiel um. Robby und Tobby kommen zu dem Schluss, dass die Menschen auf der Erde vielleicht mal wieder still werden müssten, um hören zu können, was Weihnachten ist.
So mündet das Spiel in die Aufforderung an die Gemeinde, einen Moment ganz still zu werden. Im Team waren wir sehr gespannt, ob die Stille am Schluss einkehren würde. Tatsächlich wurde es für einen Moment ganz still in der Kirche. Der ruhig gesprochene Text wird konzentriert aufgenommen und dann mit einem jubelnden Gloria beantwortet.

ROLLEN, KOSTÜME, REQUISITEN

Robby und Tobby,
4 Passanten, Weihnachtsmann, Melanie, Mutter, alte Frau
Vater, Frank, Ulla, Mutter
Lukas, dazu 4 – 10 Kinder

Robby und Tobby sollten von etwas älteren Kindern/Jugendlichen gespielt werden, die in der Lage sind, die Spannung durch das ganze Spiel zu erhalten. In einer Kirche ist für sie der günstigste Platz auf der Kanzel. Dort können sie ihren Text ablegen. Damit ist der umfangreiche Text kein Problem mehr. Mit einem Pappröhren-Fernglas und evtl. etwas futuristischem Haarschmuck sind sie gut ausgestattet. Nicht zu viel Technik-Spiel einsetzen!
Vater, Mütter, alte Frau sollen von Erwachsenen gespielt werden. Da dies Szenen aus dem Alltagsleben sind, ist es nicht so schwierig, dafür spielbereite Eltern zu gewinnen.
Den Lukas sollte eine erfahrene Mitarbeiterin/ein erfahrener Mitarbeiter übernehmen, denn Lukas muss improvisieren können und die Kinder zum Mitspielen anregen. Kostüme sind aus Tüchern mit geringem Aufwand zu improvisieren. Auch für spontan mitspielende Kinder werden ein paar Tücher oder ähnliches von Lukas bereitgehalten. Das gibt ihnen das Gefühl, wirklich dazu zu gehören.
Die „Kind"-Texte sind in der Vorlage nicht zugeordnet. Hier kann gut je nach Zahl variiert werden. Für das Verteilen der Rollen in Lukas Schreibstube muss man mindestens vier Kinder haben. Kinder ohne Sprechtext können natürlich in beliebiger Zahl mitmachen.
Zur Orientierung für die Gemeinde ist es hilfreich, wenn die Beleuchtung wechseln kann zwischen „Anderer Stern" und „Auf der Erde".
Die Alltagsszenen sowie Lukas Schreibstube sind im Altarraum angesiedelt. Das bedeutet, dass hier zwischendurch bei den Liedern immer die Requisiten (sie ergeben sich im Text) umgestellt werden müssen. Dafür sollten zwei Personen zuständig sein, die ansonsten nicht mitspielen.
Das Hirtenfeuer ist mitten in der Kirche. Um die Gemeinde etwas mehr zu beteiligen, kann man einfache Schaf-Figuren aus weißem Papier schneiden und auf die Plätze legen, die in der Nähe des „Hirtenfeuers" sind. An der konkreten Stelle im Spiel fordert Lukas die dort Sitzenden auf, die Schafe hochzuhalten, um so zu zeigen, wo die Hirten nun hingehen sollen.
Weitere Requisiten ergeben sich aus dem Spieltext und sind leicht herzustellen.

DER GOTTESDIENST

LIED — Seht, die gute Zeit ist nah (EG 18)

Eröffnung — *Mit Eingangsspruch:* „Sucht den Herrn, so werdet ihr leben."

Sprecher/in — Wir suchen – und wissen oft nicht, was.
Wir warten – und wissen oft nicht, auf wen.
Wir feiern – und wissen oft nicht, warum.
Wir hören – und verstehen oft nichts.
So sind wir hier in deinem Namen, Gott, versammelt.
Komm uns entgegen, damit wir dich finden.
Sei in unserer Mitte, damit wir dich feiern.
Hilf uns zu der Stille, in der wir dich hören und verstehen.
Darum bitten wir dich, Herr, unser Gott.
Amen.

LIED — Das Licht einer Kerze ist im Advent erwacht (LfJ 316)

Sprecher/in — Kennt ihr das?
Dass ihr euch manchmal vorkommt, wie von einem anderen Stern? Da seht ihr was, ganz genau, aber verstehen tut ihr es nicht. Da tun Leute um euch her alles Mögliche – aber was das soll, begreift ihr nicht. Da komm ich mir vor, wie von einem anderen Stern.
Wir haben uns heute zwei Gäste eingeladen, die kommen sich nicht nur so vor. Die sind da – auf einem anderen Stern. *(Tobby wird auf der Kanzel sichtbar)* Da seht ihr schon einen, den Tobby vom anderen Stern. Wenn mich nicht alles täuscht, dann guckt er mit seinem Fernrohr in der Weltgeschichte rum. Und da hinten sehe ich auch schon Robby kommen, seinen Freund. *(Robby kommt zu Tobby.)*

Robby — Hallo, Tobby, was schaust du mit deinem Fernrohr stundenlang im Weltraum herum? Gibt es denn da was Interessantes zu sehen? Um diese Jahreszeit?

Tobby — Gerade jetzt, Robby. Du musst mal zum Stern Erde gucken. Da, auf dem Kontinent Europa, da ist was los!

Robby — Ehrlich? Gib mir mal das Fernrohr. Du hast mich neugierig gemacht.

Tobby — Kannst du was erkennen?

(Betrieb in allen Gängen beginnt möglichst tonlos)

Robby — Ist ja irre! Das sieht ja aus wie ein Ameisenhaufen. So ein Gewimmel auf den Straßen!

Tobby — Kannst du Einzelheiten erkennen?

Robby — He, da sind viele Menschen mit dicken Paketen beladen. Und alle haben es furchtbar eilig. Und da – da ist so ein großes Gebäude. Ganz viele gehen da rein und raus. Die stoßen dabei regelrecht zusammen mit ihren dicken Taschen. Und die meisten sehen ganz müde und abgehetzt aus.

Tobby — Stell dir vor, Robby, das beobachte ich jetzt schon seit ein paar Tagen. Von morgens bis abends ist das so. Ich habe den Eindruck, die Menschen da unten sind total verrückt geworden.

Robby — Du, ich hab ein Gerät, mit dem kann man die Töne von der Erde abhören.

Tobby — Das ist prima. Vielleicht kriegen wir dann mehr raus, was da los ist.

Auf der Erde

(viele Leute unterwegs, Gerede ...)

1\. Passant — Machen Sie Platz, lassen Sie mich durch!

2\. Passant — Drängeln und schubsen Sie doch nicht so ...

3\. Passant — In jeder Vorweihnachtszeit wird der Trubel größer. Man wagt sich kaum noch in die Geschäfte.

4\. Passant — Gehen Sie doch schneller. Ich habe keine Zeit. In drei Tagen ist Weihnachten. Was meinen Sie, was ich noch alles vorbereiten muss. Ich hab's eilig.

Weihnachtsmann — *(mit der Glocke auf einem Podest)* Kauft Leute, kauft! Bei uns gibt es für jeden ein passendes Geschenk. Große Auswahl, auch noch drei Tage vor dem Fest!

Melanie — Mami, die Puppe, die will ich unbedingt.

Mutter — Melanie, du gehst mir auf die Nerven. Komm, ich muss noch alles fürs Festessen einkaufen. Für den Spielkram habe ich nun wirklich keine Zeit.

Melanie — Aber Oma hat es mir versprochen!

Mutter — Gib jetzt endlich Ruhe. Am besten hätte ich dich zu Hause gelassen. Bin ich froh, wenn das alles endlich vorbei ist.

Melanie — Du bist gemein. Ich freu mich auf Weihnachten. Und ich will die Puppe.

Mutter — Melanie, hör auf! *(gibt ihr eine Ohrfeige)*

Melanie — *(weint)*

Mutter — *(zerrt Melanie weiter)*

Alte Frau — Meine Güte. Ich habe richtig Angst hier. Eigentlich wollte ich ja auch gar nicht rausgehen. Aber mein Sohn kommt doch mit Familie. Da muss ich doch was einkaufen. Meine Enkelkinder sollen sich ja wohlfühlen bei mir. Hoffentlich komme ich heil über die Straße.

Auf dem anderen Stern

Robby — Puuh, hast du das gehört?

Tobby — Klar. Verstanden habe ich die Wörter auch. – Aber begreifen tu ich das nicht!

Robby — Die machen sich ja ganz kaputt. Die Mutter, die war so erschöpft, dass die sich über das Kind nur noch ärgern konnte.

Tobby — Na ja, und das Kind war eigentlich ja auch so müde, dass es nur noch an die Puppe denken konnte.

Robby — Ganz schön blöd, was? Die haben sich doch bestimmt lieb. Aber in dem Stress kriegen sie nur Streit.

Tobby — Ja, und keiner merkt mehr, was der andere fühlt und denkt.

Robby — Die arme alte Frau. Die war mit ihrer Angst ganz allein.

Tobby — Und wenn dann ihr Besuch kommt, ob das wirklich so schön wird, wie sie hofft?

Robby — Na, wenn der Sohn und seine Familie vorher genauso rumgehetzt sind, dann bestimmt nicht.

Tobby — Du, Robby, ich versuch jetzt mal, ob wir in ein Wohnhaus reingucken und -hören können. Ich möchte doch mal wissen, was da so passiert.

Robby — Au ja. Vielleicht erfahren wir dann mehr, was das alles soll.

Auf der Erde

(Tisch, Stühle oder Sessel, eine Plätzchendose, vorn)

Vater	*(kommt von der Arbeit)* Hallo. Ui, riecht das hier gut. Wie in der Bäckerei. Mhmm, da muss ich doch gleich mal probieren.
Frank	He, Papa, lass das, die sind erst für Weihnachten! Ich durfte auch nicht naschen.
Ulla	Du, Papa, hast du die Geschenke schon mitgebracht?
Vater	Neugierige Nase! Meinst du, ich verrate dir was?
Frank	Ach, Ulla, lass das doch. Es ist doch so spannend. Ich will vorher gar nichts wissen.
Mutter	*(nimmt sich gerade die Schürze ab, als sie dazukommt)* Na, ihr Drei? Schön, dass jetzt alle da sind. Ich bin k.o. Den ganzen Nachmittag habe ich in der Küche gestanden. Jetzt reicht's. Jetzt leg ich meine Beine hoch und tu nix mehr.
Ulla	Prima, ich les dir eine Geschichte vor, ja?
Frank	Och nee, ich will Fernsehen gucken.
Vater	Moment mal, Karin, hast du vergessen? Heute Abend ist doch die Weihnachtsfeier im Betrieb. Acht Uhr fängt das an.
Mutter	Oh, nicht doch! Sag mal, muss das sein? Ich mag nicht mehr. Gestern war die Weihnachtsfeier im Turnverein. Donnerstag im Frauenkreis. Und jetzt auch noch bei euch im Betrieb. *(ironisch)* Ich muss euch sagen, es weihnachtet sehr.
Vater	Ach, komm, sei nicht so. Einmal im Jahr ist der gemütliche Abend mit den Kollegen. Sonst sitzen wir immer nur dienstlich zusammen. Das eine Mal musst du doch mitkommen.
Ulla	Ach ja, Weihnachtsfeier. Wir machen eine Weihnachtsfeier von der Klasse – mit Eltern. Toll! Ach Papa, das ist am Samstag. Da kannst du auch mit. Das ist extra so gemacht für die, die in der Woche nicht können.
Vater	Mensch, nee, am Samstag! Mein einziger freier Tag. Und da muss ich doch auch den Tannenbaum holen. Und überhaupt, ich kenn da doch sowieso niemanden.
Mutter	Das kommt davon, dass du nie hingehst, wenn in der Schule was los ist. Wenigstens das eine Mal kann du doch mitgehen. Ist bestimmt gemütlich. Und den Baum kannst du am Vormittag holen.

Auf dem anderen Stern

Robby	O ha, so viele Feiern! Das macht ja schon keinen Spaß mehr.
Tobby	Dabei hab ich den Plätzchenduft bis hierher in der Nase gehabt. Aber jeden Tag Plätzchen – igitt!
Robby	Jetzt lass uns mal überlegen, was wir inzwischen wissen. Was da los ist auf der Erde. Was das soll.
Tobby	Die Menschen feiern ein Fest. Das ist klar. Und sie bereiten das vor.
Robby	Aber sie feiern auch schon dauernd.
Tobby	Nur, wieso feiern sie? Was feiern sie?
Robby	Ich habe den Namen von dem Fest behalten. „Weihnachten" haben sie gesagt.
Tobby	Nacht? – -Wein-nacht? Nach Weinen sah das eigentlich nicht aus.
Robby	Obwohl manches ja zum Heulen war, was ich da gesehen und gehört habe.

Tobby — So kommen wir nicht weiter. Aber ich hab ein Erdenwörterbuch. Vielleicht finden wir da das Wort Weihnacht. *(blättert)* Wache – Wasser – Wecker – Weib – Weihnacht.

Robby — Lass mich mal lesen. Weihnacht, auch heilige Nacht oder Christnacht genannt. Fest der Geburt Jesu. Ein Fest der Christen auf der Erde. Älteste Aufzeichnung über seinen Ursprung stammt etwa aus dem Jahr 80 nach Christus. Lukas hat das aufgeschrieben.

Tobby — Na bitte, da sind wir ja gleich am Anfang gelandet. Ich schalte zurück ins Jahr 80. Mal sehen, was der Lukas da schreibt.

Sprecher — Während Robby und Tobby zurückschalten ins Jahr 80, singen wir ein Lied. Und eines kann ich euch schon verraten: Der Lukas mag Kinder. Alle Kinder, die ganz nahe beim Lukas sein wollen, können hierher nach vorne kommen. Bringt euch ein Kissen mit, dann sitzt ihr ganz bequem hier am Boden.

LIED — Jesus ist kommen (EG 66)

Auf der Erde

(Tisch mit vielen Papieren, Schreibzeug, Stuhl, vorn)

Lukas — *(sitzt am Tisch und schreibt)*

Kind — Lukas, musst du dauernd schreiben? Du könntest doch mit uns spielen.

Lukas — Das geht jetzt wirklich nicht. Was ich hier schreibe, ist ganz wichtig.

Kind — Warum ist das wichtig?

Lukas — Ich schreibe auf, was ich über einen ganz wichtigen Menschen erfahren habe.

Kind — Und warum ist dieser Mensch so wichtig?

Lukas — Ach, wie soll ich das erklären? Er war ein Mensch von Gott. Also, er war Mensch und ist unser Herr und Gott.

Kind — Hat er auch einen Namen?

Lukas — Ja natürlich. Jesus hieß er.

Kind — Und was hat der gemacht?

Lukas — Wenn ich dir das alles erzählen sollte, da säßen wir übermorgen noch hier. Guck mal, so viele Seiten habe ich schon vollgeschrieben, und ich bin noch nicht fertig. Aber gut, ein bisschen kann ich dir sagen: Als Jesus erwachsen war, ist er mit einer Gruppe von Freunden durchs Land gezogen. Vielen Menschen hat er geholfen. Er hat immer die gesehen, die so am Rand waren: die Schwachen, die Ängstlichen, Kleinen. Jesus hat immer dahin geguckt, wo andere am liebsten weggucken. Da hat Jesus dann gesagt: Ich habe dich ganz lieb. Denn Gott hat dich ganz lieb.

Kind — Mich übersehen auch immer alle, weil ich so klein bin. Und mein Vater sagt immer: Du gehörst nicht dazu, du bist noch zu klein.

Lukas — Seht ihr, Jesus hat das nicht so gemacht. Er hat die Kleinen nicht übersehen. Er hat auch die Kinder zu sich geholt und hat ihnen gezeigt: Gott hat euch ganz lieb.

Kind — War der Jesus auch mal klein?

Lukas — Ja, natürlich. Er ist geboren genau wie du. Ein hilfloses, kleines Baby war er.

Kind — Oooch, Lukas, bitte erzähl uns doch von dem Kind.

Kind — Ja, bitte, Lukas, du hast selbst gesagt, dass das wichtig ist.

Kind — *(wird Maria)* Genau! Und wenn du erzählst, dann spielen wir die Geschichte. Ich bin die Mutter!

Kind — *(wird Josef)* Und ich der Vater!

Kind — Und meine Puppe ist das Baby.

Lukas — Ist ja gut, ihr habt mich überredet. Probieren wir es mal. Erstmal ist das Baby aber noch nicht geboren. Das dauert noch ein bisschen.

Kind/Maria — Dann versteck ich die Puppe solange unter meinem Umhang.

Lukas — Ja, gut. Und nun sind die Eltern, Maria und Josef, noch in Nazareth. Da erfahren sie, dass der Kaiser von Rom alle Menschen zählen will. Und damit seine Beamten nicht durcheinander kommen, hat der Kaiser befohlen: Alle Menschen müssen dahin gehen, wo sie geboren sind. Da werden sie gezählt. Und weil Josef in Bethlehem geboren war, mussten die beiden einen weiten Weg nach Betlehem gehen. Der Weg war besonders beschwerlich für Maria. Denn sie war schwanger. Und als sie nach Betlehem kamen, da waren die Gasthäuser schon voll belegt. Kein Platz war da für Maria und Josef. Außer – ja, außer einem Stall am Dorfrand.

(Einige Kinder stellen den Stall auf.)

Auf Stroh konnten sie sich ausruhen. Und Maria bekam das Kind. Die Futterkrippe wurde sein Bett. Ein paar Tücher deckten das pieksende Stroh ab und wärmten das Baby. Mehr war nicht da.

Kind — Booh, so ärmlich? Du hast doch vorhin gesagt, das Kind wäre von Gott. Das ist aber gemein, wenn der das Kind so arm macht!

Lukas — Es ist gut, dass du die Armut bemerkst. Das hat Jesus später auch getan. Er hat gesehen, wo Hilfe nötig ist. Aber er selber kennt die Armut, das Elend, von Anfang an. Siehst du, Gott selbst hat sich so arm und elend gemacht. Das ist ganz wichtig. Weil er so nahe bei denen ist, die arm und elend sind. Ganz von Anfang an ist Gott ihnen nahe.

Kind — Wenn Gott den Jesus im Stall zur Welt kommen lässt, dann dreht er sich bestimmt nicht weg, wenn einer von der Stallarbeit ganz dreckig ist.

Kind — Und Jesus hat bestimmt keine Angst vor Bettlern.

Lukas — Genau. Und Gott ist ein Kind geworden und freut sich über alle Kinder, die zu ihm kommen.

Kind — Lukas, kommt denn niemand zu den Eltern und dem Baby? Kommt keiner sie besuchen, wo da doch Gott ganz nahe kommt?

Lukas — Gute Frage. Siehst du, die Menschen in Betlehem hatten ja keine Ahnung, wer da am Dorfrand geboren war. Manche hatten zwar die schwangere Frau gesehen, als Maria und Josef Herberge suchten. Aber darum haben sie sich nicht gekümmert. Trotzdem. Es kamen Leute zu Besuch. Aber denen hat Gott geholfen, damit sie ihn finden. Und davon erzähle ich jetzt.

Kind — *(Hirte)* Kann ich die Besucher spielen?

Lukas — Nicht allein. Wer will, kann jetzt Hirten spielen. Das waren nämlich Hirten. Da hinten, in der Mitte, da ist euer Hirtenfeld. Viele Schafe sind da, auf die ihr aufpassen müsst. *(Leute halten ihre Papierschafe hoch)* Und jetzt brauchen wir noch einen Boten von Gott, einen Engel.

Kind — *(Engel)* Den spiele ich.

Lukas — Gut. Der Engel hat den Hirten etwas Wichtiges zu sagen. Hier hast du ein Blatt, auf dem es steht. Da kannst du es nachher selbst sprechen.

Kind | Prima.

Lukas | Ja, und wer noch Engel spielen will, kann mitgehen. Erstmal seid ihr aber noch nicht zu sehen. Geht am besten an die Seite. *(Unter der Seitenempore halten Mitarbeiter Kerzen in Haltern für die Engelgruppe bereit. Von da gehen die Kinder auf die Empore.)*
Und so geht meine Geschichte:
In der Nähe von Betlehem waren Hirten auf den Weiden bei den Schafen. Sie passten in der Nacht auf die Schafe auf. Es war sehr dunkel und ganz still. – Doch siehe, der Engel Gottes trat zu ihnen. Alles leuchtete sehr hell, wie ein Licht von Gott selbst. Die Hirten erschraken sehr. Und der Engel sprach zu ihnen.

Engel | Fürchtet euch nicht. Denn siehe, ich verkündige euch große Freude, die allem Volk widerfahren wird. Denn euch ist heute der Heiland geboren in der Stadt Davids. Das ist Christus, der Herr. Und das nehmt zum Zeichen: Ihr werdet ein Kind finden in Windeln gewickelt und in einer Krippe liegen.

Lukas | Und da waren ganz viele Engel, die lobten Gott und sprachen: Ehre sei Gott in der Höhe und Frieden auf Erden bei den Menschen seines Wohlgefallens.
Und dann gingen die Engel fort. Die Hirten aber sagten zueinander: Wir wollen nach Betlehem gehen und sehen, was der Engel gesagt hat. Und sie liefen schnell und kamen zum Stall. Sie fanden Maria und Josef und das Kind in der Krippe, so wie es ihnen gesagt war. Und sie lobten Gott und priesen Gott, der ihnen so nahe kam.

Kind | Das hätte ich aber auch gemacht.

Lukas | Das kannst du auch heute noch. Gott ist den Menschen ganz nahe gekommen. Das gilt nicht nur für die Menschen im Stall. Das gilt auch für dich und auf für mich und für alle Menschen, die es hören. Siehst du, und darum schreibe ich die Geschichte von Jesus ja auf. Damit alle Menschen sie lesen und verstehen können. Denn alle sollen das doch merken, dass Gott ihnen ganz nahe ist und sie so lieb hat.

Kind | Du, Lukas, ich finde das ganz schön, dass du uns die Geschichte so erzählt hast. Da hast du das wie Jesus gemacht: Du hast dir Zeit für Kinder genommen. Das ist schön, wenn einer Zeit für mich hat.

Lukas | Soll ich dir mal was verraten? Weil ihr die Geschichte mitgespielt habt und so gute Gedanken hattet, habe ich die Geschichte eigentlich auch viel besser verstanden als vorher. Ich bin richtig froh, dass ihr gekommen seid.

Auf dem anderen Stern

Robby | Schade, zu Ende.

Tobby | Das war schön.

Robby | Ja, fand ich auch.

Tobby | Die Geschichte von dem Kind in der Krippe, von der guten Nachricht. Gott kommt zu den Menschen. Wunderschön.

Robby | Und ganz wichtig!

Tobby | Sag mal, Robby, verstehst du, was die Menschen da unten daraus gemacht haben?

Robby | Wie? – Ach so. Du meinst das Gewimmel und Gewühl da auf der Erde. – Ich war in meinen Gedanken noch ganz bei dem Kind im Stall. Aber wenn du mich jetzt so fragst – nee, ich kriege das nicht zusammen. Die Geschichte vom Lukas und das Ameisengewimmel, diese Hektik, diesen Streit und die Paketeschlepperei auf der Erde. Ich seh da keinen Zusammenhang mehr.

Tobby	Ich glaube, die Menschen haben die gute Nachricht vergessen.
Robby	Man müsste es ihnen mal wieder sagen.
Tobby	Aber ob sie das hören können? Überleg mal, was für ein Krach da unten überall war!
Robby	Vielleicht – vielleicht müsste es irgendwo mal wieder ganz still werden. An irgendeiner Stelle. So wie damals auf dem Hirtenfeld. Damit die Menschen hören können.
Sprecher/in	Vielleicht müsste es irgendwo mal wieder ganz still werden, damit die Menschen hören können. – Wir wollen das einmal versuchen. Wir wollen hier so ein Raum werden, wo es still wird. Einmal ganz still werden, damit wir hören können. *(Sprecher/in muss unbedingt vorn stehen bleiben)*

Stille

(Ganz leise registriert beginnt die Orgel dann die Melodie des Glorialiedes. In die Melodie hinein:)

Sprecher/in	Hört. Gott schenkt große Freude. Sie gilt der ganzen Welt. Denn für euch ist heute der Heiland geboren. Seine Zeichen sind Windeln und Krippe und Kreuz. Es ist der Herr, der unsagbar nahe ist. Mit ihm könnt ihr leben. Im Frieden, der alle Menschen umschließt. Ehre sei Gott in der Höhe.

(Die Orgel wird nun laut und begleitet den Gesang:)

LIED	Hört der Engel helle Lieder – Gloria in excelsis deo. (EG 54)

Alle Spieler bleiben an ihren Plätzen.

Gebet	*(aktuell formulieren)*
LIED	O du fröhliche (EG 44)
Segen	

Mit den Hirten will ich gehen

IDEE UND INHALT

Anstoß zu diesem Spiel war die Legende vom ersten Strohstern.
Dazu kommen biblische Hirtenmotive: David, der Hirte wird zum König. Das Gleichnis vom verlorenen Schaf. Der Satz Jesu: „Ich bin der gute Hirte".
Im ersten Teil wird die Entstehung der Idee gespielt.
Dann erst ziehen die Kinder die Kostüme an, bauen ihren Spielort und beginnen.
Das Spiel orientiert sich an der Überlieferung des Lukas, die Weisen kommen also nicht vor.

ROLLEN, KOSTÜME, REQUISITEN

15-18 Kinder, 2-5 Erwachsene. Dazu beliebig viele Kinder für den Engelchor und die Hirten ohne Text. Die Spielleiterin (Erwachsener 1) wird von einer Mitarbeiterin des Kindergottesdienstes gespielt.
Mindestens ein weiterer Erwachsener sollte in der Spielgruppe sein. Die Kinder aus der Eröffnung übernehmen später Rollen in der Weihnachtsgeschichte. Die dazu notwendigen Angaben finden sich im Spieltext. Der Hirte Benjamin sollte von einem besonders spielfreudigen Kind gespielt werden. Sein Vertrauter, Samuel, ist mit einem Jugendlichen oder Erwachsenen gut besetzt.
Die Kostüme der Hirten sind einfache Umhänge, evtl. ein Hirtenstab. Sie werden erst angezogen, wenn das eigentliche Hirtenspiel beginnt.
Zu den einzelnen Hirtenszenen steht die jeweils aktive Gruppe auf, so dass die Gemeinde sieht, wo es weitergeht. Zusätzlich wandert ein kleiner Junge mit einer Laterne immer zu der gerade aktiven Gruppe, während die Gemeinde „Mit den Hirten will ich gehen" singt. In einem übersichtlichen Gottesdienstraum kann der Lichtträger auch wegfallen.
Fußbänkchen und Melkschemel usw. stehen von Anfang an im Altarraum. Später werden sie an die Hirtenplätze mitgenommen. „Hirtenfeuer" kennzeichnen die Hirtenplätze in der Kirche: Auf einem größeren Brett wird ein Holzstoß aufgenagelt und erhält Flammen aus Buntpapier. Die Hirtenplätze werden in dem Kirchraum möglichst so verteilt, dass auch den hinten sitzenden Gottesdienstbesuchern eine Szene nahe kommt.
Alle Requisiten, die sich aus dem Spieltext ergeben, liegen bei den Feuerplätzen in der Kirche bereit. Für das wiedergefundene Schaf haben wir aus einem weißen Stoff einen einfachen Körper mit vier Beinen genäht, mit Schaumstoffflocken u.Ä. gefüllt, einen graubraunen Kopf mit Ohren angenäht und das Ganze mit einem Schaffell bezogen, das sonst als Bettvorleger dient. Der Eindruck war verblüffend.
Benjamins Lager wird im Altarraum aus Strohballen gebaut. Dazwischen ist ein Strohstern bereitgelegt.

ZEICHEN DER ERINNERUNG

Alle Gottesdienstbesucher erhalten zum Schluss einen Strohstern. Strohsterne in großer Zahl erhält man oftmals bei Werbefirmen. Vielleicht gibt es aber in der Gemeinde eine Gruppe, die Strohsterne bastelt, was natürlich besonders schön ist.

DER GOTTESDIENST

Orgelvorspiel/Abkündigungen

Eröffnung

Pfarrer/in — Wir sind zusammengekommen, um den Familiengottesdienst zum Christfest zu feiern. Alles, was wir tun, tun wir im Namen Gottes, des Vaters, des Sohnes, des Heiligen Geistes.

	Auf Gottes Hilfe vertrauen wir, denn er hat den Himmel, die Erde und uns alle gemacht. Er ist treu und verlässt uns nicht. Gott kommt uns nahe. Der barmherzige Gott will bei uns wohnen. Darum macht die Tore weit und die Türen in der Welt hoch, dass der König der Ehre einziehen kann. Amen.
Sprecher/in	Wir beten: Hier bin ich, guter Gott. Das Christfest will ich mit dir feiern. Du kennst mich besser als irgendein Mensch, ja, wohl auch besser, als ich mich selber kenne. Darum vertraue ich dir. Ich will mich in deine guten Hände geben. Mit allem Kummer, der das Weihnachtslicht verdüstert. Mit aller Angst vor den Erwartungen nach Harmonie, denen ich nicht gerecht werden kann und will. Mit allen Fragen nach dem Sinn und Inhalt dieser Festzeit. Ich will mich in deine guten Hände geben. Mit aller Hektik der vergangenen Tage. Mit aller Unruhe in mir und um mich her. Nimm mich an, mit deinen guten Händen. So will ich gern das Christfest feiern. Amen.
LIED	Halleluja (EG 182, 1-4,5)

(Bei dem Lied kommmt Erwachsener 1 nach vorn)

Einleitung

Erwachsener 1	Hallo, das finde ich ja prima, dass ihr alle gekommen seid, um den Gottesdienst für den Heiligen Abend mitzugestalten.
Kind 1	*(Kommt aus der Bank heraus)* Verteilen wir gleich die Rollen? Ich will nämlich ein König sein. Mit 'ner großen goldenen Krone.
Erwachsene/r 1	So weit sind wir doch noch gar nicht. Erstmal können jetzt alle nach vorn kommen, die mitspielen wollen. *(Pause, bis alle vorn sind)* Unser Spiel soll ja die Predigt im Gottesdienst sein. Darum müssen wir uns überlegen, was wir denn Wichtiges mitzuteilen haben.
Kind 2	Puuh, die Predigt soll der Pastor machen. Ich will der Josef sein, aber nur, wenn (Kind 3) nicht die Maria spielt.
Kind 3	*(spitz)* Mit dir zusammen bestimmt nicht.
Erwachsene/r 1	Also wisst ihr, zum Zanken haben wir jetzt überhaupt keine Zeit. Und mit den Rollen haben wir auch noch nichts im Sinn. Ihr kennt doch alle die Weihnachtsgeschichte aus der Bibel ganz gut.
Kind 4	Viermal hab ich die in diesem Jahr schon gehört. Die kommt mir schon zu den Ohren raus. *(leiernd)* Es begab sich aber zu der Zeit ...
Erwachsene/r 1	Es reicht (Kind 4). Wenn dir die Geschichte schon zu den Ohren rauskommt, dann hast du sie ja im Kopf drin. Und das ist doch schon mal ganz gut. Bitte denkt doch jetzt mal alle nach. Welche Personen kommen in der Weihnachtsgeschichte vor und welche sind euch selbst vielleicht besonders ähnlich?
Kind 5	Der Wirt bestimmt nicht.
Kind 6	Oder die Wirtin. Nee, wegschicken will ich die Maria und den Josef nicht.
Kind 7	Obwohl, wenn ich ehrlich bin ... dann mach ich auch ganz gern die Tür zu, wenn mir irgendwer lästig kommt.
Erwachsene/r 1	Genau deshalb tauchen diese Figuren wahrscheinlich in den meisten Krippenspielen auf, obwohl sie in der Bibel gar nicht vorkommen.
Kind 6	Das wusste ich noch gar nicht.

Erwachsene/r 1	Das wissen viele nicht. Ich denke aber, wir sollten uns auf die Personen beschränken, die in der Bibel genannt werden.
Kind 8	Das wären dann wohl die Könige und die Hirten.
Kind 9	Ganz schön gegensätzlich: die einen ganz hohe Tiere, die anderen arme Schlucker von ganz unten.
Erwachsene/r 1	Und welche sind euch näher?
Kind 1	Also, ein König wäre ich schon gern.
Kind 10	Bloß wegen der Krone! Nee, mir sind die Hirten lieber. Die haben mit Tieren zu tun. Und Tiere habe ich auch gern.
Kind 11	Ich finde, von den Hirten gibt es auch viel mehr Geschichten und Lieder, die mir gefallen.
Kind 12	Aber mit den Königen, die in den Stall kommen, das finde ich schon toll.
Erwachsene/r 2	Solche Männer braucht das Land.
Kind 13	Stimmt, solche, die ihre Macht nicht ausnutzen, sondern sich bücken.
Erwachsene/r 2	Herrscher, die Gott suchen und ihm dienen wollen.
Kind 7	Aber ich bin ja gar nicht so mächtig. Ich bin nicht stark. Und auf mich hört nie einer. Also bin ich wie die Hirten.
Kind 13	Das ist wahr. Wenn ich das so überlege, doch, ich finde, wir sollten mit den Hirten predigen.
Kind 11	Aber dann gehören die Lieder und Geschichten von Hirten auch dazu, zur Predigt, meine ich.

(Allgemeine Zustimmung)

Erwachsene/r 1	Höre ich das richtig, dass das die überwiegende Meinung ist?
Alle	Ja.
Erwachsene/r 1	Na, dann mal los. Predigen wir mit den Hirten. Und als Erstes singen wir was dazu. Wer hat einen Vorschlag?
Kind 7	Kommet ihr Hirten
LIED	Kommet ihr Hirten (EG 48, 1-3)

Hirtengeschichten

Kind 2	Und was machen wir jetzt?
Erwachsene/r 1	Welche Geschichten fallen euch denn zu den Hirten ein?
Kind 13	Die Geschichte von dem, der das Schaf wiedergefunden hat. Soll ich die mal erzählen?
Erwachsene/r 1	Nee, das lass mal erst. Es genügt, dass du sie kennst. Wir sammeln nur mal die Stichworte.
Kind 3	Ich denke an den Hirten, der mit der Steinschleuder gegen den starken Typen gekämpft hat.
Kind 13	Du meinst den David, der gegen Goliath angetreten ist.
Kind 3	Genau den.
Erwachsene/r 2	Also ich denke bei den Hirten immer daran, dass die für einen großen, reichen

	Besitzer schuften mussten, Tag und Nacht, ohne Rechte und ohne Ansehen und für einen ganz geringen Lohn.
Kind 2	Und keiner mochte die Hirten.
Kind 1	Und ich kenne noch die Geschichte von dem Hirten mit dem Strohstern.
Erwachsene/r 1	Das ist ja schon eine ganze Menge. Und die eigentliche Weihnachtsgeschichte gehört ja auch noch dazu. Ich schlage vor, dass wir jetzt ein Lied singen und uns dann ein paar Gedanken zum Spiel machen.
Kind 2	Zur Predigt, meinen sie wohl!
Erwachsene/r 1	Richtig, zur Predigt mit einem Spiel.
LIED	Augustus, Cyrenius (Hall. 193)
Erwachsene/r 1	Ich habe einer Idee. Wir machen ein paar Hirtengruppen. Jede überlegt sich eine kleine Spielszene rundum eine der Geschichten, die ihr genannt habt. Dann brauchen wir natürlich Maria und Josef, die könnten an einem der Hirtenfeuer vorbeikommen.
Kind 12	Und da nach dem Weg fragen.
Erwachsene/r 1	Ja, zum Beispiel.
Kind 12	Das machen (Kind 4) und ich. Einverstanden?
Erwachsene/r 1	Und dann brauchen wir Engel, die den Hirten sagen, was passiert ist.
Kind 5	Und dann gehen alle in den Stall.
Kind 1	Aber meine Strohsterngeschichte spielt erst danach.
Erwachsene/r 1	Gut (Kind 1) Dann überlegst du dir, wie du die spielen willst. (Kind 13), du übernimmst das mit dem verlorenen Schaf. (Kind 3) überlegt etwas zum David. Und (Erwachsener 2) probiert mal was zu den ausgestoßenen Hirten. Ihr sucht euch alle noch ein paar Leute dazu und sucht euch eine Platz für euer Hirtenfeuer.
Kind 14	Die Engel fehlen noch. Ich möchte nämlich gern wieder ein Engel sein.

(andere melden sich auch)

Erwachsene/r 1	Gut, ihr seid die Engelgruppe. Dann gehen jetzt also alle an ihren Platz und überlegen, wie sie spielen möchten. Ich denke, dass daraus dann schon eine Predigt wird, die viele gut verstehen.

Hirtenmusik (Flöten)
(Dabei bauen die Kinder ihre Hirtenfeuer auf, ziehen Kostüme an, gehen an ihre Ausgangspunkte. Der Lichtträger steht bei der Gruppe 1)

Mit den Hirten will ich gehen

Gruppe 1 / *rundum Davids Geschichte (vier Personen, Kanzelseite)*
Erwachsene/r 3 = Mosche, Kind 5 = Daniel, Kind 10 = Hosea, Kind 3 = Johannes

Mosche	Schaut mal, da kommt der Johannes.
Daniel	Endlich. Der hat uns in den letzten Tagen ganz schön bei der Arbeit gefehlt.
Hosea	Kann man wohl sagen. Gerade jetzt, wo so viele Lämmer geboren werden.
Mosche	Na komm. Stöhn nicht so. Immerhin stand beim Johannes zu Hause auch eine Geburt bevor. Da war er ja wohl für seine Frau und das Kind zu Hause wichtiger als hier für uns und die Schafe.
Hosea	Da hast du Recht, Mosche. Hoffenlich bringt Johannes gute Nachrichten. Das wäre wengistens ein Grund zum Feiern.

Daniel — So, wie es aussieht, wirst du wohl zu deinem Fest kommen, Hosea. Guck nur, wie große Schritte der Johannes macht.

Mosche — Ja, und er winkt schon. Und einen großen Korb hat er auch dabei.

(Johannes kommt näher. Die anderen begrüßen ihn.)

Johannes — Freut euch mit mir, Freunde. Magdalena hat einen Sohn geboren. Beide sind gesund. Ich bin so froh.

(Alle gratulieren)

Johannes — Meine Schwiegermutter hat diesen großen Korb vollgepackt mit leckeren Dingen. „Für dich und deine Kollegen", hat sie gesagt. „Damit ihr den Stammhalter ordentlich feiern könnt."

Hosea — Eine kluge Schwiegermutter hast du.

Mosche — Aber sag erstmal, wie heißt denn dein Stammhalter?

Johannes — David haben wir ihn genannt.

Hosea — David? Das ist doch ein Königsname. Ja, eigentlich *der* Königsname überhaupt in der Geschichte unseres Volkes. Findest du das nicht ein bisschen hochgegriffen als Namen für den Sohn eines gewöhnlichen armen Hirten?

Mosche — Also hör mal, Hosea. Wenn du schon mit der Geschichte unseres Volkes argumentierst, dann aber bitte richtig. Oder hast du vergessen, dass der große König David nicht von Geburt an König war?

Daniel — Ist ja wahr, Mosche. Da hab ich noch nie drüber nachgedacht. David war ja Hirte. Ein kleiner, gewöhnlicher Hirte.

Mosche — Eben. David, der große König, war einer von uns.

Hosea — So wie du das jetzt sagst, Mosche, da finde ich das den besten Hirtenjungennamen, den man sich denken kann.

Johannes — Also, ehrlich gesagt, wir haben gar nicht so viel darüber nachgedacht, als wir den Namen David gewählt haben. Magdalena hat ihn vorgeschlagen und ich fand, dass er schön klingt: David ben Johannes. Aber so finde ich den Namen noch viel schöner. Ich werde eines Tages meinem Sohn alles von David erzählen, der auch nur Hirte war, und dann König wurde, weil Gott es so wollte.

Mosche — Ja, vor allem von Gott sollst du ihm erzählen, vor allem von Gott, der nicht auf Kraft und Macht und Geld eines Menschen schaut, sondern ins Herz.

Daniel — Ganz richtig und wichtig, was du da sagst, Mosche. Aber ehe du jetzt anfängst zu predigen, möchte ich an den großen Korb da erinnern. Ich bin nämlich immer noch ein kleiner, gewöhnlicher und ziemlich hungriger Hirte.

Johannes — Klar, Daniel. Jetzt wird gegessen und getrunken.

Mosche — Ja, das Hirtenkind mit dem Königsnamen müssen wir doch ordentlich feiern.

LIED — Mit den Hirten will ich gehen (EG 544, 1. Vers)
(Dabei geht der Lichtträger zur nächsten Hirtengruppe.)

Gruppe 2 / *Verlorenes Schaf. (Drei Personen, im Gang. Kind 9 = Amos, Erwachsener 4 = Micha, Kind 13 = Jona)*

Amos — Meine Zeit, schon so spät und der Jona ist immer noch nicht zurück.

Micha — Wer weiß, wo das Schaf zurückgeblieben ist.

Amos — Dass wir es verloren haben, habe ich erst am Nachmittag beim Brunnen gemerkt.

Ein Glück, dass ich da durchgezählt habe. Sonst hätten wir womöglich erst heute abend gemerkt, dass ein Schaf fehlt.

Micha — Hoffentlich hat der Jona Erfolg mit der Suche. Ich mach mir fast Vorwürfe, dass wir ihn allein haben gehen lassen. Ein verlorenes Schaf ist schon schlimm. Aber einen Menschen zu verlieren – da mag ich gar nicht weiter drüber nachdenken.

Amos — Jona ist ein erfahrener Mann, Micha. Und wenn überhaupt einer das Schaf wiederfinden kann, dann ist er es.

Micha — Sei mal still. Die Hunde sind so unruhig. Vielleicht haben sie etwas bemerkt. – Ja, ich höre Schritte im Gestrüpp. Du, ich glaube, Jona kommt.

Amos — Ja, da seh ich einen Schatten. Hat er ein Schaf dabei? Kannst du das schon erkennen, Micha?

Micha — Neben ihm bewegt sich nichts. Er ist allein. Oder ... du, ich glaube, der trägt was.

Amos — Ja, jetzt erkenne ich es auch. Er trägt das Schaf auf seiner Schulter. Mir scheint, es ist tot.

Micha — Dann wäre am Ende alles Suchen umsonst gewesen?

Amos — *(läuft dem Jona entgegen)* Jona, endlich! Was ist mit dem Schaf? Ist es ...

Jona — Nein, nein, Amos. Es ist sehr erschöpft, aber es lebt. Bring schnell Wasser und hol ein bisschen Futter für das Tier. Dann wird es schnell wieder auf den Beinen sein.

Amos — Überlass das nur mir, Jona. Ich bin ja so froh, dass du wieder da bist. Und das Schaf. Ich will es gleich versorgen. Geh du ans Feuer. Micha hat eine kräftige Suppe für dich warmgehalten. Die brauchst du jetzt sicher.

Jona — Oh, danke, Amos. Die kann ich wirklich gut gebrauchen. Ich bin ganz schön kaputt. Aber das Schaf ist wieder hier. Dafür hat es sich gelohnt.

Micha — Wir haben uns schon Sorgen um dich gemacht.

Jona — Ich hatte gar keine Zeit, mir Sorgen zu machen. Ich habe nur an das Schaf gedacht. Immer wieder habe ich Spuren gesucht. Die Sonne ging fast unter, da hätte ich nichts mehr erkennen können. Und dann habe ich das Schaf blöken gehört. Ich kann dir sagen, das war wie Engelsgesang in meinen Ohren. Endlich wusste ich sicher, wo ich langgehen musste. Und dann hab ich das Tier gefunden. In ein Erdloch ist es gerutscht. Kein Wasser und kein Grashalm war darin. Und keine Möglichkeit für das Tier, da allein rauszukommen.

Micha — Ein Glück, dass du ein gutes Gehör hast. Sehen konntest du es ja auch nicht.

Jona — Nee, erst im letzten Moment, als ich am Rand von dem Loch stand, hab ich das Schaf auch gesehen. Na ja, und dann musste ich noch einige Phantasie entwickeln, um es da rauszukriegen. Ich musse es mit einem Strick anbinden und hochziehen. Das fand das arme Tier gar nicht gut. Statt mitzuhelfen beim Hochkommen, hat es sich noch gegen den Boden gestemmt.

Micha — Es hat wohl nicht begriffen, dass Rettung kam.

Jona — Bestimmt nicht. Es hat sich eher noch angegriffen gefühlt. Und dabei hat es dann soviel Kraft verloren, dass ich es fast den ganzen Weg tragen musste. Selbst da hat es sich noch gesträubt, aber dann hat es anscheinend gemerkt, wie gut es ist, getragen und geborgen zu sein. Jedenfalls ist es ganz ruhig geworden. Ich glaube, es hat sogar geschlafen.

Amos — *(kommt wieder dazu)* Gegen Wasser und Futter hat es sich jedenfalls nicht gesträubt. Und jetzt ist es schon ganz munter zwischen den anderen.

Jona	Mensch, ich bin richtig froh, dass es nicht verloren ist.
Micha	Ich glaube, ich habe noch ein schönes Stück Schafskäse. Ja, hier. Das teilen wir jetzt zur Feier des Abends.
Jona	Danke, Micha.
Amos	Wisst ihr, was ich so gerade denke? Wäre das nicht schön, wenn Menschen, die sich ganz verloren vorkommen, auch so einen tollen Hirten hätten wie den Jona? Einen, der sie sucht, der sie hört, der sie trägt. Manchmal brauche ich auch so einen.
Jona	Er ist da, Amos. Er ist da. Gott ist dein Hirte. Der Gott Abrahams, Isaaks und Jakobs sucht und hört und trägt dich. Ganz sicher.
Micha	Und manchmal sträube ich mich gegen seine Hilfe und bemerke sie gar nicht. Genauso wie unser verlorenes Schaf.
Jona	Ja, aber der gute Hirte ist da und irgendwann weißt du das auch ganz sicher.
LIED	Mit den Hirten will ich gehen (EG 544, Vers1)

Gruppe 3 / *Begegnung mit Maria und Josef unterwegs, (Gangkreuzung / Kind 12 = Maria. Kind 4 = Josef. Kind 6 = Haggai. Kind 8 = Habakuk. Kind 2 = Nahum, Kind 11 = Andreas)*

Nahum	Ist das ein Elend in der Stadt.
Andreas	Das kann man wohl sagen.
Habakuk	Was ist denn los? Ihr seid doch sonst nicht so aufgewühlt, wenn ihr in Betlehem Einkäufe erledigt habt. Na gut, es gibt nicht immer das, was ihr gerade besonders gern haben wolltet. Aber wir sind doch nicht anspruchsvoll. Satt geworden sind wir immer noch.
Nahum	Es ist ja nicht das geringe Angebot der Händler, Habakuk. Es sind die vielen Menschen.
Haggai	Was für Menschen?
Nahum	Unheimlich viele Menschen sind in Betlehem, aus allen möglichen Gegenden. Und alle brauchen Platz zum Übernachten.
Habakuk	Was suchen die denn alle hier? Hat Betlehem was Neues, was die Scharen anzieht?
Nahum	Betlehem und was Neues! Das gibt's doch nicht. Nein, der römische Kaiser hat sich was Neues einfallen lassen, um mehr Geld zusammenzukriegen. Jetzt sollen sich alle in ihrem Geburtsort registieren lassen und dann Steuern zahlen. Keiner soll sich mehr drücken können
Habakuk	Und jetzt kommen so viele Leute nach Betlehem?
Andrea	Ja, alle, die hier geboren sind. Ich kann euch sagen, es ist ein einziges Chaos in der Stadt. Wo all die Leute übernachten sollen, ist mir schleierhaft. Sicher werden etliche im Freien schlafen müssen.
Haggai	Wir sind das ja gewohnt und haben unsere warmen Schafwolldecken hier. Aber für die, die das Haus gewohnt sind, ist das hart, vielleicht sogar gefährlich.
Habakuk	Schaut mal, da bewegt sich doch was. Kommen da nicht Menschen auf uns zu?
Nahum	Ja, ich erkenne zwei Leute. Was die hier wohl suchen? Es ist doch schon fast Nacht.
Josef	Guten Abend.
Alle	Guten Abend.

Josef — Ich bin Josef aus Nazaret. Das hier ist meine Frau, Maria. Wir sahen euer Feuer und sind darauf zugegangen. Wir brauchen Hilfe.

Nahum — Ihr habt euch verirrt in der Dunkelheit?

Josef — Verirrt nicht. Wir sind auf dem Weg nach Betlehem wegen des Kaiserbefehls.

Habakuk — Nahum und Andreas haben uns gerade erzählt, was es damit auf sich hat. Mit den Steuern und so.

Josef — Ja, ja. Wir müssen uns in Betlehem einschreiben lassen. Und ihr seht doch, Maria ist hochschwanger. Jederzeit kann unser Kind geboren werden. Und der Weg ist so weit. Wir wissen nicht mehr weiter. Ich weiß nicht mal, ob wir noch die Kraft haben, bis Betlehem zu gehen, heut Nacht.

Andreas — Das wäre auch ziemlich unsinnig. Ich war da, und heute nachmittag war es schon hoffnungslos überfüllt in der Stadt. Gerade haben wir darüber gesprochen, dass viele wohl im Freien übernachten werden.

Maria — Josef, das kann ich nicht. Um Gottes Willen, wo sollen wir nur bleiben?

Haggai — Nein, ihr könnt wirklich nicht im Freien schlafen. Wenigstens ein Dach überm Kopf und ein wenig Schutz vor der Kälte müsstet ihr haben.

Andreas — Ich habe eine Idee. Fünf Minuten von hier ist unser Winterstall, eine Höhle mit einem kleinen Bretterverschlag davor. Na ja, nicht gerade ein Luxushotel. Aber trocken und ein bisschen warm von der Sonne des Tages auf den Felsen. Frisches Stroh ist auch schon drinnen für den Winter. Wenn ihr wollt, lasst euch da mal erst nieder.

Josef — Wenn es in Betlehem wirklich so schlecht aussieht, wie du sagst, dann nehme ich dein Angebot gern und mit Dank an.

Habakuk — Ich führe euch hinüber. Im Dunkeln finden Fremde den Platz bestimmt nicht.

Nahum — Hier, nehmt noch eine Decke mit. Ich komm auch mal mit nur einer aus.

Maria — Ihr habt selbst so wenig und gebt so viel. Vielen, vielen Dank. Gott segne euch.

Josef — Ich danke euch auch.

Haggai — Macht nicht viele Worte, seht zu, dass ihr rasch unters schützende Dach kommt. Das braucht ihr jetzt dringend. Und wenn wir einfachen Habenichtse nicht zusammenhalten und uns gegenseitig helfen, wie sollten wir dann leben?

Habakuk — Auf geht's!

LIED — Mit den Hirten will ich gehen (EG 544, Vers 1)

Gruppe 4 / *Armut der Hirten, (Erwachsener 5 = Elischa. Erwachsener 1 = Samuel, Kind 1 = Benjamin, schlafender Hirtenjunge)*

Samuel — Elischa, was ist los mit dir? Den ganzen Abend bist du schon so bedrückt, redest kein Wort, starrst nur ins Feuer.

Elischa — Ach, Samuel. Ich fühl mich so elend. In mir ist es ganz dunkel. Ich weiß einfach nicht mehr weiter.

Samuel — Erzähl mir, was dich so bedrückt. Vielleicht können wir es zusammen bewältigen.

Elischa — Ach, Samuel, du weißt doch selbst, wie es um uns steht. Der Besitzer der Schafherde besitzt doch im Grunde auch uns. Das ertrage ich nun schon viele Jahre. Aber ich bin doch kein Vieh. Ich bin doch ein Mensch, genau wie er, nur eben ein besitzloser.

Samuel — Das also ist es. Du hast ja Recht. Unsere Lage als Hirten ist äußerst bescheiden.

Elischa	Bescheiden ist gar kein Ausdruck. Es geht eigentlich auch nicht so sehr um den geringen Lohn, obwohl das auch schlimm ist. Aber was mich so traurig und wütend macht, ist, dass ich nicht einmal nach Hause gehen kann, wenn ich will. Ich habe es dir nicht gesagt, Samuel, dass meine Mutter schwer krank ist, seit Wochen schon. Die Nachricht habe ich bekommen. Aber unser Besitzer hat meine Bitte, dass ich nach Hause gehen möchte, einfach in den Wind geschlagen. „So wenig Personal habe ich, da kann ich dich nicht freistellen für Privatgeschichten". Aus.
Samuel	Aber Elischa, warum hast du das alles in dich reingefressen. Das ist ja schrecklich. Dass unser Besitzer ein harter Mann ist, das wissen wir ja längst. Aber dass er so unbarmherzig wäre, das hätte ich nicht gedacht.
Elischa	Unbarmherzigkeit – ja, das ist es, was ich erlebe, was mich so fertigmacht. Erbarmen gibt's nicht mehr in dieser Welt, und schon gar nicht für die kleinen Leute, den letzten Dreck, die Hirten.
Samuel	Elischa, ich verstehe deine Empörung. Ich teile sie auch, was unseren Besitzer und auch manche anderen Großköpfe angeht. Aber dass es kein Erbarmen gibt, das kannst du nicht sagen. Und wenn die Menschen das Erbarmen vergessen, so ist Gott doch da. Und er ist größer als menschliches Denken. Und er hat Erbarmen mit uns.
Elischa	Hör auf, von Gott zu reden, Samuel. Ich kann ihm nichts bieten. Zum Tempel in Jerusalem werde ich nie kommen. In der Synagoge bin ich selten. – Ich darf die Schafe ja nicht verlassen. Gott hat also keinen Grund, mich zu beachten.
Samuel	Elischa, dein Kummer und deine Verzweiflung sind groß. Aber glaub mir, Gott ist größer. Sollte nicht der, der das Schreien der Sklaven in Ägypten erhört hat, auch dich hören? *Wie* es für dich wieder heller werden kann, weiß ich nicht. Aber *dass* Gott dich beachtet, dessen bin ich ganz sicher.
<u>Engelgruppe</u>	*(Kind 14 = 1.Engel, Kind 15-17 = weitere Engel, beliebig viele ohne Text / Empore)*
Flöte	Gloria (Melodie von EG 580)
1.Engel	Fürchtet euch nicht. Denn siehe, ich verkündige euch große Freude, die dem ganzen Volk widerfahren wird.
2.Engel	Denn euch ist heute in der Stadt Davids der Heiland geboren. Das ist Christus, der Herr.
3.Engel	Und das nehmt zum Zeichen. Ihr werdet ein Kind finden in Windeln gewickelt und in einer Krippe liegen.
4.Engel	Ehre sei Gott in der Höhe und Friede auf Erden und den Menschen ein Wohlgefallen.
Alle Engel	Gloria (EG 580)
Gemeinde	Gloria (EG 580)

Lasst uns nach Betlehem gehen

<u>Gruppe 4</u>

Elischa	Samuel! „Euch ist heute der Heiland geboren." Auch für mich? Samuel, ist das das Licht, das es auch für mich heller macht?
Samuel	So wie du aufgesprungen bist, Elischa, und so wie du jetzt voller Hoffnung strahlst, ist das schon möglich. Lass uns gehen und suchen, was der Engel gesagt hat.

Elischa: Und die Schafe?

Samuel: In dieser Nacht lassen wir sie in Gottes Hand stehen. Keines wird ihm verloren gehen.

(gehen zum Stall)

Gruppe 3

Habakuk: Ein Kind im Stall?

Haggai: Die Fremden!

Nahum: Du meinst die, die in unserem Stall Zuflucht gefunden haben?

Habakuk: Natürlich! Ein Kind in der Krippe! Der Mann, der Josef, hat sich direkt an der Krippe zu schaffen gemacht, als wir im Stall ankamen. „Das wird ein recht feines Kinderbett", hat er zu Maria gesagt.

Haggai: Dann lasst uns gleich gehen, so wie der Engel es gesagt hat. Denn das Kind ist der Heiland, ist Gottes Sohn.

(gehen in den Stall)

Gruppe 2

Amos: Das ist er.

Jona: Wer?

Amos: Der gute Hirte, der mich hört und sucht und trägt. So wie ich ihn brauche, um nicht verloren zu gehen.

Jona: Gott kommt ganz nahe.

Micha: ... und Friede auf Erden den Menschen seines Wohlgefallens. Und wir gehören dazu. Kommt, lasst uns gehen und das Kind suchen, den Heiland der Welt.

(gehen in den Stall)

Gruppe 1

Mosche: Christus, der Herr, in der Stadt Davids geboren. Was für eine gute Nachricht.

Johannes: Ein Kind, das von Gott kommt. An einem Platz wie ein Hirtenkind, in Stall und Krippe.

Daniel: Und uns armseligen Hirten wird das von Gott bekannt gemacht.

Hosea: Wie hat Mosche das vorhin gesagt: Gott schaut nicht auf Kraft und Macht und Geld eines Menschen.

Mosche: Lasst uns gehen und das Kind, das uns geschenkt ist, suchen.

(gehen in den Stall)

Alle Hirten im Stall

LIED: Ich steh an deiner Krippen hier. (EG 37, 1. 2. 4.)

Freude , die allen Menschen gilt

Mosche: Uns ist der Heiland geboren. Gott ist nahe. Das wollen wir weitersagen. Und wenn wir nun zu unsere Herden zurückkehren, so ist doch alles anders geworden.

Nahum: Niemand kann uns mehr erniedrigen, denn Gott hat uns aufgehoben.

Jona: Er hat uns gesucht und gefunden – wie verlorene Schafe.

(Die Hirten gehen zurück/ unterwegs:)

Hosea — Ich werde morgen früh mit einem Krug Milch zum Stall laufen. Die Leute werden die Milch nötig haben.

Johannes — Und ich habe noch ein weiches Schaffell. Das nehme ich morgen mit.

Nahum — Von meinem Brot ist noch etwas da. Für Maria und Josef wird es noch reichen. Ja, von dem Wenigen, was wir haben, können wir doch noch etwas abgeben.

Benjamin — *(wieder auf seinem Schlafplatz aus Stroh, traurig weinend)* Alle haben etwas zum Schenken. Und ich? Außer meiner Jacke und meiner Hose habe ich nichts. Nicht mal die Schlafdecke gehört mir. Die ist nur geliehen. Sonst könnt ich die mit dem Baby teilen. Ich bin ja klein genug für eine halbe Decke. Aber ich habe nichts. Und ich würde so gern schenken. Die Nachricht der Engel, das Kind, das alles ist so schön. Und ich habe nichts Schönes.
(Ganz traurig)
Was ist das? Das sieht ja aus wie ... und wie das glänzt! Gerade so, als wäre ein wenig von dem Licht der Engel darauf haften geblieben. Ob ich das halten kann? Ja, ich brauch einen Faden. Wie gut, dass Samuel mir gezeigt hat, wie man einen festen Faden aus Wolle dreht. Wo habe ich den nur? Ach, hier ist er ja. So, jetzt vorsichtig immer drum herum. Ja, das geht. Ich habe etwas. Etwas zum Schenken! Samuel, he, Samuel! Werd doch wach!

Samuel — *(knurrt ungemütlich)* Was ist denn los?

Benjamin — Samuel, guck mal, ich hab etwas, was ich schenken kann. Einen Stern! Einen wunderschönen Stern! Und er glänzt ein bisschen wie die Engel vorhin.

Samuel — Ob du mich deshalb wecken musst, Benjamin? Aber zeig mal. Doch, du hast Recht. Es ist ein wunderschöner Stern.Und ein wunderschönes Geschenk, weil es von Herzen kommt.

Benjamin — Ich freu mich schon so auf morgen früh, Samuel. Und überhaupt – ich freu mich so.

Samuel — Es ist gut, Benjamin. Schließlich hat der Engel das ja auch so gesagt: Siehe, ich verkündige euch große Freude, die allem Volk widerfahren wird. Denn euch ist heute der Heiland geboren.

LIED — Gott schickt nach Betlehem sein Kind (Jesus, S. 87)

Ein Segen für jedes Haus

Sprecher/in — Von Gottes Licht haben wir gerade gesungen. Benjamin, der kleine Hirte, hat dieses Licht gesehen in dem Stern, den er durch seine Tränen im Stroh erkannte. Für ihn war er ein Geschenk Gottes, das er weitergeben konnte.

Sprecher/in — Auch wir können zur Krippe kommen und Gottes Nähe erleben. Das wollen wir nicht vergessen.

Sprecher/in — Darum bekommt ihr jetzt alle einen kleinen Strohstern. Zwischen vielen großen und kleinen Geschenken, zwischen allem Weihnachtsschmuck, der euer Fest zu Hause verschönert, soll dieser Stern strahlen.

Sprecher/in — Ein wenig von dem Glanz der heiligen Nacht steckt in ihm und soll in euren Häusern und Herzen leuchten.

(Austeilen der Strohsterne an alle)

Dazu — Musikalisches Zwischenspiel

Sprecher/in — Wir beten:

	Gott, guter Gott. Heute Abend feiern wir das Geburtstagsfest deines Sohnes, Jesus Christus. Er ist in die Welt gekommen als ein Licht, das alle Finsternis hell macht.
Sprecher/in	Wir machen in diesen Tagen viele Lichterfahrungen: *(aktuelle gute Nachrichten benennen)* Ja, Gott, du weckst lauten Jubel und machst groß die Freude. Unseren Dank können wir kaum in Worte fassen. Doch du verstehst uns.
Sprecher/in	Aber da ist auch die ganz andere Seite, die Dunkelheit, die so schrecklich und undurchdringbar vor uns steht. Wir hören und sehen die Berichte aus *(aktuelle Nachrichten benennen)*. Und uns ist bewusst, dass uns von anderen Orten der Gewalt, des Terrors, der Angst und des Todes nicht einmal Nachrichten erreichen. Mein Gott, hilf. Dein Geschenk, den Frieden, deinen unendlichen Willen zum Leben, deine kraftspendende Hoffnung brauchen wir angesichts dieser Welt.
Sprecher/in	Gott, guter Gott, lass den Gesang deiner Engel überall dort laut werden, wo die Dunkelheit herrscht.
Sprecher/in	All unsere Hoffnung,vor allem auch auch die Bitten der geschundenen, bedrohten, schreienden Menschen der ganzen Welt legen wir in die Worte, die du uns geschenkt hast und die in aller Welt und in allen Sprachen zu dir gesprochen werden. Unser Vater …
Pfarrer/in	Segen
LIED	Oh du fröhliche (EG 44)

Wahrlich, die Engel verkündigen heut ...

IDEE UND INHALT

„Die Engel müssten mal in den Vordergrund geholt werden." Auf diese Anregung hin haben Mitarbeiterinnen und Mitarbeiter des Kindergottesdienstes über längere Zeit nach Geschichten und Zitaten gesucht, die uns auf die Spur bringen könnten. Schließlich wurde die Geschichte vom Engel, der nicht mehr mitsingen wollte, der „Aufhänger". Davon ausgehend wird der Weg der Friedensengel über die Erde begleitet. Zunächst tauchen sie in der Weihnachtsgeschichte auf, so dass die klassische Krippenszene entsteht.
Dann geht der Weg des Friedensengels durch unsere Zeit:
Er kommt in die Schule – Die Kindertexte sind Originalzitate von Kindern, die wir gesammelt haben.
Er kommt in die Friedenskonferenz – Erich Kästner möge uns verzeihen, dass wir seine Geschichte vom vernünftigen Mann so verarbeitet haben.
Er kommt in eine Familie – Die Landstreicheridee ist ein bisschen von Astrid Lindgren inspiriert.

Der himmlische Engelsgesang begleitet die Friedensengel auf der Erde. Er wird von der ganzen Gemeinde übernommen. Pfarrer Reiner Wagner aus Niederkleen schrieb dafür einen dreistimmigen Satz (Noten im Kapitel 'Die Lieder'), bei dem jede Stimme auch für sich allein gesungen werden kann. Wir planten, damit die Gemeinde in die Dreistimmigkeit hineinzuführen, die am Ende erklingen würde. In der Durchführung hatten wir dann doch etwas Angst vor der eigenen Courage und haben uns auf die erste Stimme beschränkt. Aber vielleicht wagen es andere!

ROLLEN, KOSTÜME, KULISSEN

Dirigentenengel, Engel 1, 3 und 4 als Friedensengel, Engel 2 als Verkündigungsengel
Ausrufer, Maria, Josef, Wirt
Hirte 1, 2, 3 und 4
Kind 1, 2, 3, 4 und 5, Lehrerin in der Schule
Person 1, 2, 3, 4 und 5 als Friedenskonferenz
Vater, Mutter, Tochter, Sohn in der Familie

Für die drei Friedensengel sind spielerfahrene, etwas ältere Kinder notwendig.
Der Dirigentenengel muss genügend Sicherheit haben, um die Gemeinde zum „Chor" zu machen, Einsätze zu geben usw. Hier ist evtl. ein Erwachsener gefragt (Chorleiterin o.ä.). Er kann seinen Text auf einem Notenständer gut plazieren.
Der Engel 1, der nicht mitsingen will, sollte Temperament und eine laute Stimme mitbringen, um wirklich in die voll besetzte Kirche hinein zu schreien. – Unser Engel hat nicht einmal den Eltern etwas von dieser Eingangsszene verraten und sie erzählen noch heute von der Schrecksekunde über ihr „ungezogenes" Kind. Die Engel ziehen sich normale Kleidung an, wählen aber besonders helle Sachen. Je nach Lust entscheiden sich die Engel für „Zubehör" in den verschiedenen Szenen. Für Szene 8 wird eine zerfetzte Landstreicherjacke übergestreift.
Die Friedenskonferenz ist eine Szene für Jugendliche und Erwachsene, die in „würdiger" Kleidung erscheinen. Eine große Hilfe für erwachsene Mitspielende ist, dass man den Text als Verhandlungspapier auf dem Tisch haben kann.
In Schule und Familie ist alles ganz alltäglich.
Die klassischen Rollen der Weihnachtsgeschichte werden mit wenig Zubehör ausgestattet.
Die Requisiten ergeben sich aus dem Text. Es muss gut geplant werden, was wann wohin gestellt wird. Das hängt sehr vom vorhandenen Raum ab. Zwei Verantwortliche für den jeweiligen Auf- und Abbau sollten eingeplant werden.

ZEICHEN DER ERINNERUNG

Ein Jute-Engel, wie ihn der Landstreicher Ferdinand bei sich trug, wird verschenkt. Man erhält ihn in „Eine-Welt-Läden". Man muss aber sehr früh bestellen!

DER GOTTESDIENST

Orgelspiel/Abkündigungen

LIED — Wenn die Dunkelheit zerbricht (siehe S. 9, Verse 1-4)

Pfarrer/in — Wir sind zusammengekommen und feiern Gottesdienst im Namen Gottes, des Vaters, des Sohnes, des heiligen Geistes. Amen.
Wir vertrauen auf Gottes Hilfe, denn er hat den Himmel, die Erde und uns alle gemacht. Gott ist treu. Er lässt das Werk seiner Hände nicht fallen. Gott gibt die Welt nicht verloren, denn sie ist seine geliebte Schöpfung. Darum loben wir ihn mit den Worten des Propheten Jesaja:

Mitarbeiter/in —
1. Das Volk, das im Dunkeln wohnt, sieht ein großes Licht.
2. Für alle, die im Land der Finsternis wohnen, leuchtet ein Licht auf.
3. Herr, du schenkst uns große Freude, darum jubeln wir laut. Wir freuen uns wie bei der Ernte.
1. Das Volk, das im Dunkeln wohnt, sieht ein großes Licht.
2. Für alle, die im Land der Finsternis wohnen, leuchtet ein Licht auf.
3. Die Angst hört auf. Prügelstecken zerbrichst du, alle Soldatenstiefel werden verbrannt.
1. Das Volk, das im Dunkeln wohnt, sieht ein großes Licht.
2. Für alle, die im Land der Finsternis wohnen, leuchtet ein Licht auf.
3. Denn ein Kind ist uns geboren, der künftige König ist uns geschenkt. Man wird ihn nennen: umsichtiger Herrscher, Gottes Freund, ewiger Vater, Friedensfürst.
1. Das Volk, das im Dunkeln wohnt, sieht ein großes Licht.
2. Für alle, die im Land der Finsternis wohnen, leuchtet ein Licht auf.

Pfarrer/in — So feiern wir diesen Tag wie ein Volk, das in der Dunkelheit ein Licht entdeckt. Mitten in der Angst wird uns der Friedensfürst geschenkt. Mitten in der Sorge wird der Jubel laut über ein Kind, denn es ist Gottes Kind. Amen.

Dirigent — Damit wir gut zusammen das Christfest feiern können, wollen wir ein Lied gemeinsam lernen. Ich nehme euch mit zu den Engeln. Wir lernen ihr Lied. Das Lied zur Heiligen Nacht: „Ehre sei Gott ..." (s. Seite 10)

(Ansingen des „Ehre sei Gott in der Höhe", dabei darauf hinweisen, dass es mehrmals im Spiel gesungen wird. Dazu wird dann jeweils ein kleines Vorspiel von der Orgel ertönen. Es ist wichtig, dass der Dirigent die Gemeinde auf die Rolle gut einstimmt, dass es aber auch noch ein wenig geheimnisvoll bleibt, was mit diesem Lied wird. In dieses scheinbare Üben hinein bricht dann die erste Szene:)

Engel 1 — *(von hinten, hält sich die Ohren zu, schreit:)* Aufhören! Hört auf, bitte!

(Gesang verstummt)

Dirigent — Was soll das! Du bringst alles durcheinander. Gerade wurde unser Chor richtig gut.

Engel 1 — Entschuldige. Aber ich kann nicht mehr weitersingen. Und ich kann dieses Lied nicht mehr ertragen.

Dirigent — Das musst du uns näher erklären. Die Melodie ist schön und sie passt zu den Worten. Und du weißt, dass wir nicht mehr viel Zeit haben, also komm, lass uns weiterproben.

Engel 1 — *(kommt nach vorn)* Das ist es doch gar nicht, was ich meine. Aber guckt euch doch mal um. Wir singen „Frieden auf Erden". Und was ist? Unfriede, Gewalt, Krieg, Verfolgung, Missachtung der Schwachen. Nein, da kann ich nicht „Friede auf Erden" singen. Das ist doch geheuchelt.

Engel 2 — *(kommt nach vorn)* Ich verstehe das anders: Wir singen, was Gott will. Gott will Frieden für alle Menschen. Das singen wir laut in die Welt hinein.

Engel 1 — *(traurig):* Ach, Gottes Wille, natürlich hast du damit Recht. Gott will den Frieden für alle Menschen. – Aber das wissen sie doch längst. Das konnten sie hören von den Propheten. Das können sie lesen in der heiligen Schrift. Nur danach handeln und leben, das tun sie nicht.

Engel 3 — *(kommt nach vorn)* Und du meinst, unser Gesang sagt ihnen auch nichts mehr?

Engel 1 — Wahrscheinlich werden sie ihn kaum hören in all ihrer Geschäftigkeit. Vor allem aber kann ich diesen Zwiespalt nicht mehr ertragen. Hier im heilen Himmel vom Frieden singen und dort die zerstörte Welt.

Engel 3 — Ich verstehe das, mir geht es ähnlich wie dir. *(Zum Dirigent)* Ich werde auch nicht weitersingen.

Engel 4 — *(kommt nach vorn)* Mir steckt der Text wie ein Kloß im Hals. Bitte, hab Verständnis dafür, dass ich nicht mehr singen kann.

Dirigent — Nun. Eure Entscheidung respektiere ich. Niemand soll gegen seine Überzeugung singen. Niemand – und schon gar nicht im Himmel – soll in dem Gefühl leben, zu heucheln.
Doch ich will euch und allen etwas mehr dazu sagen, wofür wir dieses Lied lernen: Gott will seinen Frieden der ganzen Welt geben. In dieser Nacht. Gott liebt die Menschen, auch den kleinsten. Darum wird unser Lied zur Geburt eines Kindes erklingen. Und dieses Kind ist Gottes Liebe.
Ihr drei aber bekommt einen anderen Auftrag.
Ihr leidet an dem Unfrieden der Erde. Darum sollt ihr auf die Erde gehen und dort mit all eurer Kraft Gottes Frieden den Menschen nahe bringen. Tag und Nacht werdet ihr unterwegs sein. Ihr werdet es nicht leicht haben. Doch ihr sollt wissen: Unser Gesang wird euch begleiten. Er wird euch daran erinnern, dass Gott seinen Frieden in diese Welt gibt.
Und nun geht. Ihr geht mit Gottes Segen.

(Engel bewegen sich aus der Gemeinde heraus auf getrennten Wegen.)

Szene 2	**Engel 1 begegnet einem römischen Soldaten in Nazaret:**
Ausrufer	Hört den Befehl des Friedenskaisers Augustus. Alle Einwohner seines großen Friedensreiches müssen Steuern zahlen. Darum müsst ihr euch in Steuerlisten eintragen lassen. Das geschieht an dem Ort, an dem ihr geboren seid. Also macht euch auf den Weg. Der Friedenskaiser Augustus befiehlt es.
Engel 1	Sag mal, hast du mal darüber nachgedacht, ob das richtig ist, was du da ausrufst?
Ausrufer	*(unsicher)* Was soll diese Frage? Ich gehorche einem Befehl!
Engel 1	Aber ist das richtig, ist das zum Guten für die Menschen, was du da ausrufst?
Ausrufer	Es kommt vom Kaiser. Also muss es gut sein.

(Maria und Josef machen sich im Hintergrund des Altarraumes auf den Weg und ziehen durch die Kirche.)

Engel 1	Aber du schickst mit diesem Befehl Menschen auf gefährliche Wege, sogar Behinderte, Schwache, Kranke – und schwangere Frauen, wie diese dort.
Ausrufer	*(misstrauisch)* Sag mal, was willst du eigentlich von mir?!
Engel 1	*(zaghaft)* Ich möchte dich bitten, diesem Befehl nicht zu gehorchen, weil er gegen die schwachen Menschen ist. *(entschiedener)* Ja, ich bitte dich, das da *(zeigt auf das Papier)* nicht weiter zu verlesen.
Ausrufer	Jetzt hör mir mal zu, du komische(r) Heilige(r), du. Was du da sagst, ist Anstiftung zum Aufruhr. Wenn du nicht sofort verschwindest, …
Engel 1	Ich will keinen Aufruhr. Ich will Frieden – auch für die Schwachen.
Ausrufer	Wache! Wache! Hier nehmt den Kerl (dieses Weib) fest. Der (Die) will den Aufstand!
Gemeinde	*(singt leise)* Ehre sei Gott (s. Seite 10)

(Zwei Wächter kommen und nehmen Engel 1 fest. Noch während des Gesanges spricht der Engel)

Engel 1	Frieden will ich. Schutz für die Schwachen. Und keine brutale Gewalt des Kaisers.

(Engel wird grob abgeführt)

Szene 3	**Engel 3 begegnet dem Wirt und Maria und Josef in Betlehem**

(Maria und Josef kommen nach vorn.)

Josef	Hier werden wir einen Raum für die Nacht bekommen, Maria. Die Herberge von Betlehem ist groß.
Maria	Es wird auch Zeit, Josef. Ich kann nun wirklich kaum noch gehen. Ach, warum muss dieser sogenannte Friedenskaiser uns so quälen.
Josef	*(klopft an)* Guten Abend.
Wirt	*(aus der Sakristei kommend)* Einen guten Abend kann ich euch wünschen. Aber wenn ihr ein Quartier sucht, muss ich euch enttäuschen.
Maria	Aber wir sind so darauf angewiesen, ein Zimmerchen, wenigstens einen abgetrennten Raum. Ich habe das Gefühl, dass unser Kind bald geboren wird. Ich kann doch nicht auf der Straße …
Gemeinde	Ehre sei Gott (s. Seite 10)
Engel 3	*(als Herbergsgast, kommt von hinten dazu)* Das ist wohl wahr. Vielleicht kann ich euch helfen. Ein Zimmer hab ich auch nicht. Ich übernachte hier in der Herberge nur auf einer Decke im Innenhof. Das ist ja kein Platz für euch, sonst würde ich

ihn euch überlassen. Aber auf meinem Weg hierher bin ich an einem Stall vorbeigekommen, der offenbar nicht genutzt wird. Wenn ihr wollt, führe ich euch hin. Und meine Decke gebe ich euch. Dann habt ihr zumindest ein schützendes Dach und ein notdürftiges, aber ruhiges Lager.

Wirt — Ja, den Stall kenn ich. Das wäre eine Möglichkeit. Wenn ihr das tun wollt, fremder Gast ...

Engel 3 — Natürlich. Ich kann die armen Leute doch nicht draußen stehen lassen.

Wirt — So natürlich ist das nicht. Ein so hilfsbereiter Gast ist mir noch nicht begegnet.

Josef — Du bist wie ein Engel für uns.

Engel 3 — *(lächelt in sich hinein, abgewendet von den anderen)* Ach ja ...

(Engel 3 führt die beiden zum Stall, sie lassen sich dort nieder, der Engel geht zurück).

Szene 4 — Engel 4 begegnet den Hirten am Feuer auf dem Feld

(Engel 4 hockt unbemerkt von den Hirten im Abseits)

Hirte 1 — Mir knurrt der Magen. Kein Brot, kein Fleisch, kein Geld um etwas zu kaufen.

Hirte 2 — Und die Milch der Schafe, die wir gemolken haben, hat der Besitzer auch abgeholt. – Sonst hätten wir wenigstens davon ...

Hirte 3 — Aber die Schafe sind ja noch da.

Hirte 1 — Gezählt und gezeichnet.

Hirte 3 — Aber wenn wir ... einfach eins schlachten ... und sagen, es ist verloren gegangen ... dann hätten wir wenigstens endlich mal genug zu essen.

Hirte 2 — Du meinst – stehlen, ein Schaf stehlen?

Hirte 1 — Nein bitte, hört auf, solche Pläne zu machen. Wir stürzen uns völlig ins Unglück, wenn wir so anfangen.

Hirte 3 — Oh, hört, hört, unser Kleiner! Weiß genau, was gut und böse ist, wie?! Mensch, du hast gut reden. Du hast keine Familie, die du mitversorgen musst.

Hirte 2 — Lass ihn, ärger ihn nicht. Er hat ja eigentlich Recht. Aber mein Magen, der fordert auch sein Recht.

Hirte 3 — Eben! Wir haben ein Recht satt zu werden. Und wenn uns das keiner gibt, dann – nehmen wir es uns. *(steht auf, um zur Herde zu gehen)*

Hirte 1 — Warte. Bitte, warte noch diese Nacht. Ich habe noch ein Stück Brot in meiner Tasche. Ich geb es dir. Vielleicht findet sich morgen ein besserer Weg. Bitte.

Hirte 3 — *(knurrig)* Morgen, morgen ... Was soll sich bis dahin schon ändern? Aber ich will dich nicht enttäuschen. Ist ja gut gemeint, wenn du dein letztes Brot mit mir teilst. *(Setzt sich wieder zu den anderen.)*

Engel 4 — *(im Hintergrund, betet):*
Gott, barmherziger und allmächtiger Gott.
Ich höre von dem Unrecht, das die Starken den Schwachen antun. Und ich fühle mich hilflos. Gib mir Ideen und Kraft.
Ich sehe die Not und weiß nicht, wie ich sie lindern soll. Gott, hilf mir.
Gott, warum ist das Leben der Hirten so bedrängt?
Warum sind die Besitzer der Herden so hartherzig und ungerecht?
Gott, warum greifst du nicht ein, in diese Welt voller Unrecht und Not?

Stille

(Maria legt das Kind in die Krippe.)

Gemeinde: Ehre sei Gott (s. Seite 10)

Engel 2 *(von der Kanzel)*
Fürchtet euch nicht. Denn siehe, ich verkündige euch große Freude, die allen Menschen geschehen wird. Denn euch ist heute der Heiland geboren, Christus der Herr. Und das habt zum Zeichen: Ihr werdet das Kind finden in Windeln gewickelt und in einer Krippe liegen. Und deshalb singen wir: Ehre sei Gott in der Höhe und Frieden auf Erden und den Menschen ein Wohlgefallen.

Gemeinde Ehre sei Gott (s. Seite 10)

Engel 4 Was für ein Lied! Das Lied, das ich nicht mehr singen konnte. Es ist, als ob ich es zum ersten Mal höre. Gott, so also greifst du ein in Unrecht und Not?
Du gehst in die Not mitten hinein? – Als Kind in einer Notunterkunft?
Du kommst zu denen, die ohne Rechte sind?
Du sendest deine gute Nachricht zu denen, die auf der Kippe stehen, deine Gebote zu missachten?
Gott, ich dachte, dass ich dich kenne.
Aber du machst alles ganz neu!

(Hirten stehen auf.)

Hirte 4 Oh Gott. Was tust du?

Hirte 2 Ein Lied vom Himmel für uns auf dieser Erde.

Hirte 1 Kommt, wir gehen und suchen das Kind, von dem der Engel gesprochen hat. Denn das verändert alles.

Hirte 3 Was habe ich vorhin gesagt? – Was soll sich schon ändern? – Und plötzlich ändert sich alles. Die Nacht wird zum Tag. Ein Neugeborenes zum Wichtigsten überhaupt. Ein Stall wird zur Heimat.

Hirte 1 *(lacht)* Und dein knurrender Magen …

Hirte 3 Ist doch jetzt ganz unwichtig.

(Hirten gehen zum Stall, beten das Kind an. Bleiben dort.)

Szene 5 Die drei Engel gehen zurück zum Dirigentenengel.

Engel 3 Ich möchte mich bei euch bedanken.

Engel 1/4 Ja, ich auch.

Dirigent *(überrascht)* Bedanken? Wofür? Euer Weg über die Erde war doch kein Spaziergang oder?

Engel 1 Nein, das war es nicht. Das Gefängnis der Römer war ein schrecklicher Ort.

Engel 3 Da hatte ich es in der Herberge besser. Aber dass die Menschen so wenig Phantasie haben, dass sie allein keinen Weg finden, den Heimatlosen einen Platz zu geben – das hat mich erschreckt und traurig gemacht.

Engel 4 Und ich war über mich selbst enttäuscht. So hilflos zu sein angesichts des Unrechtes, da kam ich mir sehr elend und gering vor.

Dirigent Und trotzdem sagt ihr Danke?

Engel 1 Ja, Danke für euren Gesang. Als ich dachte, ich halte es nicht mehr aus in dem dunklen Verlies, da habe ich euch singen hören. Und da habe ich gewusst: Gott ist mächtiger als die Gefängnismauern.

Engel 3: Und ich habe euch gehört, als die Heimatlosen dastanden. Da wusste ich auf einmal, was ich tun konnte.

Engel 4: Und ich habe erkannt, dass Gott diese Welt mit ihrem ganzen Elend so sehr lieb hat, dass er selbst zur Welt kommt. Er lässt sie nicht im Stich. Gott ist nicht hilflos. Aber er ist an der Seite der Hilflosen.
Da habe ich wieder Mut bekommen, als ich euch davon singen und sagen hörte.

Dirigent Dann habt ihr es also erlebt, dass der himmlische Gesang die Erde erreicht und verändert?

Engel 3 Ja, Ohne euren Gesang hätten wir nichts tun können. Da wären wir ängstlich, mutlos und hoffnungslos geblieben.

Dirigent Nun, dann singt nur wieder mit, zur Hilfe für andere.

Engel 1 Das ist gut gemeint von dir. Aber ...

Dirigent Aber?

Engel 1 Ich möchte ... wieder zur Erde zurück. Ich habe gemerkt, dass die Menschen uns nötig haben.

Dirigent Trotz deiner schlimmen Zeit im Gefängnis?

Engel 1 Ja, trotz allem. Weißt du, es ist gut, wenn ihr singt. Und es ist gut, wenn wir handeln. Wir gehören zusammen und wir brauchen uns gegenseitig.

Engel 3 Ich denke genauso. Ich will auf der Erde dazu beitragen, dass die Menschen die Sehnsucht nach Frieden nie verlieren.

Engel 4 Dass sie Gottes Liebe spüren.

Engel 1 Die Angst darf nicht die Macht bekommen. Darum lass uns weiter zwischen den Menschen sein, zum Zeichen gegen die Angst.

Dirigent Wenn das euer Ernst ist, dann sollt ihr gehen. Tragt Gottes Frieden in die Welt hinein. Und ich verspreche euch, dass unser Gesang euch begleiten wird.

Engel 1 Das ist gut.

Gemeinde Tragt in die Welt nun ein Licht (EG 538)

Szene 6 Schule

(Kinder sitzen in Reihe, Lehrerin davor, Engel kommt vorbei)

Engel 4 Eine Schule? Da bin ich neugierig, was die Kinder lernen. Hier, durch das Fenster kann ich gut zugucken.

Lehrerin In den letzten Wochen haben wir uns schon oft über die Weihnachtsgeschichte unterhalten. Wir kennen Maria und Josef, den König Herodes, die Hirten. Heute möchte ich mit euch einmal über die Engel sprechen, die ja auch in der Geschichte vorkommen und eine ganz wichtige Rolle spielen.

Engel 4 Das ist ja interessant. Die reden also über mich! Da bin ich aber gespannt.

Lehrerin Also, was stellt ihr euch eigentlich unter einem Engel vor?

Kind 1 Also, früher, da haben die Engel die Botschaften von Gott überbracht, so wie sie es auch in der Weihnachtsgeschichte gemacht haben. Aber was sie heute tun, weiß ich nicht.

Kind 2 Ich glaube, Engel sind so etwas wie Gottes Diener. Sie kochen, arbeiten auf dem Feld und machen alles sauber. Nur Strom haben sie nicht, denn im Himmel gibt es ja keine Steckdose.

Engel 4 Na, die haben ja gar keine Ahnung.

Kind 3 Meine Mutter sagt immer, wenn im Advent der Himmel abends ganz rot leuchtet: „Jetzt backt das Christkind mit seinen Engeln die Weihnachtsplätzchen."

Kind 4 Ich hab mal ein Buch über Engel gelesen, da stand alles genau drin. Tagsüber fliegen die Engel meistens am Himmel herum. Ab und zu, wenn sie Hunger haben, kommen sie auch auf die Erde. Wenn es dunkel wird, fangen sie an zu leuchten wie Glühwürmchen, sonst sehen sie nämlich am Himmel nichts mehr. Und wenn die Engel schlafen, müssen sie sich immer auf den Bauch legen, weil sie sonst ihre Flügel verknicken.

Engel 4 *(rauft sich verzweifelt die Haare)* So ein Unsinn wird auch noch in Bücher geschrieben! Und wenn wirklich Engel an ihrer Seite sind, merken die Menschen das gar nicht.

Kind 5 Gestern auf dem Weg nach Hause ist mir etwas ganz Schlimmes passiert. Drei große Jungen sind auf mich zugekommen. Erst haben sie mich nur ausgelacht und gehänselt. Doch dann haben sie angefangen, mich zu schubsen und zu boxen. Dann haben sie mir die Mütze vom Kopf gerissen. Und einer nahm mir meine Schultasche ab. Ich konnte mich nicht wehren, denn die waren ja viel größer und stärker als ich.
Plötzlich kam da eine Frau mit einem großen Hund. Die hat die Jungen ganz furchtbar ausgeschimpft und hat ihnen mit der Polizei gedroht. Und der Hund hat auch noch angefangen zu knurren und zu bellen. Da sind die Jungen ganz schnell weggelaufen. Also diese Frau, die war für mich ein richtiger Engel.

Engel 4 Ja, das war ein Engel. Da bin ich ganz sicher. Dann wissen einige Menschen doch noch, was Engel sind. Da bin ich aber froh.

Szene 7 **Friedenskonferenz** *(5 Personen um einen Tisch)*

1\. Person Meine Damen und Herren, hiermit eröffne ich die 75. Sitzung der Konferenz zur Schaffung von Frieden. Wie ich sehe, sind alle Beteiligten erschienen. Wir können sofort die Diskussion beginnen.

4\. Person Also, als Erstes muss ich mich aufs Schärfste dagegen verwahren, dass Ihre Presse *(schaut 1 an)* mein Land in der vergangenen Woche beleidigt hat. Uns zu beschuldigen, wir wollten auf Kosten anderer Staaten leben, uns zu unterstellen, wir seien froh, wenn Menschen fliehen, weil wir sie dann nicht mehr ernähren müssten, also das ist ungeheuerlich.

1\. Person Aber Herr Kollege Staatsoberhaupt, Sie sollten wissen, dass in meinem Land – ganz anders als bei Ihnen – Pressefreiheit herrscht. Es ist also nicht meine Sache, was in der Zeitung steht. Und dann werden Sie doch wohl begreifen, dass wir die Armutsflüchtlinge aus Ihrem Staat nicht länger aufnehmen wollen.

5\. Person Meine Damen und Herren, so kommen wir hier nicht weiter. Das ist ein besonderes Problem zwischen Ihnen beiden. Aber hier wollen wir doch weltweit denken. Es gibt offenen Krieg in vielen Ländern. Wir sollten uns doch darauf konzentrieren, wie wir diese Kriege beenden.

3\. Person *(ironisch)* A b r ü s t e n .

4\. Person Womit wir wieder mal bei seinem *(weist auf 5)* Lieblingsthema wären.

3\. Person Er hat ja gut reden, sein Land produziert kaum Waffen – außer Pfeil und Bogen, vielleicht.

(Lachen)

5\. Person Sie wollen Frieden schaffen, aber sie machen sich über mein Land lächerlich. Ich bin empört, meine Herren. Ich erwarte von Ihnen allen, dass Sie Ihre Rüstungsproduktion einschränken, Schritt für Schritt, bis sie eines Tages unseren niedrigen Standard erreicht haben.

3. Person — Und Sie meinen, das könnten wir uns leisten?! All die Arbeitsplätze, die dann verloren gehen! Das gibt bei uns einen Bürgeraufstand, Streiks, Staatsnotstand. – Nein, mein Lieber, das ist ausgeschlossen.

1. Person — Nun ja, vielleicht könnten wir einen kleinen Anfang machen, sagen wir mal, 5 Kampfflugzeuge weniger, da ließe sich bei uns jedenfalls drüber reden.

4. Personen — Das ganze Gerede um die Abrüsterei interessiert mich nicht. Wir brauchen Brunnen und Saatgut und Maschinen. – Und wir brauchen Waffen, um uns gegen unsere Nachbarn zu wehren!

(Die Tür geht auf, ein unscheinbarer, ganz gewöhnlicher Mensch (= Engel) kommt herein.)

Engel 3 — Guten Tag, meine Herren. *(Die Runde ist verdutzt).* Entschuldigen Sie die Störung. Aber es ist äußerst dringend.

3. Person — Was sollte so dringend sein, um uns hier zu stören?!

Engel 3 — Sie sitzen doch zusammen, um Frieden zu machen. Und ich habe einen Weg dazu entdeckt. Einen ganz einfachen Weg zum Frieden in der Welt.

4. Person — Ich glaube, ich spinne. Wir tagen heute zum 75. Mal und finden keinen Weg. Und Sie kommen so hereinspaziert und meinen, Sie hätten die Lösung?

Engel 3 — Ja, ich habe einen Weg gefunden. Und ich habe alle Berechnungen prüfen lassen.

5. Person — Na, da bin ich aber gespannt.

Engel 3 — Sehen Sie meine Herren Staatsoberhäupter. Sie vereinbaren einen bestimmten Geldbetrag, den ich ihnen schon aufgestellt habe. Jedes Land ist daran nach seinen Möglichkeiten beteiligt.
Von diesem Geld bauen sie in ihren Ländern: jeder Familie ein Häuschen mit einem Gärtchen. In jeden Ort der Erde, der mehr als etwa 5000 Einwohner hat, bauen sie eine neue Schule und ein Krankenhaus. Auf diese Weise können alle Kinder lesen und schreiben und rechnen lernen. Und alle Kranken bekommen die nötige Versorgung. Dann müssen die Menschen keine Angst mehr um das Nötigste haben. Und dann machen sie auch keinen Krieg. Denn sie haben keinen Grund dazu.
Meine Herren, ich gratuliere Ihnen. Sie haben die großartige Möglichkeit, dem Frieden eine Bahn zu machen in der ganzen Welt. Sie dürften damit die glücklichsten Menschen dieser Zeit sein.

(Die Männer sind wie erstarrt.)

2. Person — Und … und … wie hoch ist der Betrag, den sie für Ihre Zwecke wollen?

Engel 3 — „Meine" Zwecke ?! – Ich denke, es ist Ihr Ziel, Frieden zu schaffen.

3. Person — Nun reden sie schon! Wieviel würde für den kleinen Scherz gebraucht?!

Engel 3 — Eine Billion Dollar. Eine Milliarde hat Tausend Millionen, eine Billion hat tausend Milliarden. Es handelt sich also um eine 1 mit zwölf Nullen.

5. Person — Sie sind wohl vollkommen blödsinnig!

Engel 3 — Wie kommen Sie denn darauf? Sicher – es ist viel Geld. Aber der zweite Weltkrieg hat genauso viel gekostet und all die Kriege danach bis zum Golfkrieg und zum Balkankonflikt … habe ich noch gar nicht dazu gerechnet.

(Staatsoberhäupter brechen in schallendes Gelächter aus, schlagen sich auf die Schenkel, wischen sich Lachtränen aus den Augen …)

Engel 3 Bitte, wollen Sie mir einmal erklären, was für sie so lächerlich ist? Wenn ein langer furchtbarer Krieg eine Billion Dollar gekostet hat und viele weitere Kriege immer noch Milliarden Dollars kosten, warum sollte dann ein langer, langer Frieden nicht dasselbe wert sein? Was, um alles in der Welt ist daran so komisch?

(Staatsoberhäupter prusten wieder vor Lachen)

2. Person *(springt auf und schreit den Engel an)* Sie alter Schafskopf! Ein Krieg – ein Krieg, ist doch etwas ganz anderes. *(Er schubst den Engel raus)*

Engel 3 *(schlägt sich die Hände vors Gesicht)* Mein Gott, warum??? Warum hat die Vernunft keine Chance? Ist denn alles hoffnungslos?

Gemeinde Ehre sei Gott (s. Seite 10)

Engel 3 Du gibst also die Hoffnung nicht auf, Gott? Trotz allem bleibt dein Ziel der Friede? Dann will ich auch nicht aufgeben. Auch wenn sie mich rausschmeißen und wegstoßen, bleibst du bei mir. Danke, guter Gott.

Szene 8 In der Familie

Vater *(gelangweilt)* So – Kinder, wie jedes Jahr am Heiligen Abend hat das Christkind auch dieses Mal etwas für euch bei uns abgegeben. Ihr dürft jetzt die Geschenke öffnen.

(Kinder reißen das Geschenkpapier von den Paketen.)

Tochter Was ist denn das? Eine Puppe??! Ich habe mir doch einen CD-Player gewünscht!

Mutter Aber du hattest doch schon einen …

Sohn Und was soll ich mit der Modelleisenbahn? Mit „so was" spiel ich doch schon lange nicht mehr.

Mutter Wir können sie ja umtauschen. – Was kommt denn heute im Fernsehen?

Vater Kommt gar nicht in Frage, Fernsehen am Heiligen Abend.

Sohn Jedes Jahr das Gleiche. Essen, Geschenke auspacken, langweilen. Warum feiern wir eigentlich Weihnachten?

Mutter Ach, da fällt mir was ein. Wir wär's, wenn ich euch die Weihnachtsgeschichte vorlesen würde.

Tochter Die kennen wir doch alle. *(in leierndem Tonfall)* Es begab sich aber zu der Zeit …" und so weiter und so fort.

(Alle schweigen und langweilen sich. Es klingelt und alle schrecken hoch.)

Vater Wer kann das denn sein an diesem Tag und um diese Zeit. *(geht zur Tür und öffnet, davor steht ein Landstreicher = Engel 1)* Ja bitte?

Engel 1 Guten Abend und frohe Weihnachten wünsch ich. Entschuldigen sie, dass ich störe, aber ich bin unterwegs, und ich würde mich sehr freuen, wenn ich mich bei ihnen etwas aufwärmen kann. Nur ein paar Minuten.

Vater Na ja, Sie sehen ja nicht so aus, als müsse man vor Ihnen Angst haben. Na kommen Sie mal rein.

Engel 1 *(zu Mutter und Kindern)* Guten Abend. Und frohe Weihnachten wünsch ich!

Mutter und Kinder Guten Abend.

Engel 1 Mein Name ist Ferdinand, Ferdinand Engel. Danke, dass ich mich bei Ihnen aufwärmen darf. Draußen ist es wirklich sehr kalt.

Mutter Na, dann setzen sie sich mal erst her.

Tochter *(zum Sohn)* He, endlich mal 'ne Abwechslung am Heiligen Abend.

Sohn Genau. Wenigstens was los! Ist ja ein interessanter Typ.

Mutter Wie kommt es, dass Sie ausgerechnet bei uns klingeln? An einem Abend, an dem alle Menschen zu Hause mit ihrer Familie unterm Weihnachtsbaum sitzen.

Engel 1 O, da irren sie sich. Sie glauben gar nicht, wie viele Menschen auch Weihnachten alleine sind. Viele müssen auch arbeiten. Und 'ne ganze Menge sind so unterwegs wie ich. Na ja, und ich hab einfach mal geklingelt. Dieses Haus ist schon das fünfte, wo ich geschellt habe. Niemand wollte mich reinlassen, nur sie.

Tochter Komisch. Ist doch endlich mal was anderes. Ein Überraschungsbesuch an Heiligabend. Ich finde das gut.

Sohn Sagen Sie mal, Herr …

Engel 1 Engel, Engel heiß ich, wie vom Himmel gefallen.

Sohn Direkt vor unsere Tür. Genau. Herr Engel, wie ist das eigentlich, wenn man so auf der Wanderschaft ist wie sie. Ist das spannend?

Engel 1 Na ja, nicht so spannend wie in Abenteuerbüchern, aber ein bisschen aufregend ist es schon. Ich sehe jeden Tag neue Dinge. Aber ich habe auch oft Hunger. Ich friere. Ich weiß nicht, wo ich nachts schlafe. Aber immer wieder lerne ich neue Menschen kennen, manchmal sogar richtig nette.

Sohn So wie uns?

Engel 1 Ja, so wie euch.

Tochter Können sie uns nicht ein bisschen erzählen?

Mutter Ja, von irgendeinem anderen Weihnachten vielleicht, das sie erlebt haben?

Engel 1 Hmm. Also gut. Das war vor etwa 10 Jahren. Es war lausig kalt. Und ich war irgendwo zwischen kleinen Dörfern unterwegs. Kein Mensch zu sehen. Ich ganz allein. Da hab ich die Umrisse von einem Schuppen gesehen. Auf den bin ich zugegangen, denn ein Schuppendach ist besser als gar nichts. Ja, und was soll ich euch sagen – als ich näherkam, hab ich gemerkt, dass da ein kleines Licht im Schuppen war. Es schimmerte soeben durch die Ritzen von der Bretterwand. Und als ich dann die Tür aufgemacht habe, ganz leise, da saß da ein alter Mann, neben sich eine kleine Kerze, vor sich ein ziemlich zerrupftes Buch. Und ich hörte ihn murmeln: „Und da war die Menge der himmlischen Heerscharen, die lobten Gott und sangen."

Tochter Das ist doch aus der Weihnachtsgeschichte.

Engel 1 Genau. Und da hab ich mich dazugesetzt und zugehört und dann haben wir gesungen – wie zwei Brummbären und erzählt und unsere letzten Butterbrote miteinander geteilt. Und dann, als es schon Morgen wurde, da hat er mir etwas geschenkt. *(kramt in seiner Tasche)*. Hier *(zeigt einen kleinen Jute-Engel)* „Weil du wie ein Engel auf einmal hier warst," hat er gesagt. „Engel kommen nämlich unverhofft und es wird einem ganz warm, auch wenn es rundum und in einem ganz kalt war." Und dann ist er gegangen.

(Alle sind ganz still.)

Sohn Bei uns war es auch ganz kalt, so innendrin.

Vater Und jetzt ist es ein wunderschöner Abend geworden.

Tochter Danke, Ferdinand Engel.

Engel 1 — Ich danke euch. Ich habe mich aufgewärmt. Jetzt geh ich weiter.

Tochter u. Sohn — Och, schon?

Engel 1 — *(geheimnisvoll)* Ja, ich hab doch noch zu tun. In dieser Nacht muss Ferdinand Engel noch ein bisschen unterwegs sein.

Gemeinde — Ehre sei Gott. (s. Seite 10)

(Landstreicher geht. Den Jute-Engel hat er vergessen)

Mutter — *(sieht den Jute-Engel)* Jetzt hat er seinen Engel vergessen!. *(Springt auf und will ihn hinterherbringen, aber Ferdinand ist nicht mehr zu sehen.)* Er ist fort. Keine Spur mehr von ihm zu sehen.

Tochter — Dann bekommt dieser Engel einen besonderen Platz an unserem Weihnachtsbaum. *(hängt ihn deutlich sichtbar an den Baum)* Ferdinand, unser Engel.

(Alle Spieler und Spielerinnen kommen nach vorn und singen:)

LIED — Das muss ein Engel gewesen sein. (LfJ 548, 1. 2. 5.)

(Anschließend wird die Gemeinde aufgefordert, das Lied mitzusingen und die drei Strophen werden wiederholt.)

Dirigent — Als Engelchor habt ihr mit mir zusammen die drei Engel über die Erde begleitet. Bald geht ihr nach Hause. Dann sollt ihr sie nicht vergessen, die Engel. Denn Engel kommen unverhofft.
Sie haben Wichtiges von Gott zu sagen und zu singen. Und sie handeln in Gottes Auftrag. Es ist gut, wenn wir merken: Das kann ein Engel gewesen sein. Denn er gab mir Gottes Hilfe, Gottes Mut und ein Lied vom Himmel.

Als Zeichen dafür bekommt ihr alle, die Großen und die Kleinen, an den Ausgängen einen kleinen Engel geschenkt. Es ist ein Engel, wie ihn der Landstreicher Ferdinand hatte. Und er soll an eurem Weihnachtsbaum zu Hause einen schönen Platz bekommen. Damit ihr diesen Abend nie vergesst. Und nun wollen wir ganz ruhig werden, die Hände falten und beten.

Mitarbeiter/in — Guter Gott, du gibst der Welt deinen Frieden.
Darum bitten wir dich für alle Plätze auf der Welt, wo Menschen Krieg machen: Gebiete ihnen Einhalt. Mache die stark, die den Frieden ohne Gewalt suchen. Mache die mutig, die freundlich zueinander sein wollen.

Guter Gott, du bist als Kind den Menschen ganz nahe gekommen.
Darum bitten wir dich für alle Kinder auf der Welt: Schütze sie vor Hunger und vor Angst, schütze sie vor Missbrauch und Not. Wehre all denen, die Kinder ängstigen und missbrauchen. Mache die stark, die den Kindern zur Seite stehen.

Guter Gott, dein Weg auf der Erde begann in einer Notunterkunft, weil niemand dir Platz gab.
So weißt du, wie es ist, heimatlos und in der Fremde zu sein. Darum bitten wir dich für alle, die in fremde Länder fliehen mussten: Schenke ihnen Geborgenheit, auch in der Fremde.
Wehre all denen, die Ausländer beschimpfen und angreifen und gering schätzen.
Mache die Menschen stark, die sich an die Seite der Fremden stellen.
Mache die mutig, die im Alltag für die Schwachen eintreten.

Gott, mit vielen Menschen auf der ganzen Welt gemeinsam nennen wir dich „Vater". So verbinde uns zu einer großen Familie rundum die ganze Erde, wenn wir zusammen beten: Unser Vater im Himmel …

LIED — Oh du fröhliche (EG 44)

Segen

Mit Maria will ich sinnen

IDEE UND INHALT

„Maria soll im Vordergrund stehen". Wie es zu dieser Idee kam, wird im ersten Teil des Spieles überliefert. Wir haben darin Gespräche aufgenommen, die tatsächlich so verlaufen sind. Insbesondere die Äußerungen über Maria sind Zitate von Kindern ab etwa 10 Jahren.
Das Spiel rückt das sanfte, duldende Bild von Maria zurecht, indem es die Begegnung mit Elisabeth und Marias Lobgesang einbezieht. In den Kommentaren anderer zu Marias Verhalten wird ihre Stärke sichtbar.
An vier Stellen im Kirchraum erleben die Hirten die Nacht. An ihnen wird der Satz aus dem Lobgesang der Maria konkret: Die Niedrigen richtet er auf.
Der Engelchor tritt in zwei Gruppen auf, so dass der ganze Kirchraum von ihren Rufen umfangen wird.

ROLLEN, KOSTÜME, REQUISITEN

Leiterin und 6 Kinder mit Sprechtext
Maria, Josef, Frau 1 und 2, Mann,
Elisabeth, Knecht, Magd
David, Samuel, Mosche, Habakuk, Jona, 6 Engel.

Im einleitenden Spiel muss beachtet werden, welche Kinder später eine weitere Rolle haben (Kind 1 muss ein Mädchen sein. Kind 2 wird Maria. Kind 5 muss ein Junge sein und wird Josef). Die Leiterin und andere Erwachsenenrollen in der Einleitung werden von Erwachsenen gespielt. Elisabeth ist mit einer Erwachsenen oder älteren Jugendlichen zu besetzen.
Neben den üblichen Kleidungsstücken brauchen einige Personen besondere Requisiten: Strickzeug für Elisabeth, Rucksack für Maria, Gemüsekorb für die Magd, Mistgabel für den Knecht, Eimer für die Leute am Brunnen.
Ein kleines „Bühnenbildteam" baut den Brunnen: Aus grauem Karton wird ein Brunnenrund gebildet und mit Steinmuster bemalt. Ein Dreibein von einem Schwenkgrill wird in das Rund gestellt und an die Kette ein Eimer gehängt.
Um der Gemeinde die Orientierung zu erleichtern, werden Ortsangaben auf große Schilder geschrieben und an einem Stab im Hintergrund zu den jeweiligen Szenen gehalten: „Nazaret, Josefs Werkstatt" und „Zacharias und Elisabeth". So können beide Orte im Altarraum sein.

ZEICHEN DER ERINNERUNG

Alle GottesdienstbesucherInnen bekommen am Ausgang eine DIN A5-Doppelkarte. Innen ist der Lobgesang der Maria eingedruckt, dazu ein Weihnachtsgruß der Kirchengemeinde. Vorn ist ein Bild aufkopiert, das ein Kind zur Geschichte gemalt hat.

DER GOTTESDIENST

Abkündigungen / Musik

1. Szene **Einleitung**

(viele Kinder, Eltern und Leiterin in bunter Sitzordnung)

Leiter/in: Na, da sind wir ja wieder in großer Runde! Prima, dass Ihr alle Lust habt, den Familiengottesdienst für den Heiligen Abend mit vorzubereiten ... und eine ganze Menge neuer Gesichter sind dabei! Und Eltern. Sie machen doch auch mit – oder haben Sie etwa nur Ihr Kind begleitet? Na gut. Da können wir ja gleich anfangen ... Also, wir haben uns im Helferkreis überlegt, dass wir uns in diesem Jahr mal ein ganz „normales" Weihnachtsspiel vornehmen wollen. In den letzten Jahren haben

	wir Spiele selbst geschrieben und dabei immer eine Person oder eine Gruppe besonders in den Mittelpunkt gestellt.
Kind 1:	Im letzten Jahr waren das die Engel. Weiß ich noch genau! Ich war nämlich einer von denen!
Kind 2:	Und davor der Wirt. Den hab ich gespielt.
Kind 3:	Und einmal die Hirten. Da war ich auch schon dabei.
Leiter/in	Toll, dass ihr das alles noch wisst.
Kind 1	Klar! Das behält man doch, wenn man mitgemacht hat.
Leiter/in	Dann war unsere Arbeit wohl nicht ganz vergebens. – Nun ja, also, dieses Jahr haben wir uns die Schreibarbeit nicht gemacht. Wir haben gedacht, wir könnten ein ganz normales Krippenspiel machen. Das ist doch auch mal schön.
Kind 4	Warum nicht. Dann müssen wir auch nicht so viel Text lernen.
Leiter/in	Also können wir gleich die Rollen verteilen. Ihr wisst ja eigentlich alle, welche Personen in der biblischen Geschichte vorkommen. Vielleicht wisst ihr auch schon, was ihr gern spielen möchtet?
Kinder	(*rufen durcheinander*) Hirten, Könige, Engel … (*aber nicht Maria*)
Leiter/in	Moment. So versteh ich ja gar nichts. Machen wir's der Reihe nach. Also, wer will Hirte sein? *(Einige Finge gehen hoch, L. notiert die Namen*)
Leiter/in	Könige? *(Wieder ein paar Finger, mehr als drei)* Mhm. Wir können doch nur drei gebrauchen. Könnt ihr euch einigen, wer von euch es macht?

(Die Kinder zeigen untereinander, reden, sind ein bisschen beleidigt, finden aber schließlich einen Weg.)

Leiter/in	So, ehe alle verteilt sind, will ich doch erstmal die Hauptfiguren klarhaben. Wer möchte denn Maria und Josef spielen?
Kinder	*(Schweigen*) Nöö, ich nicht. Nee, das mag ich nicht.
Leiter/in	Nanu? Was ist denn los? Ohne Maria und Josef können wir doch gleich einpacken. Ohne die gibt's kein Weihnachtsspiel …
Kinder	*(durcheinander murmelnd)* Ich war einmal die Maria – das reicht.
Leiter/in	*(Kind 2)* Du hast so oft mitgespielt, alle möglichen Rollen, aber ich glaub, du warst noch nie die Maria. Wie wär's.
Kind 2	Nöö, die Maria spiel ich nicht. Da helf ich lieber bei den Kulissen.
Leiter/in	*(ratlos)*
Kind 1	Also den Josef würde ich ja notfalls noch spielen, aber die Maria? – nee.
Kind 3	Wieso können eigentlich Mädchen den Josef spielen, aber nie spielt ein Junge die Maria!
Kind 4	Genau, ein Junge kann mal die Maria spielen!
Einige	*(Kind 5)*!!!
Kind 5 (Junge!)	Bin ich denn verrückt? Das wäre ja bloß noch albern!
Kind 4	Wieso ist das albern, aber *(Kind 1)* als Josef das wäre nicht albern?
Leiter/in	Ich glaube, so kommen wir nicht weiter. Ihr müsst mir helfen: Seit ein paar Jahren merke ich schon, dass immer weniger Kinder Maria und Josef spielen wollen.

Früher war das ganz anders.

Mutter — Ja, vor 20 Jahren, als ich noch Kind im Kindergottesdienst war, das weiß ich noch, dass haben wir uns drum gerissen, einmal Maria zu sein. – Ich bin es nie geworden. „Ich sehe zu sehr wie ein Junge aus", hieß es immer. Die Maria sollte möglichst blonde lange Haare haben. – Und die hatte ich nun mal nicht.

Kind 6 — So'n Quatsch. Die Menschen in Israel haben doch sowieso meistens dunkle Haare. Wieso sollte die Maria dann blond sein?!

Mutter — Kann ich dir auch nicht sagen. Ich weiß nur, dass ich dann immer ziemlich traurig war. Als Hirte war ich da gerade noch zu gebrauchen.

Leiter/in — Also, irgendwelche Bedingungen an Haarfarbe oder so haben wir ja nicht. Zum Glück. Und trotzdem will kein Mädchen die Maria spielen. Könnt ihr denn mal sagen, warum das so ist?

Kind 1 — Ach, die Maria, die ist eigentlich so ... so ... irgendwie langweilig.

Kind 2 — Ja, die sagt kaum was. Und die ist immer nur brav.

Kind 3 — Genau. Lieb und still und lässt alles mit sich machen, trottet nur immer hinterher.

Kind 4 — Die passt irgendwie nicht mehr zu uns.

Kind 3 — Eben. Ich würde mich nicht so abschieben lassen.

Kind 6 — Und dann auch noch dabei lächeln und glücklich sein!

Kind 1 — Nicht mal dem Josef sagt sie ihre Meinung.

Kind 4 — Der steht eigentlich auch nur irgendwie dabei.

Kind 5 — Den Josef finde ich immer ein bisschen trottelig. Nee, also den möchte ich auch nicht spielen. Dann schon lieber Engel, die haben wenigstens was zu sagen.

Leiter/in — Da haben wir jetzt das Problem auf dem Tisch. Ich glaube, ich verstehe euch allmählich. Ich fürchte, wir haben die Maria immer ein bisschen ... falsch dargestellt. Ich finde, sie ist überhaupt nicht still, sie lässt nicht einfach alles mit sich machen, sie ist nicht die kleine, dumme Frau oder so. Jedenfalls wird von ihr in der Bibel ganz anders erzählt.

Kind 4 — Aber in der Weihnachtsgeschichte kommt davon nichts vor.

Leiterin — Na ja, jedenfalls nicht in dem Stück, das wir so üblicherweise in ein Spiel aufnehmen. Aber in einem Lied, das Maria vor der Geburt von Jesus singt, da ist sie eine ganz starke und ganz mutige Frau. Und später, als Jesus schon erwachsen ist, da ist sie sehr energisch. Einmal will sie Jesus zurückholen nach Hause. Sie streitet mit ihrem Sohn. Und später, als sie erkennt, wer Jesus ist, da gehört sie zu den mutigen Frauen, die ihn am Kreuz nicht allein lassen.

Mutter — Mich hat immer beeindruckt, dass Maria eine sehr nachdenkliche Frau ist. In der Weihnachtsgeschichte steht, dass sie alles in ihrem Herzen bewegt, was die Hirten berichten. Und auch später wird das aufgeschrieben: Sie bewegte alles in ihrem Herzen. Das war den Schreibern wichtig, dass das nicht übersehen wird.

Leiter/in — Tja, aber was machen wir jetzt? Ich mein, mit unserem Weihnachtsspiel?

Kind 1 — Du hast vorhin gesagt, ihr habt diesmal nichts selber geschrieben. Aber meinst du nicht, ... ich mein, könntet ihr nicht doch ...?

Kind 3 — Klasse Idee! Ein Spiel, in dem Maria im Vordergrund steht!

Kind 1 — Aber richtig! Mit dem, was ihr gerade alles gesagt habt. Das wusste ich noch gar nicht von der Maria.

Kind 2 — Und viele in der Gemeinde wissen das bestimmt auch nicht. Also müssen wir das mal im Spiel erzählen.

Leiter/in — Ihr seid gut! Mal eben ein Spiel schreiben! Und in fünf Wochen ist Weihnachten!

Kind 4 — Ach komm, ihr schafft das schon! Ihr seid so'n toller Helferkreis.

Leiter/in — Danke für die Blumen. Aber ob es dann leichter wird?

Kind 3 — Ich find die Idee super. Und wenn wir gleich anfangen, dann können wir Stück für Stück proben. Alle müssen mithelfen, Ideen anschleppen, vielleicht auch was verändern. Das klappt bestimmt.

Kind 5 — Und wenn es nicht klappt, dann nehmen wir eben das Stück, was ihr ausgesucht habt. Du hast gesagt, das ist ganz leicht. Das schaffen wir dann noch locker.

Kind 2 — Und ich versprech euch: Ich spiel auf jeden Fall die Maria.

Kind 5 — Und ich den Josef.

Kind 2 — Und ich hoffe, dass das neue Spiel was wird.

LIED — Wenn die Dunkelheit zerbricht (s. Seite 9)

(Dabei werden Kerzen am Kranz oder auf dem Altar angezündet.)

Sprecher/in — Tja, die Kinder haben es geschafft, uns zu überreden. Wir haben uns tatsächlich hingesetzt und ein Predigtspiel geschrieben. Das war spannend. Es war auch einige Arbeit.
Wir haben geprobt und verändert.

Sprecher/in — Und jetzt ist die Zeit da, dass wir spielend euch allen erzählen und damit predigen. Wir hoffen, dass unser Spiel euch allen hilft, das Christfest besser zu verstehen und diesen Tag und diese Nacht gut zu feiern.

Pfarrer/in — Und so sind wir zusammen im Namen Gottes, des Vaters, des Sohnes und des Heiligen Geistes. Amen. Wir vertrauen auf Gottes Hilfe, denn er hat alles geschaffen. Gott ist treu. Er wendet sich seiner ganzen Schöpfung zu und trägt sie in seiner großen Güte.
Auf ihn vertrauen Menschen durch alle Zeiten und an allen Orten.
Darum lesen wir am Anfang einige Verse des Propheten Jesaja. Seine Worte gelten auch für uns heute:

Sprecher/in — Das Volk, das im Finstern wandert, sieht ein großes Licht.
Über dem dunklen Lande der Angst scheint es hell.
Denn uns ist ein Kind geboren, ein Sohn ist uns gegeben.
Er wird sein Reich aufrichten und des Friedens wird kein Ende sein.
Auf Recht und Gerechtigkeit ist es gegründet.
Darum mache dich auf, werde Licht, denn dein Licht kommt.
Der Lichtglanz kommenden Friedens geht über dir auf.
Denn Finsternis bedeckt das Erdreich und Dunkel die Völker.
Aber über dir ist Licht, das Licht dessen, der kommt.

Sprecher/in — Wir sind unterwegs, weil Gott den Weg zu uns genommen hat.
Wir brechen auf, weil Gott die Dunkelheit aufgebrochen hat.
So singen wir zusammen: Es ist für uns eine Zeit angekommen …

LIED — Es ist für uns eine Zeit angekommen (EG 545)

2. Szene — Maria macht sich auf den Weg

(Maria und Josef im / vor dem Haus; Maria hat einen Rucksack o. Ä. vor sich, den sie gerade schließt.)

Maria	So – ich glaube, jetzt habe ich alles, was ich brauche.
Josef	Willst du wirklich bis Juda laufen? Denk dran: Du musst in das Gebirge und das, wo du ein Kind erwartest. Hast du dir das gut überlegt, Maria?
Maria	Das habe ich, Josef. Schon seit langem will ich meine Tante, Elisabeth, besuchen. Wir haben uns viel zu erzählen. Du weißt doch: Auch sie ist schwanger.
Josef	Ja. Und das, obwohl sie schon ziemlich alt ist. Schon seit vielen Jahren wünschen sich Elisabeth und Zacharias nichts sehnlicher als ein Kind.
Maria	Und jetzt, wo sie die Hoffnung schon fast aufgegeben haben, schenkt Gott ihnen doch noch ein Kind. Ist das nicht wunderbar?
Josef	Ja, du hast Recht. Also, ich wünsche dir eine gute Reise. Pass gut auf dich auf!

(Die beiden umarmen sich zum Abschied.)

Maria	Auf Wiedersehen, Josef. Mach dir keine Sorgen. Ich bin den Weg schon einige Male gelaufen. Ich kenne mich aus. Bis bald!

(Maria macht sich auf den Weg.)

Josef	*(ruft ihr hinterher)* Und bestell Elisabeth und Zacharias schöne Grüße von mir!

(Maria läuft an einem Brunnen vorbei)

Maria	Guten Morgen!
Leute am Brunnen	Guten Morgen!

(Maria läuft weiter – Die Leute am Brunnen reden über sie)

Frau 1	War das nicht Maria?
Frau 2	Ja, du hast Recht. Und habt ihr gesehen: Sie hatte Gepäck bei sich! Was hat sie wohl vor? Ich denke, sie erwartet ein Kind?
Mann	Das stimmt! Und dabei ist sie noch nicht einmal verheiratet!
Frau 1	Aber verlobt ist sie mit Josef, dem Zimmermann. Und außerdem: Warum stört dich das überhaupt?
Mann	Na, ja – ich weiß nicht – ich mein … das gehört sich einfach nicht.
Frau 2	Es scheint Maria gar nicht zu stören, was die Leute davon halten.
Mann	Und jetzt hat sie offensichtlich eine weite Reise vor. Was Josef wohl dazu sagt?
Frau 1	Maria wird schon einen guten Grund dafür haben, sonst würde sie diese Reise nicht machen. Irgendwie finde ich es gut, dass sie nicht immer nur das macht, was andere von ihr erwarten.
Frau 2	Da ist was Wahres dran. – So mutig möchte ich auch mal sein. – Jetzt muss ich aber los – das Wasser nach Hause bringen.

3. Szene Zwei Frauen teilen ihre Hoffnung und ihre Freude

(Magd mit Korb, Elisabeth sitzt vor dem Haus und strickt Babysachen)

Magd	Guten Tag, Herrin Elisabeth. Ich bringe das Gemüse fürs Mittagessen.
Elisabeth	Vielen Dank. Stell es bitte in die Küche.
Knecht	*(mit Mistgabel o.Ä.)* Da hinten kommt jemand! Wer kann das denn sein?
Elisabeth	Vielleicht ist es Maria. Ich erwarte sie schon seit einigen Tagen. Sie hat mir eine Nachricht zukommen lassen, dass sie mich besuchen will.

Maria	*(ruft schon von weitem)* Schalom!! – Guten Tag, Elisabeth. Ich freue mich so, dass ich endlich bei dir bin. Ich habe mich so beeilt. Wie geht es dir?
Elisabeth	Ach Maria! Es ist so schön, dass du gekommen bist. Du kannst dir gar nicht vorstellen, wie sehr ich mich freue. Und nicht nur ich – sogar das Kind in meinem Bauch. Als du mich begrüßt hast, da hüpfte es vor Freude. Ich habe es ganz deutlich gespürt.
Maria	Meinst du nicht auch, dass Gott etwas ganz Besonderes mit uns und unseren Kindern vorhat, die bald zur Welt kommen?
Elisabeth	Ja. Und besonders mit dir. Ich spüre, dass dein Kind die ganze Welt verändern wird. Gott hat große Pläne mit ihm. Und dich hat er ausgesucht, die Mutter dieses Kindes zu sein. Ist das nicht wunderbar?
Maria	Ja, und ich möchte Gott loben und ihm danken. Ich kann jubeln vor Freude! Ich bin nur eine einfache Frau. Doch Gott hat mich auserwählt, dieses Kind zur Welt zu bringen. Gott, der so mächtig und heilig ist, hat mein ganzes Leben verändert. Ich bin nicht mehr klein und unbedeutend. Viele Menschen werden mich bewundern und Gott danken, dass es mich gibt. Gott sorgt sich um alle, die ihn ehren. Er gibt den Hungernden zu essen, und befreit die unterdrückten Menschen von der Macht der Reichen, die nur an sich denken. Die Mächtigen stürzt er vom Thron und die Geringen richtet er auf. Gott hat schon vor langer Zeit versprochen, dass er sein Volk nicht vergisst und ihm Gutes tun wird. Und jetzt hat er sich daran erinnert.
Elisabeth	Das hast du schön gesagt. Es klang wie ein Loblied für Gott. Und jetzt lass uns ins Haus gehen. Sicher bist du hungrig und durstig.

(Knecht und Magd treten aus dem Hintergrund nach vorn.)

Knecht	Hast du das gehört? Ich meine, was Maria da gerade gesagt hat?
Magd	Ja, aber verstanden habe ich es nicht so ganz. Warum meint sie denn, dass andere sie bewundern werden. Nur weil sie ein Kind bekommt?
Knecht	Die tut ja gerade so, als wäre sie etwas ganz Besonderes. Ich kann nichts Außergewöhnliches an ihr entdecken.
Magd	Aber vielleicht hat Gott wirklich etwas Großes mit ihr vor. Und dass Elisabeth doch noch ein Kind bekommt, ist schließlich auch schon etwas wie ein Wunder.
Knecht	Ja, auch sie hat sich in letzter Zeit verändert. Na ja, vorerst bleibt uns nichts anderes übrig als abzuwarten, bis die Kinder geboren werden.
Magd	Ich bin wirklich gespannt, was dann passiert.
Knecht	Mach dir keine zu großen Hoffnungen. Für uns ändert sich sowieso nie etwas. Wir arbeiten den ganzen Tag für unseren Dienstherrn und bleiben dabei trotzdem arm.
Magd	Man soll die Hoffnung nie aufgeben. Vielleicht wird es eines Tages wahr, was Maria gesagt hat. Ich meine – dass Gott sich ganz besonders den Armen zuwendet.
Knecht	Hoffen wir's. Aber wenn wir jetzt nicht wieder an die Arbeit gehen, wird es uns vielleicht noch schlechter gehen.
Gebet	„Was ist mit unseren Hoffnungen"

(Ein Gebet um Erbarmen angesichts unserer verlorenen und kleingemachten Hoffnungen sollte hier aktuell formuliert werden.)

LIED — Die Nacht ist vorgedrungen (EG 16)
(Dabei geht Maria zurück nach Nazaret.)

4. Szene — Wer hat die Macht?

Josef: Maria! Komm, setz dich her. Es gibt schlechte Nachrichten.

Maria: Nicht doch! Josef, ich habe genug mit mir und unserem Kind zu tun. Lass mich mit schlechten Nachrichten lieber in Ruhe.

Josef: Würde ich ja gern. Aber gerade wurde bekannt gemacht, dass sich alle Leute an den Ort begeben müssen, an dem sie geboren sind.

Maria: Was soll das denn?!

Josef: Der Kaiser von Rom hat es befohlen. Er will uns zählen. Und er meint, so könnte ihm niemand entkommen.

Maria: Und jetzt ...

Josef: Müssen wir nach Betlehem.

Maria: Ich auch?

Josef: Ja, der Geburtsort des Mannes gilt für die ganze Familie.

Maria: In wenigen Tagen wird unser Sohn geboren. Und da soll ich noch diesen weiten Weg auf mich nehmen?

Josef: Der Kaiser befiehlt es. Was bleibt uns anderes übrig?

Maria: ... die Mächtigen stürzt er vom Thron ... und die Geringen richtet er auf.

Josef: Was sagst du da?

Maria: Ach, nichts. Ich musste gerade an meinen Besuch bei Elisabeth denken. Das war auch ein weiter Weg. Aber *den* bin ich leicht und fröhlich gegangen.

Josef: Und ohne mich.

Maria: Ja, und nach Betlehem gehen wir nun zusammen, aber dafür weniger leicht.

Josef: Ich stütze dich, so gut ich kann, das verspreche ich dir.

Maria: Lieb von dir, Josef. Und vielleicht ... vielleicht ist es ja gut so, dass unser Kind in Betlehem geboren werden soll. Ausgerechnet der Kaiser schickt mich mit dem Kind nach Betlehem, in die Stadt, aus der der König David stammte.

Josef: Maria, deine Gedanken verstehe ich nicht immer. Irgendwie – bist du manchmal ganz fremd für mich.

Maria: Komm, lass uns packen. Wenn wir schon nach Betlehem müssen, dann geh ich lieber heuter als morgen los.

(Maria und Josef gehen packen/ Sakristei)

Musik: Flöte, Melodie: Maria durch ein Dornwald ging

(Maria und Josef kommen durch den Gang von hinten wieder herein.)

5. Szene — Wo ist Raum?

Josef: Da vorn liegt Betlehem.

Maria: Die Stadt, in der der König David groß geworden ist. – Schön sieht es aus, wie die Lichter aus den Fenstern schimmern. Als hätten alle Häuser ein Zeichen gemacht, das uns zuwinkt.

Josef — Als unser König David gelebt hat, da ging es den Menschen besser als heute. Heute verschieben uns fremde Könige und Kaiser so, wie es ihnen gefällt. David hat in Gottes Namen regiert. Aber der Augustus in Rom meint, er selbst sei ein Gott.

Maria — Aber der Gott Davids ist bis heute für uns da, Josef. Da ändert auch ein Augustus nichts dran. Gott, der Einzige, der unsere Vorfahren schon geleitet hat, wird uns nicht im Stich lassen.

Josef — Du redest wie ein Religionslehrer. Dabei bist du doch nur eine Frau.

Maria — „Nur?!" Ich bin eine Frau. Und ich bin schwanger. Und über dem Kind steht Gottes Versprechen: Er wird groß sein und ein Sohn des Höchsten genannt werden. Wieso sollte ich also schweigsam und geduckt sein?

Josef — Maria, ich will dich nicht ducken und zum Schweigen bringen. Es ist nur so ungewöhnlich, wenn du so redest.

Maria — Im Moment sag ich auch nur noch eins: Bitte, suche schnell eine Unterkunft. Lange kann ich nicht mehr laufen.

Josef — Setz dich hier ans Stadttor, Maria. Ich hole dich, sobald ich ein Zimmer gefunden habe.

(Josef geht durch die Kirche, „klopft an einigen Kirchenbänken. Abwarten und Abgewiesenwerden spielt er pantomimisch. Schließlich wir ihm an einer Bank bedeutet, dass da irgendwo ein Platz sei. Das Ganze wird durch Töne begleitet:
Schritte im Sand = Dose mit Sand wird im Schrittrythmus bewegt.
Anklopfen = drei dumpfe Trommelschläge.
Frage und Abwarten = Triangel.
Abweisung = harter Knall.
Beim letztenmal bleibt die Abweisung aus, stattdessen zeigt jemand aus der Bank nach vorn zur Krippe. Diese Spielform führt zu einer hohen Konzentration in der Gemeinde. Die Instrumentalgruppe ist für die Gemeinde unsichtbar, aber über Mikros laut zu hören. Wichtig ist Blickkontakt zwischen Josef und der Instrumentalgruppe.
Dann kommt Josef zurück.)

Maria — Na endlich! Ich dachte schon, ich müsste hier auf der Straße schlafen.

Josef — Ein bisschen besser wird es hoffentlich. Aber viel kann ich dir nicht bieten. Ich habe an alle Türen geklopft. Aber da war nichts zu machen. Einer hat mir einen Tipp gegeben. Ein Stück vor der Stadtmauer ist ein Stall. Halb Höhle, halb Hütte. Da ist kein Vieh drin, nur Stroh. Ein Brunnen ist nebenan. Da können wir unterkommen.

Maria — Sehr verlockend klingt das nicht. Da hat nun das ganze Betlehem keinen Platz für *seinen* Sohn. Ist das nicht eigentlich traurig?

Josef — Ach komm, Maria. Ich freu mich auf das Kind. Du freust dich auf das Kind. Und jetzt machen wir schnell unser Lager fertig. Dann wird es schon gut werden.

(Der Stall gleicht eher einer Rumpelkammer. Maria und Josef gehen in den Stall, räumen alles zurecht, machen sich ihr Lager. Sie setzen sich auf den Boden.)

LIED — Von Anfang da die Welt (EG 542, 3 und 4 und EG 42, 2)

6. Szene … und die Niedrigen …

(Hirten an verschiedenen Stellen in der Kirche.)

Samuel — *(unten Mitte, ruft nach oben)* Habt Ihr die Schafe zusammengetrieben?

David — *(Empore, ruft zurück)* Ja, sie sind schon alle im Pferch!

Samuel	Kannst du vom Hügel aus Habakuks Feuer sehen?
David	Ja, ich sehe den Schein! *(schaut zur Seite unten)*
Samuel	Dann ist dort alles in Ordnung. Wir haben verabredet, dass er das Feuer erst anzündet, wenn die Schafe sicher im Pferch sind.
David	Also gute Nacht! Bleib verschont von Wölfen und Schafdieben!
Samuel	Ich wünsche dir auch eine gute Nacht und vor allem eine ruhige Nacht!
Mosche	*(Altarraum ganz allein)* Heute Nacht fühle ich mich gar nicht wohl, so allein! Und die anderen sind zu weit weg. Ich kann ihre Schafe nicht blöken hören. Sogar meine laute Stimme erreicht sie nicht. Es ist so still. Na, wenigstens die Schafe sind alle sicher. Durch den Zaun aus Dornenzweigen kommt kein Dieb und kein Wolf. Und mein Feuer ist auch groß genug, um jeden Wolf zu erschrecken. Wenn ich mich nur nicht so verlassen fühlen würde. Die Kälte kriecht durch die dicke Decke. Oder ist es meine Einsamkeit, die mich kalt macht? Ach, warum kann ich kein anderes Leben führen? Gastwirt, oder Zimmermann oder Fischer. Die haben alle ein festes Haus, Familie, Ansehen im Dorf. Aber Hirten? Wer will schon einen Hirten heiraten, der doch nie zu Hause ist. Keine Frau mag ihr Leben auf dem freien Feld verbringen. Kinder, die hier geboren würden, hätten ja auch keine Zukunft. Wenn ich je Vater eines Kindes wäre, dann würde ich alles daran setzen, dass es Zukunft hat. Es muss ja wirklich nicht der große Reichtum sein. Aber ein Zuhause, Geborgenheit, Liebe und ...Würde soll es haben. Ja, ein Kind darf niemand missachten und bedrücken. Ein Kind soll leben können. *(Stimme wird leiser, einschlafend)* Das ist schön. Leben, das ist warm wie ein Feuer – hell wie ein Licht.

7. Szene	**... richtet er auf.**
Flöte	Melodie: Ehre sei Gott in der Höhe *(wird während des Textes weitergespielt)*
Habakuk	*(im Gang unten)* Was höre ich da? Die Töne klingen von oben. Auf dem Hügel ist David.
Jona	*(im Gang unten)* Aber von ihm sind diese Klänge nicht!
Samuel	Träum ich? Nein, ich höre wirklich Musik. Oder ist es Singen? Und warum ist es so hell? Was ist los?
David	Ist das Habakuks Feuer? Nein, das ist kein Brand. Das ist so ... schön. Aber was ist es?
Mosche	Leben, hell wie ein Licht – und warm, warm ist mir.
Engel 1	Ihr Hirten, fürchtet euch nicht. Ihr seid es, die gute Nachricht bekommen! Hört zu!
Engel 2	Es ist eine Nachricht von großer Freude! Denn für euch ist heute der Heiland geboren. Christus, der Herr.
Engel 3	Aus dem Stamm Davids ist er, so wie es angekündigt war. Und ihr, Hirten, sollt als Erste zu ihm gehen.
Engel 4	Ihr werdet ihn finden. Denn er ist in einem Hirtenstall geboren. In Windeln ist er gewickelt wie alle neugeborenen Kinder.
Engel 5	Eine Krippe mit Heu und Stroh ist sein Bett.
Engel 6	Freut euch, Hirten, singt mit uns zu Gottes Ehre, denn er will Frieden für diese Erde. Shalom für alle Menschen soll sich ausbreiten.
LIED	Ehre sei Gott (s. Seite 10)

Samuel	David, David, komm vom Hügel herunter!
David	Bin ja schon unterwegs, Samuel!

(kommen zusammen)

Samuel	Hast du das gehört und gesehen?
David	Ja, es war ... wunderschön – ein Wunder!
Samuel	Wir müssen zu Habakuk und Jona. Sie müssen es doch auch erfahren.
David	Sieh nur! Da kommen sie angelaufen! Dann haben sie es also auch erlebt!
Jona	Ihr auch?! Ihr habt auch gehört: Für euch ist heute ein Kind geboren?
Habakuk	Im Stall, in einer Krippe, der Heiland?!
David	Wir müssen gleich gehen und es finden.
Samuel	Wir sollen die Ersten sein, die zu ihm kommen, hat der Engel gesagt.
Habakuk	Hirten als Erste! Das habe ich noch nie gehört! Mein Leben lang war ich der Letzte, der Hirte gehört ans Ende vom Festtisch, auf die letzte Bank in der Synagoge, an die letzte Stelle beim Lohn. Und jetzt: Als Erster?
David	Als Erster beim Kind Gottes, beim Heiland, Christus. Könnt ihr das begreifen?
Samuel	Shalom für alle Menschen will Gott. Das hat der Engel gesagt. Fängt Gottes Shalom so an?
Jona	Kommt, wir gehen los.

(gehen Richtung Stall)

David	Augenblick, wir müssen Mosche doch mitnehmen. Fast hätte ich ihn vergessen.
Samuel	Klar! Gut, dass du an ihn erinnerst. Er ist so abseits von uns in dieser Nacht. Ob er die Erscheinung auch gesehen hat?

(gehen zu Mosche, der reglos dasitzt)

Jona	Mosche, was ist los?
Mosche	*(sehr zögernd)* Habt ihr es auch gesehen und gehört?
Habakuk	Das Licht, die Rede von dem Kind im Stall, den Gesang, ja, das haben wir erlebt!
David	Und nun suchen wir das Kind!
Mosche	Ein Kind, bei uns. Ich kann es noch nicht begreifen.
Samuel	Komm mit, Mosche. Wenn wir es finden, dann begreifen wir vielleicht ein bisschen mehr.
Mosche	Ja, ja, lasst uns gleich weitergehen.

8. Szene Und sie bewegte alle ihre Worte in ihrem Herzen.

(Hirten kommen etwas verlegen in den Stall)

Samuel	Guten Abend, wir ... wir ...
David	Wir haben gehört, dass ein Kind geboren ist –
Habakuk	Und wir wollen es besuchen und begrüßen.
Josef	Kommt nur herein. Seid nicht so schüchtern. Ihr seid doch hier zu Hause! Ich dachte schon, ihr wäret ärgerlich, dass wir euren Stall zur Herberge gemacht haben.

Maria	Es ging nicht anders. In Betlehem hat uns niemand einen Platz gegeben. Bitte verzeiht, dass wir euch gar nicht erst gefragt haben. Wir haben niemanden gesehen und …
Samuel	Du musst dich nicht entschuldigen! Wir freuen uns, dass ihr hier seid – und dass das Kind da ist.
David	Der Engel hat es doch gesagt: Freut euch, ihr Hirten! Denn ein Kind ist geboren.
Maria	Ein Engel hat von meinem Kind geredet?
Jona	Ja, und deshalb sind wir hier. „Ihr sollt es finden", hat der Engel gesagt.
David	Und da sind wir gleich losgegangen.
Mosche	Wir haben das Kind gefunden, hier bei uns, auf dem Hirtenfeld.
Josef	Ihr redet von dem Kind, als würdet ihr unseren Sohn schon kennen.
Samuel	Ja, ich habe das Gefühl, dass er irgendwie zu uns gehört, wie ein Bruder, wie in einer Familie.
Mosche	Ja, als wenn es auch unser Kind ist, unser Leben, unsere Zukunft.
Habakuk	So was hat ja auch der Engel gesagt: Denn für euch ist heute der Heiland geboren. Christus, der Herr! „Für euch!" hat der Engel gesagt.
Maria	Ihr lieben Hirten. Ihr redet die ganze Zeit von einem Engel, den ihr gehört habt. Bitte, erzählt was geschehen ist, damit wir es auch wissen.
David	Also: Wir waren an verschiedenen Stellen bei den Schafen. Aber alle haben wir dasselbe gehört und gesehen: Die Nacht wurde zum Tag. Ich habe einen großen Schrecken bekommen. Und dann war da eine Stimme: Ihr Hirten, fürchtet euch nicht. Hat die Stimme gesagt. Ihr seid es, die die gute Nachricht bekommen!
Samuel	Stellt euch vor: gute Nachricht, ausgerechnet für uns Hirten!
Jona	Als Erste sollten wir sie hören!
Mosche	Für euch ist heute der Heiland geboren, Christus, der Herr.
David	Ihr werdet ihn finden. In einem Hirtenstall ist er geboren.
Mosche	Der Heiland – bei den Hirten!
David	In Windeln ist er gewickelt und er liegt in einer Krippe.
Samuel	Und dann war da ein Singen, man musste einfach mitsingen.
Jona	Ehre sei Gott in der Höhe und Friede auf Erden und den Menschen ein Wohlgefallen.
Maria	Was ihr da sagt, ist so groß. – Ich kann es noch gar nicht begreifen.
Mosche	Das braucht Zeit, Maria. Und wir gehen jetzt. Wir haben das Kind gefunden, wie der Engel es gesagt hat. Jetzt können wir wieder zu unseren Herden gehen.
Habakuk	Und etwas von dem Singen und dem Leuchten und von dem Kind geht mit. Es ist – im Herzen.
Josef	Ihr habt so gute Worte hierher gebracht, es ist, als wenn sie den Stall warm machen würden. Danke für das alles. Und danke, dass wir hier bleiben können.
Samuel	Bleibt, solange ihr wollt. Ihr seid hier genauso zu Hause wie wir.
(Hirten gehen)	
Maria	*(im Selbstgespräch)* Dann ist es wahr, was Elisabeth und ich vor wenigen Wochen

erkannt haben. Gott hat große Dinge vor mit diesem Kind. Es wird die Welt verändern.
Die Niedrigen wird er erhöhen. – Die Hirten haben das bereits erlebt.

(Musik)

LIED Mit den Hirten will ich gehen (EG 544)

Gebet *(als Dank und Fürbitte aktuell zu formulieren)*

LIED O du fröhliche (EG 44)

Segen

(Austeilen der Grußkarten an den Ausgängen)

Was wirklich zählt

IDEE UND INHALT

Die Kinder überlegten, welche Figur wir „noch nicht im Mittelpunkt gehabt hätten", und jemand meinte: „Den Augustus." Ich wehrte spontan ab: „Der Augustus spielt doch keine Rolle, also sollten wir ihm ja wohl keine Hauptrolle geben." Das sahen die Kinder und Jugendlichen auch gleich ein, obwohl ...

Der Stachel hing dann doch bei mir fest. Einige Zeit später fiel mir Weihnachtsmaterial der Niederländischen Sonntagsschul-Vereinigung in die Hände, in dem Gedanken über Augustus, der sich anmaßt, Herrscher über Zeit und Zahlen zu sein, standen. Das Bild einer zerbrechenden römischen Uhr und der Satz: „Gott bricht in die Zeit hinein", fügten sich allmählich zu einem Ganzen, das zu dem vorliegenden Gottesdienstentwurf wurde.

Der ungeheuerliche Machtanspruch des Augustus und die Befreiung durch Gott aus diesen Machtzwängen werden in diesem Gottesdienst unmittelbar in der Spielhandlung und in den Zeichen nachvollzogen.

Zwei wichtige Symbolhandlungen prägen den Gottesdienst. Sie sind deutlich sichtbar und dennoch im Hintergrund der eigentlichen Spielszenen.

1. Der machtsüchtige, beängstigende Augustus ist zu Beginn ganz oben. Im Laufe des Gottesdienstes geht er immer tiefer und verschwindet schließlich.
2. Eine große, runde vierteilige Uhr mit römischen Ziffern ergänzt die Machtposition des Augustus. Sie wird parallel zu seinem Abstieg abgebrochen und jedes Kreisviertel wird zu einer Kerze gewandelt.

Der Gottesdienst hat einen sehr ungewöhnlichen Anfang: Die Gemeinde wird in die Rolle des „gezählten Volkes" gebracht. Beim Ankommen erhalten alle einen Nummernzettel (Garderoben-Nummern-Block). Auf die Frage, was das denn solle, ob das etwa eine Verlosung sei o. Ä., wird nur geantwortet: „Das werden Sie gleich merken." Im Kirchraum ist vor Gottesdienst-Beginn Augustus schon auf seinem Platz ganz hoch. Im Raum sind Schreiber des Augustus unterwegs: 4 Jugendliche mit Schreibbrettern und Stift sprechen Menschen an, lassen sich die Nummern zeigen, fragen auch mal nach dem Geld, dem Namen, dem Familienstand. Immer wieder gehen sie nach vorn zu Augustus, übergeben ihm ehrfurchtsvoll die Blätter und empfangen neue. Nach dem Ausklingen der Glocken beginnt nicht – wie üblich – die Orgel. Stattdessen geht das Licht über der Gemeinde aus, nur Augustus vorn ist hell erleuchtet, und er beginnt mit seinem Text.

ROLLEN, KOSTÜME, REQUISITEN

Augustus, Ausrufer, Maria, Josef, Nachbar,

Benjamin, Nahum, Micha, Mosche, Habakuk, mehrere Engel, beliebig viele weitere Hirten.

Übliche einfache Kostümteile, für Josef einen Hammer und einen Stuhl in der „Werkstatt".

Der Spieler des Augustus muss für den Anfang Mut und Sicherheit mitbringen. Pausen und enger Blickkontakt mit der Gemeinde, eine machtvolle Betonung sind für ihn wichtig. Es muss ein Glück sein, diesem Machthaber entrissen zu werden.

Der Thron des Augustus kann so gebaut werden: Hinter dem Altar wird aufgebaut: Ein reich verzierter Stuhl (=Thron) auf einem Tisch. Vor dem Tisch ein normaler Stuhl, der für die Gemeinde kaum sichtbar ist. Augustus' vierteiliger Abstieg sieht dann so aus: Zu Beginn steht er vor dem Thronstuhl und ist damit eine Art Konkurrenz zum Weihnachtsbaum. Dann sitzt er auf dem Thron, dann sitzt er auf dem Tisch und schließlich auf dem unteren Stuhl, so dass man nur noch seine Krone sieht. Dann verschwindet er völlig, indem er (unbemerkt, keinesfalls theatralisch) die Krone wegnimmt, sein Togagewand auszieht und sich in eine Seitenbank setzt (Er darf nicht durch das Krippenbild gehen, das inzwischen ja entstanden ist!).

Die Uhr in vier Kreissegmenten wird aus schwarzem Karton mit weißen Ziffern hergestellt. Die

Rückseite ist hell oder farbig und bildet später die Außenseite der „Kerze". Kerzenflammen werden aus gelb-orangen Kreisen geklebt, etwas eingeschnitten und auf den geklebten Kerzenkegel aufgesteckt. Die Uhr wird auf eine Flanelltafel (Pinnwand) gesteckt, die neben Augustus steht. Das Kleben der Kerzenkegel aus den Uhrenvierteln muss unbedingt geprobt und das Klebeband getestet werden, weil in dem Biegen eine ziemliche Spannung entsteht. Am leichtesten geht diese Arbeit zu zweit.
Weitere Requisiten ergeben sich aus dem Spieltext.

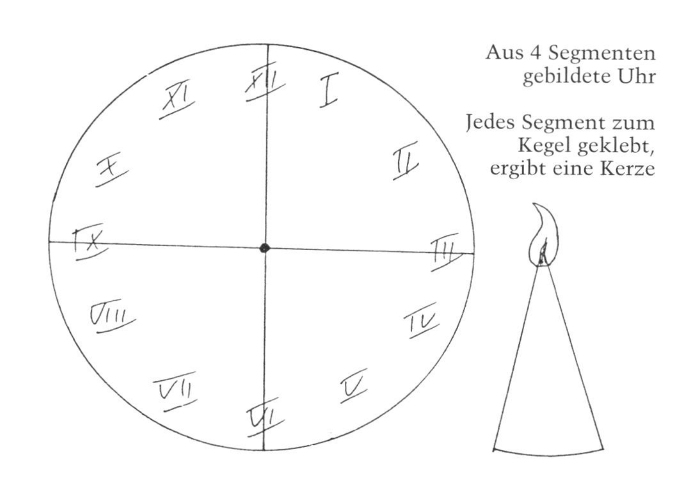

ZEICHEN DER ERINNERUNG

Alle Gottesdienstbesucher bekommen ein sehr kleines Metallglöckchen (keine sog. Schellen, sondern wirklich in Glockenform). Die Glöckchen werden in Körben durch die Reihen gegeben. Die Gemeinde wird aufgefordert, die Nummernzettel in den Korb zu legen (= Befreiung von Augustus' Herrschaft) und ein Glöckchen zu nehmen. (= Gottes Zeit ist eingeläutet). Das Glockenlied kann ohne Orgelbegleitung gesungen werden, um die Glocken wahrzunehmen.

DER GOTTESDIENST

Augustus — Ich bin Augustus. Alle Augen sind auf mich gerichtet! Denn ich habe die Macht. Ich, Augustus! Das hier ist meine Zeit! *(weist auf die Uhr)* Ich sage, was die Stunde geschlagen hat, und niemand sonst! Ich sage, wem die Stunde geschlagen hat, denn ich entscheide über Leben und Tod! Ich, Augustus, Kaiser der Welt. *(breitet seine Arme aus)* Ihr gehört mir! Ich habe euch gezählt. Ihr seid nur eine Nummer in meinem Plan! *(hält die eingesammelten Listen hoch).* Ich schätze euch ein! Nummer 10, ist dein Geldbeutel voll? – Dann bist du was wert! Nummer 201, du hast nichts verdient? Du bist eine Null, eine Niete, ein Dreck!
Ich bin Augustus, ich rechne mit Macht. Was ich sage, das allein zählt! Was sich für mich rechnet, das allein gilt. Ich beherrsche die Zeit! Auch eure Zeit! *(zeigt entschieden mit dem Finger in die Gemeinde)*

Pfarrer/in — Mit Zahlen und Zifferblättern herrschen Menschen über Menschen.
Berechnen und ausrechnen wollen sie den Wert oder Unwert der anderen.
Das war nicht nur damals bei dem Kaiser Augustus und seinen Komplizen so.
Das kennen wir auch heute.

Aber – soll das so sein? Ist das Gottes Wille?
„Was wirklich zählt", so haben wir den Gottesdienst für diesen Tag überschrieben.
Ja, was zählt wirklich?
Wir suchen Antworten auf diese Frage gemeinsam mit vielen Menschen damals und heute.
Wir laden euch ein, mit uns den Weg nach Betlehem zu gehen. Wir werden dort Menschen begegnen, die für Augustus nur ein Dreck sind. Mit ihnen zusammen suchen wir: „Was wirklich zählt."
Wir machen uns auf die Suche im Namen Gottes, des Vaters, des Sohnes und des Heiligen Geistes. Amen.

Ein Lied, in dem zaghaft die Hoffnung anklingt, die stärker ist als die Herrscher der Zahlen und Zifferblätter, singen wir zusammen:

LIED — Die Nacht ist vorgedrungen (EG 16)

Sprecher/in — Es war in der Zeit als dieser da *(zeigt auf Augustus)* mit Macht und Gewalt regierte. Die ganze Welt, die ihm bekannt war, war unter seiner Macht. Er ließ die Menschen zählen und ausrechnen, was er von ihnen zu bekommen hatte. Die kleinen Leute sollten seine Größe bezahlen. Steuern sollten sie beitragen. Und damit ihm niemand entgehen konnte, befahl Augustus:

Augustus — Jeder muss in die Stadt gehen, in der er geboren ist.

(Ausrufer geht los und ruft an verschiedenen Stellen in der Kirche.)

Ausrufer — Jeder muss in die Stadt gehen, in der er geboren ist. *(mehrmals)*

(Maria geht vor den Altar, Josef macht sich dahinter an einem Stuhl zu schaffen.)

Sprecher — Und so kam diese Nachricht auch nach Nazaret.

Ausrufer — *(vorn)* Jeder muss in die Stadt gehen, in der er geboren ist.

Maria — Josef, *(ruft)* Josef, hast du gehört, was der Ausrufer des Kaisers gerade gesagt hat?

Josef — Nein, Maria. Ich habe die Bank repariert. Bei den Hammerschlägen habe ich nichts verstanden.

Maria — Wir müssen fortgehen, Josef. In deine Geburtsstadt sollen wir gehen.

Josef — So ein Unsinn. Was soll das? Ich habe hier gerade genug zu tun. Ich kann doch nicht einfach weggehen!

Maria — Der Kaiser will alles zählen lassen. Und dann will er Steuern einfordern – von jedem, der Geld verdient.

Josef — Von dem bisschen soll ich auch noch dem Kaiser was geben? Der hat doch wohl genug! Die Arbeit soll ich liegenlassen, nach Betlehem gehen, wo mich sowieso niemand mehr kennt, und dann auch noch Steuern zahlen!

Nachbar — *(kommt von der Seite)* He, Josef, ich höre dich schimpfen. Mach das lieber leise. Wenn der Ausrufer dich hört, bist du gleich in Ketten gelegt!

Josef — Das auch noch! Nicht mal den Mund darf man noch aufmachen.

Nachbar — Ich versteh dich ja, Josef. Meinst du etwa, ich wäre einverstanden mit dem, was der Kaiser da fordert? Nur – laut sagen darfst du's nicht. Ein Leben gilt dem Kaiser nicht viel. Und das von so einem kleinen Zimmermann, wie du es bist, zählt schon gar nicht. Du willst doch nicht, dass Maria auf einmal allein ist?

Josef — Ja, ja, ich hab schon verstanden. Aber richtig ist das nicht – immer still bleiben und kuschen.

Maria — Komm, Josef, lass uns gleich alles fertigmachen für die Reise. Denn *ein* Leben zählt ganz viel – vielleicht nicht für den Kaiser in Rom, aber für uns. Das Kind, das bald geboren wird. *(Maria ist nachdenklich).*

Josef — Unser Kind. Nun wird es womöglich unterwegs zur Welt kommen.

Maria — Ich hoffe, dass es bis Betlehem gut geht. Und vielleicht – vielleicht ist es ja gut, wenn dieses Kind in Betlehem geboren wird. In der Davidsstadt, in der Stadt des Königs.

Josef — Daran hat der Kaiser aber bestimmt nicht gedacht.

Maria — Nein, sicher nicht. Aber auch ein Kaiser kann nicht alles berechnen, Josef!

(Maria und Josef nehmen ihr Bündel und gehen während des Liedes einmal durch die Kirche. Unterdessen setzt sich Augustus auf seinen Thron, ein Uhrenteil wird zur Kerze gewandelt und im Altarraum werden die Strohballen zum „Stall" gelegt. Die Krippe ist noch im Abseits)

LIED — Nun wollen wir ein Licht anzünden, den Weg nach Betlehem (Christ. Nr. 1, 1-3)

(Am Ende des Liedes sind Maria und Josef im Stall angekommen. Sie stehen zwischen dem Stroh.)

Maria Bin ich froh, dass wir ein Dach über dem Kopf haben.

Josef Ein Palast ist es ja nicht gerade.

Maria Was soll's! Es ist trocken und warm und es war ja wirklich kein Platz mehr.

Josef Hast du gesehen, wie dick die Taschen des Wirtes waren?

Maria Ich hatte andere Gedanken, Josef. Da habe ich wirklich nicht auf seine Taschen gesehen.

Josef Bestimmt war da eine Menge Geld drin. Bei so vielen Gästen verdient er nicht schlecht.

Maria Sei nicht neidisch, Josef. Und immerhin hat er von uns kein Geld gewollt. „Für das einfache Lager kann ich euch doch kein Geld abnehmen", hat er gesagt, „nehmt es als kleines Geschenk für das Kind, das bald geboren wird."

Josef Das war wirklich nett von ihm. Mitten in dem Betrieb an dich und das Kind zu denken.

Maria Ja, mir war gleich ein bisschen wärmer hier im Stall, als er das gesagt hatte.

Josef So, nun leg dich hier her, Maria. Ich mach die Krippe fertig als Notbett fürs Baby. Ruh dich aus. Du brauchst deine Kraft sicher bald noch.

Maria Danke, Josef ... Weißt du, gerade denke ich: Dass du hier bist, mir hilfst, dich auf unser Kind freust und alles so gut vorbereitest, wie du kannst – das ist doch viel mehr wert als Geld, finde ich.

Josef Du hast Recht, Maria. Dich und das Kind würde ich für kein Geld der Welt hergeben!

LIED Von Anfang, da die Welt gemacht (EG 542, 3-4)

(Bei dem Lied steigt Augustus wieder eine Stufe tiefer. Das zweite Uhrenteil wird zur Kerze. Josef holt die Krippe in den Stall und macht alles zurecht. Inzwischen gehen die Hirten an ihren Platz in der Kirchraummitte.)

Benjamin *(kommt heran)* Die Schafe sind alle im Pferch.

Nahum Hast du sie nochmal gezählt?

Benjamin Klar!

Hosea Wieso bist du bloß so misstrauisch, Nahum. Meinst du, Benjamin ist nicht sorgfältig genug mit seiner Arbeit, nur weil er noch so jung ist?

Nahum Misstrauisch nicht! Aber das kleine braune Schaf mit dem Fleck auf der Stirn – das hat mich heute den ganzen Tag beschäftigt. Ständig ist es von der Herde weggelaufen. Und dabei war es so geschickt, dass die Hunde es nicht bemerkt haben. Am liebsten hätte ich es an die Leine gelegt.

Benjamin Ich kann dich beruhigen, Nahum. Das kleine Braune ist da. Es ist ja nicht zu übersehen. Und den Dornenzaun habe ich auch kontrolliert. Da kommt kein Schaf raus heute Nacht.

Micha Schafe, die verloren gehen, – die können wir uns nicht leisten! Die Besitzer der Herden ziehen dir jedes Schaf, das verloren geht, vom Lohn ab. Kümmern sich nie um ihre Viecher, aber verdienen wollen sie dran! Ja, Benjamin, diese Ungerechtigkeit wirst du auch noch dein Leben lang erfahren. Deine Arbeit – was zählt die schon! Gezählt werden nur die Goldstücke beim Besitzer. Du kannst dich freuen, wenn dir noch ein Hungerlohn bleibt.

Benjamin Ich hoffe, Micha, dass es besser wird. Auch für uns Hirten muss doch Gerechtigkeit kommen. Und ich wollte gern Hirte werden. Ich mag die Schafe und die Hunde. Ich bin gern unter freiem Himmel, und ich mag die Abende am Feuer unter dem weiten Sternenhimmel.

Mosche — Du wirst ein guter Hirte, Benjamin. Der gerechte Lohn ist wichtig und den sollst du ruhig immer wieder fordern. Aber zugleich sei den Schafen ein guter Hirte, einer der aufpasst, der sie kennt und merkt, wenn ein Tier fehlt. Und wenn eines fehlt, dann geh los und such es. Das Schaf wird schreien und auf dich warten, wenn es irgendwo festhängt. Und du wirst dich freuen, wenn du es findest und befreien kannst.

Nahum — Das stimmt. Heute abend, als wir schon auf dem Weg hierher waren, ist das kleine Braune nochmal entwischt. Ich hab gesucht und gesucht. Zum Glück hab ich gute Ohren, und irgendwann habe ich ein ganz leises Blöken gehört. Da war das Kleine in eine Felsspalte gerutscht und konnte nicht mehr hoch. Mit meinem Seil hab ich's rausgezogen. Und dann hab ich's auf den Schultern zur Herde getragen. Ich war so froh, dass das Tier lebt und dass ich es gefunden habe! – Es ist zwar immer wieder anstrengend, aber irgendwie hab ich gerade dieses Tier besonders gern.

Mosche — Ich denke, das ist es, was wirklich zählt: dass du das Tier magst, dass du dich freust, wenn du es siehst und dass du merkst, wenn es fehlt. Das ist viel wichtiger als irgendwelche Befehle der Besitzer.

Benjamin — Meine Mutter hat von mir manchmal so geredet, wie ihr jetzt von dem Schaf. Als ich noch ein Kind zu Hause war, da hat sie oft gestöhnt: Benjamin, du bist ganz schön anstrengend. Dauernd kommst du auf neue Ideen. Immer probierst du was aus. Immer wieder muss ich gucken, wo du eigentlich steckst. Kannst du nicht mal so ruhig und brav sein, wie die anderen Kinder? – Und dann hat sie wieder gesagt: Ich mag dich, gerade auch weil du so lebhaft bist.

Mosche — Vielleicht brauchen wir Menschen auch so einen guten Hirten, der uns sucht, der uns gern hat, der uns kennt.

Nahum — Du meinst …

Mosche — Ja, ich meine Gott, unseren Herrn. Er ist ein guter Hirte.

Nahum — Aber manchmal denke ich, er ist weit, weit weg. Ob er mich wirklich kennt?

Mosche — Er kennt dich, Nahum, und er mag dich sehr gern.

(Leise intoniert und variiert die Orgel das „Ehre sei Gott“. Dabei wird das dritte Uhrenteil abgenommen, Augustus geht tiefer herab. Die Engel gehen mit Kerzen auf die Kanzel bzw. vor die Kanzel. Ein Engel legt auf diesem Weg die Puppe in die Krippe. Die Hirten machen weiter, wenn die Orgel verklingt.)

Benjamin — Was ist das? Klänge mitten in der Nacht, die ich noch nie gehört habe!

Nahum — Fremd und doch nah. Neu und doch vertraut.

Mosche — Was ist das für ein Licht. Das ist keine Sonne und kein Stern. Das ist … unbeschreiblich.

Micha — Ich habe keine Worte für das, was ich fühle. Ist es Angst? Ist es Freude? Oder Hoffnung oder Verunsicherung? Es ist alles zugleich und doch ganz anders!

Engel — Fürchtet euch nicht!
Siehe ich verkündige euch eine große Freude, die allen Menschen gilt. Denn euch ist heute der Heiland geboren, Christus, der Herr. In der Stadt Davids ist es geschehen.
Und das habt zum Zeichen: Ihr werden ein Kind finden. Es ist in Windeln gewickelt und liegt in einer Krippe.

LIED — Ehre sei Gott (s. Seite 10)

Benjamin	Eine Krippe? – Dann ist in einem Stall ein Kind geboren. Ein Kind, bei uns?!
Micha	Nicht irgendein Kind! Der Heiland, Christus, der Herr! Das habe ich gehört.
Mosche	Ein ganz besonderes Kind.
Nahum	Ein Hirte für uns?
Benjamin	Einer, der uns sucht, der uns gern hat, der sich um uns kümmert! Kommt, lasst uns gehen.
Nahum	Aber wohin? Wo sollen wir anfangen zu suchen?
Mosche	Ich denke, wir sollen einfach losgehen. „Ihr werdet ein Kind finden", hat der Engel gesagt. „Finden", nicht „suchen". Gott wird uns zeigen, was nötig ist.
Benjamin	Du hast gerade „Engel" gesagt. Du meinst, was wir gehört und gesehen haben, das war von Gott?
Mosche	Ja, Benjamin. Das meine ich. Gott ist uns ganz nahe gekommen. Er hat uns gefunden und große Freude gebracht.
LIED	Ein heller Stern (Mkl 2, Nr. 27, 2. 3. 7.)

(Bei dem Lied wird das vierte Uhrenteil zur Kerze, Augustus verschwindet völlig. Die Hirten machen einen langen Weg durch die Kirche und kommen am Ende vor dem Stall an.)

Micha	Dürfen wir hereinkommen?
Josef	Ja, kommt nur näher. Die Tür steht allen offen, die kommen wollen.
Micha	Wir, wir haben erfahren, dass ein Kind geboren ist. Wir sind gekommen, weil wir uns freuen und weil wir das Kind in unserer Mitte begrüßen wollen.
Maria	Wer hat euch gesagt, dass unser Kind geboren ist? Niemand war hier. Niemand hat es gewusst.
Benjamin	*(ruft aufgeregt)* Es ist uns zugerufen worden – direkt vom Himmel! Mosche sagt: Das waren Engel, direkt von Gott!
Nahum	Nicht so laut, Benjamin. Das Kind erschrickt ja.
Maria	Ist schon gut. Benjamin strahlt ja richtig vor Freude, da wird sich niemand erschrecken, auch das Baby nicht.
Habakuk	Ja, es war ein Leuchten rundum und eine Stimme hat gesagt: Ich verkündige euch große Freude, die allen Menschen gilt. Denn euch ist heute der Heiland geboren, Christus der Herr. Und das habt zum Zeichen. Ihr werdet ein Kind finden, in Windeln gewickelt und in einer Krippe liegen.
Josef	Es ist so viel Besonderes um dieses Kind. Was wird daraus werden?
Mosche	Ein guter Hirte, der uns kennt, der uns lieb hat und sich um uns kümmert.
Nahum	Dann wird sich alles ändern.
Benjamin	Und ausgerechnet wir haben es als Erste erfahren.
Maria	So wird alles umgekehrt. Die Geringen sind wichtig geworden. Und die Mächtigen spielen keine Rolle mehr. Die immer alles zu sagen hatten, werden stumm, und die Stummen trauen sich, den Mund aufzumachen. Ein kleines neugeborenes Kind bedeutet mehr als der große Kaiser in Rom.
Josef	Und als dieser Kaiser alle Menschen durcheinanderbringen wollte, da hat Gott dafür gesorgt, dass alles am richtigen Ort ist: Dieses Kind ist in Betlehem geboren, denn so soll es sein: Aus Betlehem wird der Retter kommen. Und er wird bei den Hirten geboren. Denn er wird ein guter Hirte

werden für viele Menschen. Darum seid ihr Hirten die Ersten, die erfahren, dass er geboren ist.

Habakuk — Ich bin so froh, dass ich hier bin. Ich komme mir unendlich reich beschenkt vor!

Nahum — Und wenn wir jetzt zurückgehen zu unseren Schafen und unserer Arbeit, dann wissen wir: Wir sind gut behütet. Denn wir haben einen guten Hirten, der uns kennt, der uns lieb hat und der sich um uns kümmert.

LIED — Seht die gute Zeit ist nah (EG 18)

(Die Hirten und Engel gehen fort. Maria und Josef bleiben in der Mitte.)

Pfarrer/in — Seht die gute Zeit ist da! Nicht die Zeit, die der Augustus beherrschen will. Nein, Gottes Zeit ist da. Das ist es, was was wirklich zählt. Nicht Königsmacht und nicht Geld und Geschrei. Sondern Gott. Die Uhr des Augustus ist zerbrochen. Gott ist in die Zeit hineingekommen.
Darum sind aus der Uhr vier Kerzen geworden. Die Lichter erinnern an das Kind, an Jesus. Als Kind kommt Gott in unsere Mitte. Er kommt den Menschen nahe. Er hat uns lieb, er findet uns, er kümmert sich um uns. Dafür danken wir Gott. Ganz besonders heute, am Heiligen Abend. Und darum feiern wir dieses Fest.

Sprecher/in — Die Macht des Augustus zählt nicht mehr. Darum legt eure Zahlenzettel gleich in die Körbe. Und dann nehmt euch eine kleine Glocke aus dem Korb. Denn die schenken wir euch, weil heute Gottes Zeit eingeläutet wird.
Wenn ihr die Glocke in der Hand habt, lasst sie leise klingen. Ich bin gespannt wie sich der Klang in der Kirche ausbreitet.

Austeilen

Nun haltet diese Glöckchen einmal ganz still. Es ist ganz leise. *(Stille)*
Auch in der Nacht bei den Hirten war es erst ganz still. Dann haben die Hirten gut hingehört und etwas ganz Wichtiges erfahren. Wir hören jetzt ganz still hin, wenn die Orgel uns eine Melodie spielt. Die Melodie gehört zu dem Lied, das wir dann singen werden, ohne dass die Orgel dazu spielt. Dafür können wir dann mit unseren Glocken bei dem „Ding-Dong" mitläuten. Und dann erzählen wir mit dem Lied und mit unseren Glocken von dem, was wirklich wichtig ist für uns und alle Menschen.

LIED — Hört ihr alle Glocken läuten (LzU, Nr. 42, 1. 3. 4)

Sprecher/in — Wir beten:
Treuer und barmherziger Gott.
Du kümmerst dich um uns, weil du uns so lieb hast. Das können wir kaum begreifen. Und manchmal meinen wir: Das kann doch gar nicht sein. Aber du bist da. Du kommst in unsere Zeit. Und wenn wir das erkennen, werden wir so froh wie die Hirten damals in Betlehem.
Gütiger Gott, nimm uns an deine Hand wie ein guter Vater und eine gute Mutter. Wenn wir uns beherrscht fühlen von Zifferblättern und Zahlen, dann öffne uns die Augen und Herzen für deine Herrschaft, die so ganz anders ist.
Allmächtiger Gott, wir fühlen uns oft so ohnmächtig angesichts der Gewalt, die Menschen übereinander ausüben. Wir sehen die Bilder aus den Kriegen, wir hören die Klagen der Menschen und wissen nicht weiter. Gott, brich herein in unsere Hilflosigkeit, hilf uns, Hass und Gewalt aufzubrechen, damit Licht kommt in die Orte der Dunkelheit.
Gott, im kleinen Kind begegnest du uns in deiner Größe. So lass uns jedes kleine Zeichen der Hoffnung wahrnehmen als ein Zeichen von dir, mit dem du menschliche Berechnungen und Abrechnungen zerbrichst.
Unser Vater …

LIED — Oh du fröhliche (EG 44)

Segen

Mir ist ein Licht aufgegangen …

IDEE UND INHALT

Was haben Christkind und Weihnachtsmann mit „Weihnachten“ zu tun? Nachfragen bei Kindern und Erwachsenen ergaben eine interessante Vielfalt an Vorstellungen über das „Christkind“. Während es für einige selbstverständlich das Kind in der Krippe war, schilderten andere ein Engelchen, das an das Sterntaler-Mädchen erinnerte. Ein pfiffiger 9-Jähriger meinte, dieses Engelchen habe tolles Einbrecherwerkzeug, mit dem es Fenster öffnen könne, ohne dass man davon was merkt.
Der Weihnachtsmann mischte sich mit Nikolaus und Sankt Martin – und immer wieder die Frage: „Woher kommt das alles und was soll das eigentlich?“ „Da müsstest du mal ein Weihnachtsspiel draus machen, damit die Leute das besser kapieren.“
Ich habe lange überlegt, wie das geschehen kann, ohne Familien am Heiligen Abend in eine Krise zu bringen. Ich habe kein Interesse daran, diese Traditionsgestalten schlecht zu machen. Aber ich möchte ihnen ihren Platz zuweisen, damit sie den Inhalt und Sinn des Christfestes nicht immer mehr verdrängen. Die Kinder, die den Anstoß gegeben haben, meinen, dass das gelungen sei. Und eine Mutter sagte später ausdrücklich, dass sie für den Umgang mit ihren Kindern in diesem Gottesdienst Hilfestellung gefunden habe.
Das Spiel beginnt mit einem Gespräch der Kinder über all die verschiedenen Weihnachtsgestalten, das Wünschen und Schenken. Dann suchen sie nach dem „Eigentlichen“. Oma und Opa nehmen sie mit zum Gottesdienst, wo sie Weihnachten (= Krippenspiel) erleben. Am Ende formulieren die Kinder ihre Antworten auf die Eingangsfragen.

ROLLEN, KOSTÜME, REQUISITEN

Das Spiel benötigt zwei klar getrennte Spielergruppen:
a) mindestens 4 Kinder, Mutter, Oma, Opa, die unseren Alltag verkörpern.
b) die Personen der biblischen Weihnachtsgeschichte: Augustus, Bote, Quirinius, Ausrufer, Josef, Maria, Freund, 3 Hirten (können auch mehr sein), mindestens 4 Engel.

Man sollte sich bemühen, zwei Menschen der Großeltern-Generation zum Mitspielen zu gewinnen. Die gegenseitige Bewunderung zwischen Kindern und Großeltern für den Mut, mitzumachen und die Fähigkeit auswendig zu lernen, fördert das Miteinander der Generationen.
Die einfachen Requisiten ergeben sich aus dem Text. Die Kindergruppe zu Beginn kann selbst entscheiden, mit welchen Utensilien sie in die Kirche einziehen wollen.

ZEICHEN DER ERINNERUNG

Alle bekommen von den Hirten eine kleine Holzkerze, die es im handelsüblichen Weihnachtsschmuck gibt. Natürlich sind auch echte Kerzen sehr schön, aber in der drangvollen Enge des Weihnachtsgottesdienstes sollte man diese nicht anzünden!

DER GOTTESDIENST

(Orgelvorspiel, dann unmittelbar beginnen)

Kind 1 — Eh, was hast du dir zu Weihnachten gewünscht?

Kind 2 — Ich hab mir Geld gewünscht, dann kann ich damit machen, was ich will.

Kind 3 Das find ich aber doof. Dann hast du doch gar keine Überraschung mehr.

Kind 4 Ich bin schon ganz gespannt, was mir das Christkind bringt.

Kind 1 Das Christkind? Nicht der Weihnachtsmann? Bei uns kommt immer der Weihnachtsmann!

Kind 2 So, und wie sieht der aus?

Kind 1 Na, weißer Bart, roter Mantel, Stiefel und so.

Kind 3 Ich glaub, du verwechselst den mit dem Nikolaus.

Kind 4 Quatsch. Nikolaus war doch schon. In der Schule haben wir das gemacht. Und die Lehrerin hat uns die Geschichte erzählt. Dass das ein guter Mann war und so. Und dass wir deshalb auch gut sein sollen und was teilen.

Kind 1 Au Mann, das war doch Sankt Martin!

Kind 4 Nee, Sankt Martin war mit dem Pferd und mit dem Mantel, den der zerrissen hat.

Kind 2 Und der Nikolaus, was war mit dem?

Kind 4 Der hat glaub ich armen Leuten heimlich was vor die Tür gestellt. Weil der selber reich war. Bischof oder so was war der.

Kind 1 Und Weihnachten kommt der Weihnachtsmann.

Kind 4 Und was für 'ne Geschichte gehört zu dem?

Kind 1 Weiß ich doch nicht. Hauptsache, ich krieg meine Geschenke.

Kind 2 Ich hab mal einen Film gesehen, da haben die Kinder Socken ans Bett gehängt, ganz extra große. Und dann ist in der Nacht der Weihnachtsmann auf einem Schlitten über die Wolken dahingesaust und durch den Schornstein und hat Geschenke in die Socken gesteckt.

Kind 3 Das war bestimmt ein Science-fiction-Film.

Kind 2 Nee, aber Zeichentrick.

Kind 4 Das Christkind hab ich noch nie gesehen. Aber ich stell mir ein Mädchen vor mit einem weißen Kleid. Und wenn es da war, dann klingelt eine Glocke, und dann darf ich reinkommen, und dann sind da alle Geschenke.

Kind 1 Ist aber auch irgendwie komisch, oder? – Na ja, Hauptsache, die Geschenke sind da, find ich.

Kind 3 Aber ich möchte doch mal wissen, woher das alles kommt. Die ganzen Geschichten. Und überhaupt, warum wir Weihnachten Geschenke kriegen. Zu meinem Geburtstag, klar! Oder meine Eltern zum Hochzeitstag – na gut. Das kapier ich. Aber welchen Grund gibt es für Weihnachten?

(ratloses Schweigen)

Kind 4 Wir können doch mal meine Lehrerin fragen. Die hat ja auch von Nikolaus und Sankt Martin erzählt.

Kind 1 Zur Lehrerin in den Ferien gehen? – Also, ich weiß nicht.

Kind 2 Wir können ja erstmal zu Hause anfangen. Meine Mutter ist beim Backen. Die können wir doch fragen. Dann kriegen wir vielleicht auch gleich noch ein paar Plätzchen mit!

(gehen nach hinten, Mutter hantiert hektisch mit einem Backblech / Mitte der Kirche)

Kind 2 Hey Mama. Du, wir wollen wissen, warum man Weihnachten Geschenke kriegt. Kannst du uns das erklären?

Mutter — Och nee. Ihr seht doch, dass ich voll beschäftigt bin ... geht mal zur Seite. Die Plätzchen sind gerade fertig.

(Balanciert ein Backblech aus dem Ofen)

Kind 2 — Mhhmm, die sehen lecker aus. Darf ich mal ...?

Mutter — Weg, du Leckermaul. Die sind für Heiligabend. Da muss es doch was Besonderes geben. Und wegen dem, was du gefragt hast ...

Kind 2 — Warum wir Geschenke machen zu Weihnachten ...

Mutter — Ja, genau. Da geh doch rüber zu Oma und Opa. Frag die mal.

Kind 2 — Na gut.

(Kinder ziehen weiter/ nach vorn, das Gespräch beginnt im Gang)

Kind 2 — Oma und Opa? Meint ihr, dass die Ahnung haben?

Kind 4 — Wir können es ja versuchen. Ich mein, der Weihnachtsmann ist ja auch ein alter Mann. Vielleicht wissen alte Leute deshalb besser über ihn Bescheid.

(Oma und Opa sitzen vorn unter dem Tannenbaum/ Kinder klingeln / Oma kommt nach vorn, später auch Opa)

Oma — Hallo, na, was gibt's? Willst du uns besuchen?

Kind 2 — Na ja ...

Oma — Und alle deine Freunde und Freundinnen hast du auch gleich mitgebracht.

Kind 2 — Wir, wir wollten euch was fragen.

Oma — Aha. Na, dann kommt mal rein.

(Kinder gehen mit Oma und begrüßen auch Opa)

Opa — So, wo brennt's denn?

Kind 1 — Bald ist ja Weihnachten.

Kind 3 — Und da gibt's ja Geschenke.

Kind 2 — Und das ist ja auch ganz toll.

Kind 4 — Aber wir wollen wissen, wieso eigentlich?

Opa — Aha, ihr wollt wissen, warum wir uns beschenken?

Kind 2 — Genau. Und was das mit Christkind und Weihnachtsmann und Nikolaus und St. Martin zu tun hat.

Kind 4 — Das geht bei uns nämlich alles durcheinander!

Oma — Ui. Das sind aber gleich eine Menge Fragen.

Kind 3 — Dann können sie uns also auch nicht weiterhelfen?

Oma — Nu mal langsam. Ein bisschen weiter kommen wir bestimmt.

Opa — Unsere Oma gibt doch so schnell nicht auf, Kinder!

Oma — Also erstmal wollen wir zwei Namen einfach mal rausnehmen aus eurer Liste: Nikolaus und St. Martin. Die haben nicht direkt mit Weihnachten zu tun. Die Namenstage „Nikolaus" und „Martin" liegen aber im Dezember und November. Und damit wird an zwei verschiedene Personen erinnert, die mal Bischöfe waren. Und von beiden wird erzählt, dass sie Gutes getan haben.

Kind 2 — Genau. Dann stimmt das, was wir vorhin schon hatten: Der Nikolaus hat armen

Leuten geholfen, ohne dass sie wussten, wer ihnen hilft. Und der Martin hat auf einem Pferd gesessen und seinen Mantel geteilt mit einem Bettler.

Oma — Na, seht ihr. Ihr wisst doch schon eine Menge. Dann kommen wir jetzt zum Christkind und zum Weihnachtsmann. Das ist ein bisschen schwieriger. Zu beidem gibt es keine Geschichte. Und eigentlich haben sie auch nicht viel mit Weihnachten zu tun, obwohl „Christ" und „Weihnachten" drin vorkommt. Wisst ihr, unser Weihnachtsfest liegt an einem besonderen Datum, der Wintersonnenwende. Von diesem Tag an scheint die Sonne wieder jeden Tag ein bisschen länger. Darum haben Menschen schon immer diesen Tag besonders gefeiert.

Kind 3 — Das versteh ich. Vorher sind die Tage ja immer kürzer und dunkler geworden. Da haben die vielleicht gedacht: „Irgendwann ist nur noch Nacht und gar kein Tag mehr." Und dann haben sie gemerkt, dass die Tage wieder länger hell sind. Und dann haben sie sich gefreut.

Opa — Klasse. Genau so! Daraus sind Freudenfeste geworden. Und oft waren sie mit vielen Lichtern, mit Freudenfeuern verbunden.

Oma — Da könnte man viel erzählen. Aber das würde jetzt viel zu lange dauern. Also nur so viel: Oft gibt es ein Lichterkind, z.B. in Skandinavien. Ein Kind trägt viele Kerzen in einer Art Krone auf dem Kopf. Und oft gibt es einen „Wintermann", der Freude bringt. Zum Beispiel „Väterchen Frost" in Russland.
Aber das alles hat mit unserem Weihnachtsfest erstmal nichts zu tun.

Kind 1 — Aber die Figuren erinnern an „Christkind" und „Weihnachtsmann".

Oma — Stimmt. Manchmal denke ich, die Menschen haben ein bisschen versucht, ihre alten Bräuche und das Christfest irgendwie zu verbinden. Und manchmal ist das dann ganz komisch durcheinander gegangen.

Kind 2 — Jetzt hast du gerade „Christfest" gesagt. Aber du meinst doch „Weihnachten", oder?

Oma — Ja, du hast genau aufgepasst. Ich habe extra „Christfest" gesagt. Denn dann kommen wir dem näher, was Weihnachten für uns bedeutet.

Kind 3 — Und warum wir uns an Weihnachten beschenken?

Oma — Vielleicht auch das.

Opa — Aber wisst ihr was? Ich finde, wir haben jetzt hier lange genug rumgesessen. Und was Weihnachten wirklich wichtig ist, das können wir woanders viel besser erfahren, nicht wahr, Elisabeth?

Oma — Stimmt! Es ist gerade die richtige Zeit!

Kind 4 — Wofür?

Oma — In ein paar Minuten beginnt in der Kirche ein Familiengottesdienst zu Weihnachten. Da wird gespielt und erzählt, worum es Weihnachten eigentlich geht. Wenn ihr wollt, dann kommt doch einfach mit in den Gottesdienst.

Kind 1 — So, wie wir sind?

Opa — So, wie ihr seid. Klar. Das gehört auch schon zum Wichtigen von Weihnachten: So, wie wir sind, können wir zu Gott kommen. Wir brauchen keine feinen Sachen und teuren Bücher oder so.

Oma — Also, gehn wir.

(Alle gehen seitlich ab und kommen später hinten in die Kirche hinein, setzen sich in die Presbyterbank.) Währenddessen:

LIED	Das Licht einer Kerze, (LfJ 316)
Pfarrer/in	Willkommen im Haus Gottes. Heute ist ein besonderer Tag. Wir feiern einen Geburtstag.
Kind 1	*(flüstert)* Deshalb also die Geschenke?
Oma	Psst, warte ab.
Pfarrer/in	Gott hat sich entschieden, den Menschen so nahe zu kommen, wie es nur irgend möglich ist. Gott beschloss, als Mensch unter Menschen zu sein. Niemand sollte mehr denken: „Ich bin zu gering, zu schlecht oder zu schwach für Gott". Darum wurde Jesus geboren. Ein Kind, klein und hilflos, aber voller Vertrauen und sehr liebebedürftig. Wir feiern heute die Geburt von Jesus. Dazu sind wir zusammen im Namen Gottes, des Vaters, des Sohnes und des heiligen Geistes. Amen
Sprecher/in	Wir beten: Guter Gott. So, wie wir sind, kommen wir zu dir. In unseren Gedanken ist noch die Unruhe des Tages. In allen Vorbereitungen sind wir selbst manchmal zu kurz gekommen. Und zu oft haben wir die Menschen um uns her in unsere Hektik hineingezogen. Gott, schenke uns jetzt ein Gespür für deine Nähe. Schenke du uns ein offenes Herz für dein Fest. Wir vertrauen auf deine Barmherzigkeit. Amen.
Pfarrer/in	Von Gott wird uns gesagt: Barmherzig und gnädig ist Gott, geduldig und von großer Güte. Auf ihn können wir uns fest verlassen. Amen.
LIED	Seht, die gute Zeit ist nah (EG 18)
Sprecher/in	Wir wissen kein Datum und Jahr, nur dass das ungefähr 2000 Jahre her ist. Aber wir wissen, dass Jesus gelebt hat. Und wir wissen viel darüber, wie er gelebt, was er getan und gesagt hat.
Sprecher/in	Den Menschen, die den erwachsenen Jesus kennen gelernt haben, ging das genauso. Sie wussten auch nicht viel über seine Geburt und seine Kinderzeit. Aber sie haben erlebt, was er getan und was er gesagt hat. Sie haben das weitererzählt und schließlich auch aufgeschrieben.
Sprecher/in	Manchmal haben Leute dann gefragt: Wie war das denn mit Jesus, ehe er erwachsen war? Wie war das denn bei seiner Geburt? Und dann wurde manches erzählt und schließlich wurde auch das aufgeschrieben.
Sprecher/in	Viele Menschen auf der Welt haben gemerkt: Jesus ist ganz wichtig für mich. Auch wenn ich ihn nicht mehr so erlebe, wie die Jünger und Jüngerinnen damals, als er in Israel lebte. Auch wenn ich in einem ganz anderen Land lebe.
Sprecher/in	„Ja," haben dann einige gesagt, „wir haben allen Grund zu feiern, dass Jesus geboren wurde." Und sie haben einen Tag ausgesucht, von dem sie dachten: „Das ist ein guter Tag. An dem Tag können wir gut zeigen, was Jesus für uns bedeutet. Jesus ist wie ein Licht für uns, das die Dunkelheit wegnimmt. Darum feiern wir seine Geburt dann, wenn mitten im Winter die Tage wieder länger werden."
Kind 3	Oma, das ist ja das, was du uns erzählt hast, mit dem Licht und so.
Oma	Ja, pass auf, es geht gleich weiter.
Sprecher/in	Und darum sind wir heute hier. Wir freuen uns, dass Jesus geboren wurde. Wir freuen uns, dass wir durch ihn erkennen: Gott hat uns sehr lieb, Gott schenkt uns das Leben und Gott begleitet uns auch über den Tod hinaus.
Sprecher/in	Und damit wir nie vergessen, warum wir Weihnachten feiern, erzählen wir jedes Jahr wieder von der Geburt Jesu. Das tun wir heute auch. Wir spielen die Geschichte ungefähr so, wie sie der Evangelist Lukas aufgeschrieben hat.

LIED Dies ist der Tag, den Gott gemacht (EG 42, 1-3)

(während des Liedes Augustus und Quirinius auf ihre Plätze)

Augustus Ich bin Augustus, Kaiser in Rom, Herrscher der Welt. Alle müssen mir gehorchen. Alle müssen tun, was ich will. Ich will wissen, wie viele Menschen in den Provinzen meines Weltreiches leben. Sie sollen für mich arbeiten. Sie müssen dafür bezahlen, dass ich die Macht über sie habe. Bote!

Bote Ja, mein Gebieter, Kaiser in Rom, Mächtigster der Welt.

Augustus Sorge dafür, dass dieser Brief schnellstens nach Israel kommt, zu meinem Stellvertreter dort, Quirinius.

Bote Jawohl, mein Gebieter, Kaiser in Rom, Mächtigster der Welt. *(geht weg)*

Bote *(bei Quirinius)* Hochverehrter Quirinius, Statthalter des Kaisers in Rom. Diesen Brief schickt euch der Kaiser.

Quirinius *(nimmt den Brief entgegen und liest).* Alle Menschen in meinem Reich sollen gezählt werden, damit ich weiß, wieviele Steuern ich zu bekommen habe. Damit niemand sich verbergen kann, müssen alle an den Ort ihrer Geburt kommen. Dort sollen sie in Steuerlisten eingetragen werden. Augustus, Kaiser in Rom, Herrscher der Welt.

Du liebe Zeit. Das wird eine Arbeit. Boten muss ich in alle Städte schicken. Schreiber überall einsetzen … Der Kaiser hat befohlen, ich muss gehorchen.

LIED Von Anfang, da die Welt gemacht (EG 542, 3)

(Während des Liedes holt der Ausrufer sein Papier bei Quirinius ab, geht den Gang entlang nach hinten und fängt an. In Nazaret (vorn) sind Josef und sein Freund bei der Arbeit.)

In Nazaret

Ausrufer Hört, ihr Leute in Nazaret! Dies ist ein Befehl des Kaisers Augustus, Herrscher der Welt. Alle Menschen im Römischen Reich müssen Steuern zahlen. Dafür müssen sie gezählt und aufgeschrieben werden. Deshalb muss jeder Mann in den Ort seiner Geburt gehen. Dort werden er und seine Familie für die Steuer eingeschrieben! Niemand darf sich diesem Befehl entziehen. Denn es ist ein Befehl des Kaisers in Rom, Herrscher der Welt.

Josef Auch das noch. Ich habe so viel Arbeit als Zimmermann. Meine Frau ist schwanger. Und jetzt sollen wir auch noch eine Reise unternehmen? Bis nach Betlehem müssen wir gehen. Eine Kutsche können wir uns nicht leisten. – So ein blöder Befehl.

Freund Halt lieber deinen Mund, Josef. Sonst kriegst du nur Ärger, der Ausrufer schaut schon hierher.

Josef Schon gut. Hab schon verstanden. Jetzt muss ich wohl Maria die Nachricht bringen. *(Freund geht weg)*

(zu Maria) Maria, ich muss dir was sagen.

Maria Josef, was ist los, du siehst ganz blass aus.

Josef Es ist keine gute Nachricht, die ich mitbringe. Gerade hat der Ausrufer einen Befehl aus Rom verlesen. Wir müssen sofort in meine Geburtsstadt gehen und uns dort in die Steuerlisten des Kaisers eintragen lassen. Der Kaiser will es so.

Maria Das ist wirklich keine gute Nachricht. Wie soll ich den Weg denn nur schaffen? Und was ist, wenn unser Kind in Betlehem geboren wird. Wir kennen dort doch niemanden mehr.

Josef — Wir haben keine Wahl, Maria. Wir müssen gehen. Wir können nur vertrauen auf das, was du erfahren hast, als Gott mit dir geredet hat.

Maria — Er hat mir gesagt: „Fürchtet dich nicht, Maria, denn Gott meint es ganz gut mit dir. Du wirst einen Sohn bekommen. Er soll Jesus heißen. Und man wird ihn „Sohn des Höchsten" nennen."

Josef — Wenn das wahr ist, wenn Gott so zu dir geredet hat von dem Kind, das du bekommst, dann wird er uns auch in Betlehem bewahren. Dann sagt er uns auch jetzt: „Fürchtet euch nicht."

Maria — So lass uns die Vorbereitungen für die Reise in Gottes Namen treffen, Josef.

LIED — Wir zünden eine Kerze an (LfJ 318, 1-3)

(Während des Liedes die Krippe vorn aufbauen. Maria und Josef gehen durch den Gang hin und zurück, bis sie in Betlehem ankommen, sie nehmen ihren Platz im „Stall" ein.)

Maria — Ein Glück, dass wir wenigstens noch ein Dach über dem Kopf bekommen haben.

Josef — Ich hätte nicht gedacht, dass Betlehem so überfüllt sein kann. Aber der Kaiser-Befehl hat wirklich alle Leute notgedrungen auf die Beine gebracht.

Maria — Josef, bitte, bereite einen Platz für das Kind vor. Ich bin sicher, dass es hier geboren wird.

Josef — Da steht eine Futterkrippe. Ich mache sie zurecht. Ruh du dich aus, Maria. Mach dir keine Sorgen. Die Hirten und ihre Schafe sind auf den Feldern. Niemand wird dich hier aus dem Schlaf reißen.

LIED — Weil Gott in tiefster Nacht erschienen (EG 56, 1-3)

(Während des Liedes gehen die Hirten auf ihre Ausgangsplätze im Mittelgang.)

Bei den Hirten

Hirte 1 — Gut, dass wir hier bei den Schafherden unsere Ruhe haben. Betlehem, dieses kleine Nest, quillt über vor Menschen.

Hirte 2 — Wen wundert's. Der Kaiser hat befohlen und alle müssen rennen.

Hirte 3 — Dieser Kaiser in Rom. Das ist ein schlechter Hirte.

Hirte 1 — Das kann man wohl sagen. Wenn wir mit den Schafen so umgingen wie der mit den Menschen – na, das gäbe Ärger mit den Herdenbesitzern!

Hirte 3 — Manchmal wünsche ich mir für uns Menschen einen richtig guten Hirten. Einen, der Acht gibt, einen, der die verlorenen Schafe sucht, einen, der Nahrung und Wasser zeigt. Eben einen richtig guten Hirten.

Hirte 1 — Wir haben ihn doch, Samuel. Oder kennst du das alte Lied nicht:
„Der HERR ist mein Hirte. Mir wird nichts mangeln. Er weidet mich auf einer grünen Aue und führet mich zum frischen Wasser. Er erquicket meine Seele. Er führet mich auf rechter Straße um seines Namens willen."

Hirte 3 — Sicher kenne ich diesen Psalm. Als Junge habe ich ihn in der Synagoge oft gehört.
(Engel leise auf die Kanzel, Kerzen anzünden, Kind in die Krippe legen.)
Aber ... aber heute denke ich oft: Dieser Hirte, Gott der HERR, ist so weit weg. Ich bin nicht mehr sicher, ob er mich überhaupt wahrnimmt. Hat er mich vielleicht längst vergessen oder übersieht er mich? Ich bin ja nur einer kleiner armseliger und missachteter Hirte in Betlehem. Was hat Gott schon mit mir zu tun.

Hirte 2 — Hört auf zu diskutieren. Schaut mal auf. Was ist das?

Hirte 1 — Es wird hell mitten in der Nacht.

(Glockenspiel, Klangschule o. Ä. erklingen)

Hirte 2	Seid still, ich höre etwas.

(noch einmal Glockenspiel)

Engel	Fürchtet euch nicht. Siehe, ich verkündige euch große Freude, die allen Menschen gilt.
Engel	Denn euch ist heute der Heiland geboren, Christus, der Herr.
Engel	In der Stadt Davids, in Betlehem ist es geschehen.
Engel	Und das soll euch das Zeichen sein: Ihr werdet ein Kind finden, in Windeln gewickelt und in einer Krippe liegend.

(Engel u. Gemeinde singen: Ehre sei Gott) *(s. Seite 10)*

Hirte1	So lasst uns nach Betlehem gehen und die Geschichte sehen. Gott selbst hat es uns bekannt gemacht.
Hirte 2	Jetzt merke ich: Gott hat uns nicht vergessen. Stellt euch vor: SEIN Kind in einer Krippe. ER ist uns ganz nahe. Samuel, dein altes Lied ist wahr!
Hirte 3	Ja, wir haben einen Guten Hirten. Also lasst uns hingehen. Wir können Gottes Nähe sehen.
LIED	Mir ist ein Licht aufgegangen (LfJ 410) *(2x, aber nicht im Kanon)*

Im Stall

Josef	Kommt herein. Ihr seid Hirten. Dies ist doch euer Ort.
Hirte 1	Guten Abend. Und danke, dass wir zu euch kommen dürfen.
Hirte 2	Wir möchten das Kind begrüßen, dass hier geboren ist.
Maria	Woher wisst ihr das?
Hirte 3	Gott selbst hat es uns bekannt gemacht.
Hirte 1	Gerade als wir davon gesprochen haben, dass wir Menschen eigentlich einen guten Hirten brauchten.
Hirte 2	Und Samuel hat den Psalm gesprochen vom guten Hirten.
Hirte 1	Da wurde es ganz hell. Und dann haben wir es gehört.
Hirte 3	Siehe, ich verkündige euch große Freude, die allen Menschen gilt.
Hirte 2	Denn euch ist heute der Heiland geboren, Christus der Herr. In der Stadt Davids ist es geschehen, in Betlehem.
Hirte 1	Ja, und dann sagten die Engel Gottes: Ein Kind in Windeln in einer Krippe werdet ihr finden.
Hirte 3	Und so sind wir hergekommen. Und das Kind ist da. Und es ist Christus, der HERR. Unser guter Hirte.
Hirte 1	Gott ist bei uns. Er hat uns nicht vergessen. Das sollen alle Menschen erfahren.
Hirte 2	Ja, und deshalb gehe ich jetzt gleich noch in die überfüllte Stadt Betlehem. Ich will weitersagen, was wir heute Nacht erfahren haben.
Hirte 3	Ich gehe mit. Ich bin heute so reich beschenkt worden. Jetzt will ich das weiterschenken.
Josef	Es ist gut, dass ihr hergekommen seid. Und nun nehmt ihr ganz viel Gutes mit zu anderen.

Maria — Und ich will alles gut behalten, was ihr berichtet habt. Ich freue mich, dass unser Kind hier geboren ist. Und ich freue mich, dass Gott gerade euch, die Hirten, hierhergeschickt hat mit einer ganz guten Nachricht.

Hirte 3 — Wir gehen jetzt und geben die gute Nachricht weiter.

(Hirten verabschieden sich, das Weitere mit Blick in die Gemeinde)

Hirte 2 — Wisst ihr, mir ist zumute, als hätte ich mitten in der Dunkelheit ein Licht geschenkt bekommen. Und jetzt möchte ich einfach dieses Licht ganz vielen weitergeben, weil ich mich so freue.

Hirte 3 — Und das machen wir jetzt auch.

(Hirten teilen Holzkerzen aus, dazu wird gesungen:)

LIED — Mir ist ein Licht aufgegangen (Kanon) (LfJ 410)

(Die Großeltern-Kinder-Gruppe stellen sich vorn neben den Stall.)

Kind 2 — Opa, ich glaub, ich hab jetzt gemerkt, warum wir Weihnachten schenken.

Opa — So, warum denn?

Kind 2 — Wir machen das wie die Hirten. Wir freuen uns einfach so doll, dass Jesus geboren ist. Da wollen wir, dass sich ganz viele auch freuen.

Opa — Das finde ich eine sehr schöne Erklärung.

Kind 1 — Und dann ist es gar nicht so wichtig, wie teuer die Geschenke waren. Wichtig ist, dass man sich freut und Freude weitergeben will.

Kind 3 — Und das Allerwichtigste von Weihnachten ist, dass Jesus geboren ist.

Kind 4 — Aber eins weiß ich immer noch nicht: Was ist nun mit Weihnachtsmann und Christkind und so.

Kind 2 — Also ich denk so: Das sind schöne Spiele rund um Weihnachten. Ich freu mich immer darauf. Und das passt doch zu Weihnachten, dass man sich einfach freut.

Oma — Prima Erklärung! Wenn ich erkannt habe, was wirklich wichtig ist, dann freu ich mich. Und dann kann ich ganz viele schöne Dinge zum Freuen für mich und andere gerade in diesen Tagen machen.

Kind 1 — Ich stell mir vor, die Hirten haben vielleicht in Betlehem Musik gemacht mit ihren Hirtenflöten oder so, oder sie haben vielleicht jemandem ein Stück Schafskäse gegeben, einfach so. Und wenn die Leute dann gefragt haben: Wieso machst du das?, dann haben sie gesagt: Weil Jesus geboren ist und weil wir uns so doll freuen.

Opa — Ja, so könnte das gewesen sein.

Aber passt auf. Jetzt kommt gleich ein Gebet. Und das ist ganz wichtig. Wir wissen doch von Menschen, die keinen Grund zur Freude haben. Die wollen wir gerade in diesen Tagen nicht vergessen. Und wenn wir ihnen schon kein Geschenk in die Hand geben können, dann wollen wir ihnen wenigstens unsere Gedanken schenken und Gott von ihnen erzählen.

Kind 2 — Manchmal ist es schon ganz gut, wenn wenigstens jemand an mich denkt. Das habe ich gespürt, als ich krank im Bett gelegen hab.

Pfarrer/in — Fürbittengebet *(muss aktuell formuliert werden mit Bezügen zu den Gedanken des Predigtspieles)* Unser Vater ...

LIED — O du fröhliche (EG 44)

Segen

Zeichen für die Völker

IDEE UND INHALT

Grundlage ist die Weihnachtsgeschichte des Matthäusevangeliums. Es gibt also keine Hirten und keine Engel. Mancher mag die vertrauten Figuren vermissen und dadurch neu nachdenken und Neues entdecken. In die Gestaltung dieses Spieles sind mehrere Anstöße aus dem jüdisch-christlichen Dialog eingeflossen. Üblicherweise werden ja die Weisen so dargestellt, dass sie einem Stern am Himmel folgen. Das weckt Assoziationen zu Horoskopen und anderen astrologischen Praktiken, die zunehmend den mystischen Markt erobern. Dabei liegt dies dem Evangelisten völlig fern. Matthäus ist zu Hause im jüdischen Denken und Suchen nach dem Weg. Er will seine Leser/innen ganz sicher nicht zu Sternguckern zu machen.
Wer zeigt den Weisen wirklich den Weg? Woher bekommen sie Wegweisung? Mit dieser Frage wird die Szene in Jerusalem zur Mitte der Geschichte der Weisen. Denn dort – aus der Schrift, aus der Thora – erfahren sie, wohin sie gehen müssen.
Es sind Männer mit offenen Augen für Zeichen und Hinweise, neugierige Männer. Sie folgen zunächst ihrer wissenschaftlichen Logik: Stern = König = Palast.
In Jerusalem erfahren sie: Israels Königserwartung ist in der „Schrift" begründet. Erstaunlich ist es, dass sie sich auf diese ihnen fremde Schrift einlassen. Auf Grund der Thora gehen sie nach Betlehem. Und auf Grund der Thora können sie in dem gewöhnlichen Kind den König erkennen. Mit dieser Perspektive auf die Weisen ist das Thema dieses Gottesdienstes umschrieben. Das Kind in Betlehem wird ein Zeichen für die Völker, weil Gott es so will. Daran kann auch ein Herodes nicht rütteln. Gottes Weg geht über alle Grenzen, die Menschen gezogen haben und ziehen wollen.

ROLLEN, KOSTÜME, REQUISITEN

Josef, Maria, Stimme
Mutter 1, 2 und 3, Fatmi, Hassan, 3 Weise,
Wächter, Minister, Herodes, 3 Schriftgelehrte
4 Kinder

Die Weisen haben einen großen Textumfang und müssen die ganze Zeit präsent sein. Als Spieler kommen eher Jugendliche in Frage. Die Familien der Weisen können beliebig groß sein, so dass hier Kinder mitspielen können, die keinen Text möchten. Die Stimme verkörpert den Engel. Sie wird vom Sitzplatz aus übers Mikro gesprochen.
Das Spiel hat drei Spielorte: Betlehem, Jerusalem und Zweistromland (Irak). Da alle drei Orte in der Kirche vorn sein müssen, benötigt man einen Hintergrund, der der Gemeinde die Ortswechsel erkennbar macht. Eine Silhouette des Stalles, eine Silhouette der Stadtmauer von Jerusalem und eine einfache Landkarte vom Zweistromland werden auf je ein Laken gemalt, die an langen Leisten befestigt und mit einem Kartenständer (Schule) hochgeschoben. Der Kulissenwechsel findet immer während eines Liedes statt. Zwei Mitarbeiter oder Eltern übernehmen die Aufgabe der „Kulissenschieber". Das Malen der Kulissen übernimmt eine eigene Kulissengruppe oder eine in der Gemeinde bestehende Gruppe.

ZEICHEN DER ERINNERUNG

Das Erinnerungszeichen soll bei diesem Gottesdienst auf keinen Fall der Stern sein. Die Schriftrolle ist ein angemessenes Zeichen. Sie wird selbst hergestellt. Konfirmandengruppen sind dafür zu gewinnen.
Dazu wird die Geschichte von der Geburt Jesu nach dem Matthäusevangelium in einer kindgemäßen Fassung auf Papierstreifen geschrieben, die ca. 9-10 cm breit sind. Einfache Bilder zwischen den Textabschnitten machen das Ganze auch für kleine Kinder interessant. Die Geschichtenstreifen werden kopiert und zu einem langen Streifen zusammengeklebt.
Rundhölzer mit einem Durchmesser von ca. 18 mm wurden auf eine Länge von ca. 14 cm gesägt.

(gebündelt mit elektrischer Säge, ein Schreiner macht das ganz schnell!)
Die Hölzer werden mit Schleifpapier entgratet. (Sonst gibt es leicht Splitter im Finger!)
Der Geschichtenstreifen wird an die Hölzer geklebt. Wenig Klebstoff, damit nicht nachher alles zusammenklebt! Die Geschichte wird vom Ende her aufgerollt. Mit einem Gummiband werden die Hölzer zusammengehalten.

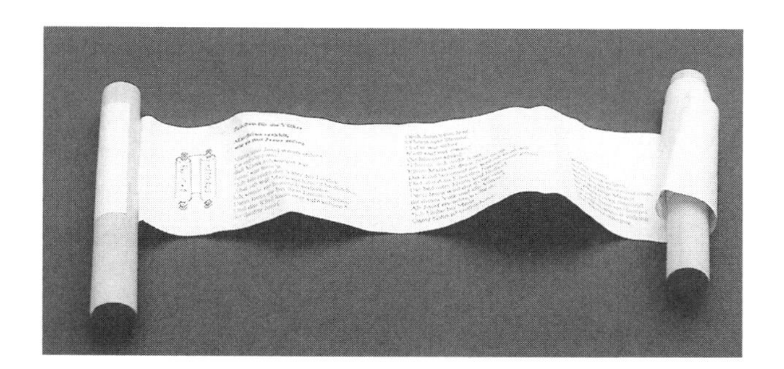

DER GOTTESDIENST

(Kulisse von Betlehem hängt von Anfang an)

Pfarrer/in

Es ist Weihnachten, Heilige Nacht.
Manche sagen: „Geschenkefest". Sie stöhnen unter der Last dieser Feiertage.
Manche sagen: „Familienfest". Und sie haben Angst vor den hohen Erwartungen aneinander und dass womöglich ein Streit aufkommt, wo doch alle friedlich sein wollen.
Es ist Weihnachten, Christfest.
Wir erinnern uns an Gottes großartiges Geschenk: Er schenkt uns seinen Sohn.
Jesus wurde geboren mitten in das Stöhnen der Menschen hinein.
Jesus wurde geboren mitten in unsere Angst und in unsere Sorge um Streit hinein.
Darum sind wir hier versammelt zum Gottesdienst.
Wir sind verbunden durch Gottes Namen.
Wir feiern die Geburt seines Sohnes Jesus Christus.
Wir hoffen auf die Kraft des Heiligen Geistes in unserem Leben.
Amen.

LIED

Wenn die Dunkelheit zerbricht (s. Seite 9)

Mitarbeiter/in

Guter Gott.

Auf vielen Wegen waren wir in den Tagen vor Weihnachten unterwegs.
Wege zum Einkauf,
Wege, um Freunde und Verwandte zu besuchen,
Wege, um schnell noch etwas zu erledigen.

Oft waren wir in Eile.
Oft waren wir müde und wären viel lieber zu Hause geblieben.
Oft waren wir auch lustlos und widerwillig unterwegs.

Und nun sind wir hier.
Du weißt, mit welchen Gedanken in unseren Köpfen wir zur Kirche gekommen sind.
Gott, hilf uns, dass wir nun einen gemeinsamen Weg gehen können:
Den Weg zu dir.
Amen.

LIED

Die Kerze brennt, ein kleines Licht (MkL 2, Nr. 21)

1. Szene **In Betlehem**

(Ein Stuhl steht vorn. Josef kommt mit Werkzeug und während er an dem Stuhl arbeitet, führt er das folgende Selbstgespräch.)

Josef

Was soll ich nur machen? Nun sind Maria und ich seit einem halben Jahr verlobt. Alle wissen, dass wir einander verbunden sind. Alle rechnen auch mit der Hochzeit im nächsten Monat. Und jetzt das. Maria schwanger! Und das Kind ist nicht von mir! Die Leute werden sagen: „Seht euch diese Frau an! Wenn Josef der Herr im Haus ist, dann wird er sie verklagen!" ... Aber ich will Maria nicht verklagen. Ich will sie nicht öffentlich bloßstellen ... Aber so mit ihr leben? Mit einem Kind, dessen Herkunft ich nicht kenne? Nein, das geht auch nicht ... Und wenn ich einfach fortgehe? ... Ja, ich werde mich still von ihr trennen. Maria wird in ihrer Familie bleiben. Das Kind wird schon irgendwie groß werden. Und ich kann überall mein Auskommen haben ... Ja, so ist es am besten für alle ... Feierabend. Ich bin so müde. Und ich werde gut schlafen, jetzt, wo mir klar ist, was ich tun werde.

(Josef geht weg, legt sich auf eine Matte)

Stimme *(Sprecher/in bleibt für die Gemeinde unsichtbar)*
Josef, du bist ein Nachkomme Davids, des großen Königs von Israel, höre! Hab keine Angst davor, Maria zu dir zu nehmen. Es gibt keinen Grund, sich von ihr zu trennen. Es ist Gottes Wille, dass dies Kind von ihr geboren wird. Es wird ein Sohn sein. Und du sollst ihm einen Namen geben. Jesus sollst du ihn nennen. Du weißt, was dieser Name bedeutet: ‚Gott steht uns bei'. Dieser Sohn wird dem Volk Israel, meinem Volk, das verkündigen: Gott steht uns bei! Gott hilft uns! Darum höre, Josef, Nachkomme Davids, und bleibe bei Maria und dem Kind. Bleibe unter Gottes Hilfe!"

Josef *(steht auf)* Habe ich geträumt? Oder war es mehr als ein Traum? Mein Entschluss fortzugehen, ist vielleicht doch nicht der richtige Weg? Gott steht uns bei. – Das hat die Stimme für unser Kind als Namen genannt. Gott steht uns bei – Gilt das auch jetzt für uns? ... Ich habe gerade „unser Kind" gesagt. So soll es sein. Ja, ich bleibe bei Maria. Ich bleibe bei dem Kind. Gott steht uns bei. So soll es sein.

(Während des folgenden Liedes holt Josef Maria zu sich. Er holt die Krippe hervor, den Stuhl dazu. Maria nimmt den Platz ein und legt das Kind in die Krippe. Dieses „Krippenbild" steht seitlich im Altarraum und bleibt dort immer sichtbar.)

LIED Schaut, welch ein Wunder stellt sich dar! (Hall. Nr. 25, 173; Nr. 271)

(Während des Liedes wird die Kulisse gewechselt zum Irak. Daneben wird der Stern zur entsprechenden Zeit sichtbar. Dieser Wechsel wäre zwar nach dem folgenden Text sinnvoller, aber das ließ sich nicht vernünftig organisieren.)

Sprecher/in In einem Stall in Betlehem
ist heute Nacht ein Wunder geschehn.
Der Josef macht den Platz bereit.
Maria sagt: Jetzt ist die Zeit.

Der Josef schaut Maria an
und fragt, wie er ihr helfen kann.
In diesem Stall ist es nicht schön.
Doch mit Gott wird es gut ausgehn.

Maria bringt einen Jungen zur Welt,
da erscheint ein neuer Stern am Himmelszelt.
Von jedem Ort kann man ihn sehn,
und mancher kann das nicht verstehn.

(Mutter bringt einen Tisch in die Mitte. Kinder kommen, wenn sie gerufen werden.)

Mutter 1 Hassan, Fatmi, kommt zum Essen!

Kind Hassan Kommt Vater auch zum Abendessen?

Mutter 1 Nein, Hassan. Es ist schon dunkel und der Mond geht erst viel später auf. Euer Vater will die Zeit nutzen, um die Sterne zu beobachten.

Kind Fatmi Immer sind die Sterne wichtiger als wir. Ich finde das doof.

Kind Hassan — Ich finde es nur doof, dass ich nicht mit darf, wenn er zu den Fernrohren auf das Dach geht. Immer heißt es: Du bist noch zu klein.

Mutter 1 — Nun ärgert euch nicht weiter. Ihr wisst doch, das ist nun mal Vaters Beruf. Und die Zimmerleute nehmen ihre Kinder ja auch nicht mit zum Dachbau.

Kind Fatmi — Aber die sind beim Abendessen zu Hause und erzählen den Kindern noch Gute-Nacht-Geschichten.

Mutter 1 — Und euer Vater erzählt euch Guten-Morgen-Geschichten von den Sternen, die er in der Nacht gesehen hat. So, und jetzt ab ins Bett, es ist schon so spät.

(Kinder weg, Mutter bleibt vorn. Dann kommt der Mann. Er ist aufgeregt.)

1. Weiser — Nun studiere ich schon so viele Jahre den Lauf der Sterne, habe Bücher geschrieben und Studenten unterrichtet. Aber so etwas habe ich noch nie gesehen!

Mutter 1 — Nun setz dich erstmal hin und trink Tee. Du bist ja ganz aufgeregt. Was ist denn passiert?

1. Weiser — Ich habe einen neuen Stern entdeckt!

Mutter 1 — Du hast doch das neue, bessere Fernrohr noch gar nicht bekommen. Und mit deinen alten Fernrohren hast du den Himmel seit Jahren beobachtet. Wo soll da ein Stern sein, den du noch nicht gesehen hast?

1. Weiser — Eben! Es ist wirklich ein neuer Stern! Nicht einer, den ich nur noch nicht gesehen hatte, sondern wirklich ein neuer. Ein neugeborener Stern! Das ist … das ist einfach großartig. Das hat etwas zu bedeuten! Das geht über alles hinaus, was wir Sternen-Wissenschaftler bisher gesehen haben.

Mutter 1 — Bist du da ganz sicher? Es könnte doch sein, dass du dich irrst oder dass es eine seltene Luftspiegelung war. Vielleicht ist das alles gar nicht wahr, vielleicht …

1. Weiser — Deine Vorsicht in Ehren, liebe Frau! Aber ich habe alles gründlich überprüft. Ich bin mir ganz sicher, dass ich einen neugeborenen Stern entdeckt habe. Aber damit du beruhigt bist: Ich werde gleich noch zu meinen Kollegen gehen. Sie müssten ja dasselbe beobachtet haben. – Und wenn das so ist, dann hast du einen Ehemann, der etwas ganz Neues am Himmel entdeckt hat!

Mutter 1 — Na, dann gute Nacht! Wenn ihr erstmal gemeinsam über den Sternenkarten hockt, dann wirst du wohl erst zum Frühstückstee wieder hier sein.

1. Weiser — Aber du verstehst doch, dass ich jetzt nicht schlafen gehen kann, oder?

Mutter 1 — Ja, ja.

(Mutter geht weg, 1. Weiser geht zum Nachbarhaus. Dort kommt auch der 2. Weise gerade an.)

2. Weiser — Du, hier, um diese Zeit?

1. Weiser — Und du? Was machst du hier?

2. Weiser — Ich habe eine Beobachtung gemacht, die ich mit unserem Kollegen besprechen möchte.

1. Weiser — Ich auch.

(Der 3. Weise kommt dazu.)

3. Weiser — Gerade wollte ich zu einem von euch gehen.

1. Weiser — Und warum?

3. Weiser — Tja, ich habe da eine Beobachtung gemacht …

2. Weiser — und wolltest sie mit einem Kollegen besprechen!

3. Weiser Genau!

2. Weiser Aller guten Dinge sind drei. Also, wir beide sind aus demselben Grund hierher gekommen.

3. Weiser Dann lasst uns gleich mit der Besprechung anfangen.

(Gehen an den Tisch, legen viele Sternenkarten darauf. Während des Liedes gestikulieren sie, rollen die Karten auf, zeigen sich etwas. Lesen, ...)

LIED Die Völker haben dein geharrt (EG 42, 2)

3. Weiser Also, ich fasse zusammen, was wir jetzt herausgefunden haben: 1. Es ist ein neugeborener Stern, das geht aus unseren Sternenkarten eindeutig hervor. 2. Der Stern ist ein gutes Zeichen, das sagen die alten Bücher, die du dir angesehen hast.

2. Weiser Stimmt.

3. Weiser Und 3. bedeutet dieses Zeichen eine Königsgeburt in einem kleinen Land westlich von hier.

1. Weiser Ja, das Land kann dann nur Israel sein. Die Hauptstadt ist Jerusalem. Es soll eine Geburt von überragender und weltweiter Bedeutung sein. Allerdings geben die alten Schriften, die ich hier durchforscht habe, nur wenig Hinweise. – Man müsste ihnen näher nachgehen.

2. Weiser Man müsste ihnen nachgehen ... Was haltet ihr davon, wenn wir die erstaunliche Beobachtung eines neugeborenen Sterns und seine Bedeutung weiter erforschen?

3. Weiser Ich wüsste nicht, welche Bücher uns weiterhelfen könnten.

2. Weiser Ich meine nicht das Forschen in Büchern, sondern das „Nachgehen". Versteht ihr? Wir gehen in diese Hauptstadt von Israel, in dieses Jerusalem und sehen uns den neugeborenen König an.

1. Weiser Die Idee ist großartig. Wir haben die einmalige Gelegenheit, ein Zeichen am Himmel auf der Erde zu überprüfen. Also, ich bin dabei, morgen können wir aufbrechen.

3. Weiser Gut, ein Tag genügt zur Vorbereitung.

2. Weiser Mir reicht das auch. Also bis morgen!

Musik

(Familien der drei Männer stehen zusammen und verabschieden sich mit Umarmungen und Händeschütteln, dann gehen die drei fort und alle winken.)

Mutter 2 Hoffentlich sehen wir sie gesund wieder.

Mutter 3 Es ist schon nicht einfach, mit so einem forschenden Wissenschaftler verheiratet zu sein.

Mutter 1 Gut, dass wir Frauen und Kinder uns gut verstehen. Ganz allein würde mir das jetzt sehr schwer fallen.

Kind 1 Ich hab mir von Papa gewünscht, dass er mir was aus dem fremden Land mitbringt.

Kind 2 Das haben wir doch alle gemacht. – Dann können unsere Väter das ja wohl nicht vergessen.

Kind 3 Ich wäre am liebsten mitgereist. Aber alle sagen, ich bin zu klein.

Kind 4 Na ja, hier ist es ja auch ganz schön. Los, wir rennen zum Fluss und bauen unsere Bude weiter!

(alle weg, die Weisen ziehen noch einmal durch die Kirche/von hinten)

Musik

1. Weiser — Drei Wochen! Es wird Zeit, dass wir nach Jerusalem kommen. Allmählich macht das Reisen keinen Spaß mehr.

2. Weiser — Nach unserer Reisekarte müssten wir morgen die Zinnen des Tempels von Jerusalem sehen.

3. Weiser — Der Tempel soll ja ein gewaltiges Bauwerk sein. Wisst ihr Näheres dazu?

1. Weiser — Nicht sehr viel. In Israel glaubt man an einen unsichtbaren Gott, der das Volk Israel auserwählt hat als Zeichen für die Völker.

2. Weiser — Ein Zeichen, das in anderen Völkern gesehen wird, so wie wir den Stern gesehen haben?

1. Weiser — Irgendwie so. Aber Näheres weiß ich nicht.

3. Weiser — Vielleicht erfahren wir ja auf dieser Reise auch darüber etwas mehr. Ich las neulich, dass dieser unsichtbare Gott sein Volk befreit habe aus der Sklaverei.

2. Weiser — Das muss dann aber lange her sein. Denn jetzt sind sie keine Sklaven, aber doch besetzt von den Römern. Das ist fast so schlimm, wie versklavt zu sein. Befreit jedenfalls würde ich das Leben in einem besetzten Land nicht nennen.

1. Weiser — Im Königspalast in Jerusalem werden wir bestimmt mehr erfahren von diesem besonderen Volk.

(Beim Lied wird die Kulisse gewechselt: Jerusalem/Stadtansicht. Der Wächter geht auf seinen Platz.)

LIED — *(immer zweimal singen)* Erleuchte und bewege uns (EG 608)

1. Weiser — Jerusalem ist eine faszinierende Stadt, findet ihr nicht?

2. Weiser — Und der Tempel ist ein Gebäude, wie ich noch keines gesehen habe.

3. Weiser — Schade, dass wir nicht hineindurften.

2. Weiser — Wir müssen eben die Sitten hier respektieren. Nichtjuden dürfen das Heiligtum nicht betreten. Ich fand das auch schade. Vielleicht gibt es ja Gemälde vom Inneren dieses Gebäudes oder wenigstens gute Beschreibungen, aus denen wir mehr erfahren können.

1. Weiser — Aber ehe wir danach im Basar suchen, sollten wir unser eigentliches Ziel ansteuern. Eigenartig, dass niemand in der Stadt von einem neugeborenen König spricht. Keine Flaggen, kein Freudenfest.

2. Weiser — Einen neugeborenen König sucht man nicht auf der Straße sondern im Königshaus. Dort ist der Eingang zum Palast. Der herrschende König hier heißt Herodes. Wir wollen sehen, ob man uns sofort hineinlässt oder ob wir einige Tage warten müssen, bis der König uns empfangen kann.

(Die Weisen gehen auf den Palastwächter zu)

Wächter — Was wollt ihr? Hier kann man nicht einfach hineingehen!

3. Weiser — Wir wissen sehr wohl, dass hier der König residiert. Wir bitten um eine Audienz bei König Herodes. Wir kommen von weit her. Könnt ihr uns bitte anmelden?

(Der Wächter holt den Minister.)

Minister — Ihr wollt zum König?

2. Weiser — Ja, wenn es möglich ist, recht schnell. Wir sind extra weit gereist.

Minister — Kommt herein. Der König wird in Kürze Zeit für euch haben.

(Die Weisen sind für kurze Zeit allein.)

1. Weiser — Alles sehr edel hier. Unsere Geschenke für den neugeborenen König sind hoffentlich nicht zu gering ausgefallen.

3. Weiser — Ach wo. Denn erstens sind wir ja immerhin weit gereist, um ihn zu ehren und außerdem sind Gold, Weihrauch und Myrrhe doch wirklich etwas Besonderes.

2. Weiser — Achtung. Da kommt der König. Verbeugt euch.

Herodes — Willkommen im Palast des Königs von Israel. Seid meine Gäste.

1. Weiser — Wir danken dir, König von Israel, dass du uns so rasch begrüßen kannst und nehmen dein Willkommen gern an.

2. Weiser — Wir sind weit gereist. Aus dem Zweistromland kommen wir. Drei Wochen waren wir nun unterwegs.

Herodes — Einen so beschwerlichen Weg habt ihr auf euch genommen, um mich zu besuchen? Das ehrt mich.

3. Weiser — Nun ja. Besonders wollen wir euren Sohn ehren. Denn seinen Stern sahen wir aufgehen.

Herodes — Meinen Sohn? Einen Stern? *(leise zum Minister)* Was geht hier vor? Sind das Spinner? Wollen die mich lächerlich machen? Oder was?

Minister — Ihr werten Gäste, ich denke, nach der langen Reise solltet ihr euch erst erfrischen, ehe wir große Gespräche führen. Ich begleite euch in den Speisesaal, später sehen wir weiter.

(geht mit den 3 Weisen weg, kommt dann wieder)

Herodes — Ein Sohn in meinem Haus? – Schön wär's ja. Aber da wird wohl nichts draus. Wie kommen die Fremden im Zweistromland bloß darauf, dass ich einen Sohn hätte? Und dann auch noch mit einem Stern am Himmel? Seltsame Vögel sind das.

Minister — Oh nein, König, seltsame Vögel sind das nicht. Es sind hochgelehrte Wissenschaftler. Nicht nur in ihrer Heimat sind sie anerkannt. Sie beobachten den Lauf der Sterne. Und nun haben sie einen neugeborenen Stern entdeckt. Aus alten Büchern haben sie herausgelesen, dass dieser Stern die Geburt eines Königs in Israel anzeigt, und dass dieser König weit über Israel hinaus eine große Bedeutung hat. Darum sind sie in den Palast von Jerusalem gekommen, um diesen weltbedeutenden König zu finden.

Herodes — Aber wir haben kein neugeborenes Königskind. Schon gar keines mit Weltbedeutung. Ich selbst bin ja nur eine Marionette des Römischen Kaisers … oder sollte es etwa woanders …?

Minister — Daran habe ich auch schon gedacht. Ein Konkurrent für dich aus einer anderen Sippe? Oder gar ein ganz anderer König … DER König?

Herodes — Du meinst: DER VON GOTT SELBST GESANDTE KÖNIG, DER MESSIAS?
Hör zu, ich muss es genau wissen. Auch wir haben alte Schriften. Geh, rufe alle Schriftgelehrten mit ihren Schriftrollen zusammen. Sucht, was das mit dem Stern und dem Kind auf sich haben kann. Ich muss unbedingt wissen, woran ich bin. Ich werde inzwischen meine Gäste unterhalten.

(Während des folgenden Liedes holt der Minister die Schriftgelehrten mit ihren Rollen. Sie breiten sie auf dem Tisch aus und suchen und diskutieren.)

LIED	Von Anfang, da die Welt gemacht (EG 542, 3+4)
Schrift-gelehrter 1	Hier sind Sterne erwähnt, gleich ganz am Anfang: … und Gott machte zwei große Lichter: Ein großes Licht, das den Tag regiere und ein kleines Licht, das die Nacht regiere, dazu auch die Sterne.
Schrift-gelehrter 2	Das heißt zunächst mal: Auch der Stern, den diese Fremden gesehen haben, ist ein Geschöpf Gottes.
Schrift-gelehrter 3	Und hier in dem Psalm heißt es: Lobt im Himmel den Herrn, lobet ihn in der Höhe! Lobet ihn, Sonne und Mond, lobet ihn, alle leuchtenden Sterne.
Schrift-gelehrter 2	Das unterstützt das noch einmal: Die ganze Schöpfung ist da, um Gott, den Einzigen und Unsichtbaren zu loben. Also auch die Sterne, also auch dieser eine Stern. Aber immer noch nichts über einen neugeborenen König und einen Stern.
Schrift-gelehrter 1	Moment. Ich glaube, hier habe ich etwas gefunden: Ein Stern wird aus Jakob aufgehen und ein Zepter aus Israel aufkommen …
Schrift-gelehrter 2	Wer hat das gesagt?
Schrift-gelehrter 1	Bileam, ein Prophet, der Israel Schlechtes wünschen sollte, ihm aber auf Gottes Befehl hin Gutes gewünscht hat.
Schrift-gelehrter 3	Und woher kam dieser Bileam?
Schrift-gelehrter 1	Aus Pethor am Euphrat … am EUPHRAT … das ist genau die Gegend, aus der unsere Fremden kommen.
Schrift-gelehrter 2	Ein Stern wird aus Jakob aufgehen und ein Zepter wird aus Israel aufkommen – das ist ein Hinweis auf einen großen König! Ein König aus unserem Volk. Ich würde sogar meinen, es ist ein Hinweis auf DEN KÖNIG GOTTES, den MESSIAS.
Schrift-gelehrter 3	Hier im Palast gibt es jedenfalls keinen großen König und den Messias schon gar nicht. Aber wo ist er zu finden, der Herr über Israel?
Schrift-gelehrter 1	Wartet mal! Vor wenigen Tagen habe ich die Rolle des Propheten Micha noch einmal gelesen. Wo ist sie? Sie ist ziemlich klein. Ja, hier … hier steht es: Du Betlehem Ephrata, die du klein bist unter den Städten in Juda, aus dir soll mir der kommen, der in Israel Herr sei.
Schrift-gelehrter 3+2	Betlehem!
Schrift-gelehrter 1	Ja, so muss es sein: Der „Stern aus Jakob“ meint den König, der in Betlehem geboren wird. Und er wird herrlich werden so weit die Welt ist. So steht es hier.
Schrift-gelehrter 3	Das wird Herodes nicht gern hören. Konkurrenz konnte er noch nie vertragen.
Schrift-gelehrter 1	Und wenn es sich wirklich um den Messias handelt, dann hat Herodes viel Grund zu erschrecken.
Schrift-gelehrter 2	Wie auch immer. Wir müssen ihm mitteilen, was wir gefunden haben.

(Einer holt Herodes heran)

Schrift-gelehrter 1	König, wir haben gefunden, was du suchtest.

Schrift-gelehrter 3 — Unsere Schriften weisen darauf hin, dass Gott, der Herr, gelobt sei sein Name, Sonne und Mond und auch die Sterne erschafft. So ist auch der Stern, den die Fremden sahen, ein Zeichen von ihm.

Schrift-gelehrter 2 — Das Zeichen des aufgehenden Sternes nennt der Prophet Bileam. Und er vergleicht damit einen großen König, der aus Israel kommen wird.

Schrift-gelehrter 1 — Und der Prophet Micha weist auf die kleine Stadt Betlehem hin. Aus ihr wird der kommen, der in Israel Herr sein wird.

Schrift-gelehrter 3 — So sind wir drei gemeinsam zu dem Ergebnis gekommen, dass unsere Gäste mit Recht einen neugeborenen König suchen. Doch sie sind am falschen Ort. Betlehem, nicht Jerusalem ist das Ziel ihrer Wanderung.

Herodes — Also haben sie Recht? Ein König geboren – und nicht in meiner Familie? ... Es ist gut. Geht nun.

(Schriftgelehrte gehen, Herodes im Selbstgespräch)

Ich werde keinen „König von Israel" neben mir dulden. Auch wenn er erst ein Kind ist. Ich habe meine eigenen Pläne. Aber jetzt erstmal zu den Gästen.

(geht zu den Weisen)

Liebe Männer. Ich habe gute Nachricht für euch. Meine Schriftgelehrten haben geforscht und gelesen. Sie kennen die alten Schriften unseres Volkes genau und sie haben etwas gefunden, was euch freuen wird und mich auch. Tatsächlich ist ein König geboren in diesem Land, doch nicht hier in Jerusalem, wie ihr mit wissenschaftlicher Logik dachtet, sondern in Betlehem, einem kleinen Dorf südlich von hier.

1. Weiser — Sind deine Männer sich ganz sicher?

Herodes — Natürlich. Es sind die besten des Landes. Und unsere Schriften verstehen sie gut.

2. Weiser — Eure Schriften interessieren mich. Gern würde ich einige Rollen mitnehmen.

Herodes — Das wird wohl möglich sein. Doch erkundigt euch bei den Schreibern danach. Ich habe nun aber noch eine Bitte an euch.

3. Weiser — Du hast uns auf Betlehem hingewiesen und uns damit einen großen Dienst getan. Denn anders hätten wir das Ziel unserer Reise nie gekannt. Also werden wir dir gern jede Bitte erfüllen.

Herodes — Wenn ihr das Kind, den neugeborenen König, gefunden habt, dann geht ihr ja wieder zurück in eure Heimat. Bitte kommt dann auf dem Rückweg noch einmal hierher und berichtet mir, wo ihr das Kind gefunden habt. Dann kann auch ich hingehen und es begrüßen und ihm Ehre erweisen.

2. Weiser — Die Bitte können wir leicht erfüllen. Doch nun wollen wir aufbrechen nach Betlehem.

1. Weiser — Danke für die Gastfreundschaft und Freundlichkeit.

(Während des folgenden Liedes wird die Kulisse gewechselt: Betlehem. Die Weisen gehen nach hinten kommen langsam nach vorn.)

LIED — Erleuchte und bewege uns (EG 608)

3. Weiser — Das hier ist die Straße nach Betlehem. Sehr weit ist es nicht. Wir sind jetzt über den Tag schon gut vorangekommen.

2. Weiser — Vielleicht sollten wir eine Nachtruhe einlegen und morgen mit Sonnenaufgang weitergehen.

(Stern wandert auf die Kanzel = über den Stall.)

1. Weiser	Moment mal. Seht mal nach oben. Seht ihr, was ich sehe?
2. u. 3. Weiser	Der Stern!
2. Weiser	Unser Stern. Wie ein Wegweiser steht er da.
3. Weiser	Also, wenn ihr mich fragt: Wir sollten durch die Nacht wandern. Unter diesem Zeichen sind wir aufgebrochen. Unter diesem Zeichen sollten wir ankommen.
1. Weiser	Du hast Recht. Wir gehen weiter.
LIED	Erleuchte und bewege uns (EG 608)
2. Weiser	Schaut nur, der Stern ist ganz tief am Horizont.
3. Weiser	Und der Schatten vor ihm, eine einfache Hütte.
1. Weiser	Es sieht aus, als zeige der Stern genau auf diese Hütte.
3. Weiser	Sollte etwa daaa ...
2. Weiser	der neugeborene König der Welt zu finden sein?
1. Weiser	Das kann ich mir nicht vorstellen. Aber nachsehen sollten wir doch auf jeden Fall.
(gehen zu Maria, Josef und dem Kind)	
1. Weiser	Ein Kind!
3. Weiser	Das neugeborene Kind, der König der Welt!
2. Weiser	Wir wollen vor ihm knien!
Maria	Von weit her seid ihr gekommen und kniet vor unserem Kind?
1. Weiser	Ja, denn wir erkennen in ihm den König der Welt.
2. Weiser	Für ihn sind wir aus unserer fernen Heimat hergekommen.
3. Weiser	Ein Stern war uns ein Zeichen. Wir haben es nicht ganz verstanden.
2. Weiser	Darum sind wir nach Jerusalem gegangen.
1. Weiser	Doch Dank der Schriften, die euch in Israel heilig sind, haben wir dort erfahren, dass der König der Welt in Betlehem geboren ist.
3. Weiser	Und darum sind wir hierhergekommen. Und auch der Stern ist hier. Er wies auf dieses Haus. Von uns aus hätten wir hier gewiss keinen König gesucht.
Maria	Gottes Wege sind wunderbar und nicht immer gleich zu erkennen.
Josef	Das ist wahr. Gott hat ja auch mich an deiner Seite gehalten, obwohl ich erst nicht verstanden habe, was geschehen wird.
3. Weiser	Ich möchte gern mehr von dem erfahren, den ihr Gott nennt. In Jerusalem ging es bei König Herodes auch um die heiligen Schriften, die von ihm reden.
Josef	Ich werde sehen, ob ich euch helfen kann, einige Rollen der Schrift zu bekommen.
1. Weiser	Doch jetzt wollen wir euch erstmal unsere Geschenke geben.
3. Weiser	Ja, wir haben dem König Geschenke zu überreichen.
2. Weiser	Nehmt sie als Zeichen unserer Verehrung.
3. Weiser	Dies ist Gold – möge seine Herrschaft dazu beitragen, dass niemand in Armut bleibt.
2. Weiser	Dies ist Weihrauch – ein Gewächs, das Wohlgeruch verbreitet. Möge seine Herrschaft dazu beitragen, dass die Menschen mit allen Sinnen Gutes erfahren.

1\. Weiser — Und dies ist Myrrhe, ein kostbares, aber bitteres Kraut. Ein Herrscher, der Gerechtigkeit und Frieden sucht, wird dabei auch Bitterkeit und Leid erfahren. Das wissen wir. Darum wünschen wir ihm, dass sein Streben nach Gerechtigkeit niemals nachlassen wird, auch wenn es leidvoll und bitter für ihn wird.

Maria — Ihr seid wirklich weise Männer. Eure Wünsche für dieses Kind zeigen es. Wenn unser Kind größer ist, werden wir ihm von euch erzählen.

3\. Weiser — Danke. Wenn er in Freundlichkeit an uns in der Ferne denkt, wird uns das gut tun.

2\. Weiser — Es ist heller Tag. Wir werden noch in Betlehem nach Schriftrollen sehen. Dann können wir das erste Stück des Rückweges antreten.

1\. Weiser — Euch danken wir, dass ihr uns so freundlich aufgenommen habt. Seid dem Kind gute Eltern und bewahrt es, damit es groß werden kann.

3\. Weiser — Ein König für die Welt.

Josef — Ich gehe noch ein Stück mit euch – wegen der Schriftrollen.

(Alle weg, außer Maria. Josef gibt den Weisen je eine Schriftrolle. Damit gehen sie weiter. Josef kehrt zurück zu Maria. Die folgende Szene mit den Weisen haben wir hinten in der Kirche gespielt.)

LIED — Erleuchte und bewege uns (EG 608)

1\. Weiser — Gut, dass Josef uns geholfen hat. Ich denke, wir haben wichtige Schriften bekommen können. Jetzt wird es schon dunkel. Es genügt, wenn wir morgen bei Tag in Jerusalem ankommen. Hier können wir ein paar Stunden schlafen.

(Die Weisen legen sich hin.)

2\. Weiser — Das ist gut. Ich bin so müde! Also schlaft gut und träumt was Schönes.

1\. u. 2. Weiser — Gute Nacht.

Stimme — *(Für die Gemeinde unsichtbar)*
Ihr seid einen guten Weg gegangen. Ihr habt gefunden, was ihr suchtet. Doch nun geht nicht zurück nach Jerusalem. Der, der dort im Palast ist, will dem Kind schaden, das ihr gerade besucht habt. Er sucht nicht den König der Welt, um ihn zu ehren, sondern um ihn zu vernichten. Darum sollt ihr ihm nichts von dem Ort sagen.

3\. Weiser — Ich habe gut geschlafen. Guten Morgen ihr beiden.

1\. u. 2. Weiser — Guten Morgen.

1\. Weiser — Gut geschlafen habe ich auch und geträumt, aber nichts Schönes.

2\. Weiser — Mir ging es genauso. Das heißt, eigentlich habe ich im Traum nichts gesehen, nur eine Stimme gehört.

3\. Weiser — Ich auch. Es war eine warnende Stimme: Wir sollten nicht nach Jerusalem gehen und dem Herodes nichts von dem Kind sagen.

2\. Weiser — Das habe ich auch gehört!

1\. Weiser — Ich ebenfalls! Herodes will dem Kind Böses. – Also, ich denke, diese Stimme ist ebenso ein Zeichen wie der Stern.

3\. Weiser — Der Gott Israels ist ein besonderer Gott.

2\. Weiser — Sie sagen „Der Einzige".

1\. Weiser — Wie gut, dass wir die Schriften haben. Ich möchte mehr von diesem Gott erfahren, der unsere Wege begleitet.

2\. Weiser — Jedenfalls gehen wir an Jerusalem im Bogen vorbei und dann auf kürzestem Weg nach Hause.

(Beim folgenden Lied wechselt die Kulisse auf den Irak. Die Familien der Weisen sammeln sich vor dem Altar, spielen oder arbeiten etwas. Kind 1 hält gegen Ende Ausschau.)

LIED Vertraut den neuen Wegen (EG 395)

Kind 1 Fatmi, Hassan, Mutter! Sie kommen, sie kommen!

(Alle blicken auf.)

Kind 1 Dort, in der Mitte ist Vater. Daneben Fatmis Vater. Ja, sie sind es wirklich!

Mutter 1 Fast habe ich nicht mehr geglaubt, dass sie zurückkehren werden.

Mutter 2 So viele Wochen waren sie unterwegs.

(Begrüßung mit Umarmungen usw.)

1. Weiser Ach, ist das schön, so begrüßt zu werden.

Hassan Ihr wart ja auch lange genug weg!

2. Weiser Es war eine großartige Reise.

3. Weiser Und ein ganz besonderes Ziel.

Kind 3 Also habt ihr den König gefunden?

Kind 2 Hat er einen großen Palast?

Kind 1 Trägt der kleine König schon eine große Krone?

1. Weiser Nein, nein, es ist alles ganz anders. Wir haben den König der Welt gefunden, ja. Aber ganz anders, als wir alle es erwartet haben.

Frau 3 Das klingt nach einer langen Geschichte. Wir werden heute abend alle zusammen feiern. Und dann müsst ihr uns alles erzählen.

3. Weiser Ja, das werden wir tun. Und es wird bestimmt eine lange und sehr besondere Nacht.

(An dieser Stelle endet das „Spiel“. Alle bleiben vorn. Einige Kinder sind gleich am Austeilen der Schriftrollen beteiligt. Wenn sie losgehen, gehen alle auf ihre Plätze. Nur Maria und Josef bleiben vorn bei der Krippe, bis die Gemeinde die Kirche verlassen hat.)

Mitarbeiter/in Erzählen in einer sehr besonderen Nacht. Das war bestimmt spannend damals in den Familien der Weisen. Doch auch wir heute haben in dieser Nacht viel zu erzählen. Den Weisen damals hat die heilige Schrift dabei geholfen. Und so ist das auch bei uns. Auch uns hilft die Bibel, damit wir etwas zu erzählen haben.
Wir haben für alle eine kleine Schriftrolle vorbereitet. Sie erzählt die Geschichte von der Geburt von Jesus und von den Weisen, die ihn gefunden haben. Wir schenken euch die Schriftrolle, damit ihr so wie die Weisen, ihre Frauen und Kinder auf die Suche gehen könnt nach dem König der Welt, der so ganz anders kommt, als wir es erwarten.

(Austeilen der Schriftrollen)

LIED Damit aus Fremden Freunde werden (EG 674)

(Gebet mit Fürbitten, aktuell formuliert)

LIED O du fröhliche (EG 44)

Segen

Wir holen die Geschichte wieder zu uns ...

IDEE UND INHALT

Auslöser war die Frage von Kindern: „Können wir nicht einfach ein Stück von früher noch mal nehmen?" Das Nachdenken über „erinnern" und „vergegenwärtigen" bildet den theologischen Hintergrund. So wie Israel bis heute Gottes Anrede „Ihr wart Sklaven in Ägypten und ihr wurdet von mir befreit" so versteht, dass nicht nur die Väter und Mütter in grauer Vorzeit diese Erfahrung machten, sondern jede und jeder selbst auch heute, so möchten wir in diesem Predigtspiel ein wenig spüren, dass wir selber heute in den Stall Gerufene sind, und dass wir genau hinsehen sollen, wo die „Ställe", die Wohnungen Gottes, heute sind.
Durch den ersten Spielteil wird die Idee der Gemeinde nahegebracht. Dann werden die Hirten in heutigen Menschen gesucht: Zum einen in Figuren vom „Rand der Gesellschaft", zum anderen auch in „Hirtenberufen". Der Geburtsort ist nicht der klassische Stall, sondern zwischen Zeitungspapier unter einer Brücke.

ROLLEN, KOSTÜME, REQUISITEN

Kind 1, 2, 3, 4 und 5, Leiter/in
beliebig viele Engel
Kind 6, 7, 8
Augustus, Maria, Josef, 2 Stimmen

Das Spiel ist so aufgebaut, dass die Kinder 1-5 später sichtbar vor der Gemeinde in eine Rolle schlüpfen. Dazu haben die Kinder selbst einfache Kostümteile überlegt, die die neue Rolle kennzeichnen sollen:
Kind 1 wird Obdachloser mit einer alten Decke über der Schulter und einem alten Hut.
Kind 2 wird alleinerziehende Mutter mit einer Schürze.
Kind 3 wird Arbeitsloser mit einer Zeitung voller Stellenanzeigen und einem Hut.
Kind 4 wird Straffälliger mit einem gestreiften T-Shirt.
Kind 5 wird ein Kind mit einem Teddy.
Augustus kleidet sich als moderner Machtmensch mit Anzugjacke und Krawatte.
Maria und Josef tragen traditionelle Kostüme, Josef bekommt eine Taschenlampe (kein offenes Licht wegen des Zeitungspapiers).
Die SpielerInnen schlüpfen sichtbar in die neuen Rollen, indem sie die Requisiten nach und nach aufnehmen. Diese Szene muss sehr deutlich und in Ruhe gespielt werden.
Gebündeltes Zeitungspapier bildet den „Stall". Die Hocker für Maria und Josef werden mit Kartons umhüllt. Das Kinderbett wird aus Verpackungsmaterial gebildet.

ZEICHEN DER ERINNERUNG

Ein einfachster Bastelbogen, um eine Krippenszene zu Hause zu bauen. Der Anleitungstext macht deutlich: Nimm deine Bausteine oder etwas, was du draußen findest, um den „Stall" zu bauen. Gib den Figuren die Gesichter und das Aussehen, wie du es möchtest. Hole Weihnachten zu dir.

In dieser Weise können Figuren unterschiedlicher Größe leicht hergestellt werden. Durch Bemalen und/oder Bekleben bekommen sie ihren Charakter. Erst zum Schluss wird die Figur im Rücken geklebt, so dass sie stehen kann. Das Foto zeigt eine solche fertige Figur.

DER GOTTESDIENST

Orgelvorspiel

Begrüßung: An diesem Nachmittag sind wir zusammengekommen, um den Familiengottesdienst zum Heiligen Abend zu feiern.
Als ihr zur Kirche gegangen seid, war es noch hell draußen.
Wenn ihr nachher nach Hause geht, wird es dunkel sein.
Das ist so, weil die Sonne ganz früh untergeht.
Aber in euch drin, im Herzen, da wird es hoffentlich genau umgekehrt sein.
Jetzt ist es darin noch ziemlich dunkel. Gehetzt, erschöpft, unruhig. Vielleicht auch dunkel von Enttäuschungen und Kummer.
Wenn ihr nach Hause geht, dann ist es in den Herzen, in uns, hoffentlich ein wenig hell geworden.
Viele Kinder, Jugendliche und Erwachsene haben den Gottesdienst vorbereitet, so gut sie konnten.
Nun seid ihr alle dran. Beim Singen, beim Zuhören, beim Raumgeben, beim Mitfeiern. Wir nehmen euch mit auf einen Weg. Und das soll ein Weg zum Licht werden.
Darum beginnen wir mit einem Lied, das daran erinnert, dass die Dunkelheit aufgebrochen wird von einem wunderbaren Licht.
Vier Wochen lang hat uns dieses Lied durch den Advent begleitet. Heute beginnen wir mit dem Vers von den vier Kerzen und dann kommen noch zwei Verse, die mehr von dem Licht erzählen, das in die Welt gekommen ist.

LIED Wenn die Dunkelheit zerbricht, Verse 4 – 6 (s. Seite 9)

1. Teil **Was machen wir bloß?**

Kind 1 Was spielen wir dieses Jahr Weihnachten?

Kind 2 Die Weihnachtgeschichte, ist doch klar.

Kind 3 Jedes Jahr dasselbe!

Kind 1 Quatsch. Ich mache schon ganz lange mit, aber dasselbe war es noch nie. Klar, es war immer die Weihnachtsgeschichte. Aber immer irgendwie anders. Also, was machen wir dieses Jahr?

Leiter/in Also, ehrlich gesagt, ich habe noch gar nichts geschrieben. Ich weiß auch nicht so recht, was dieses Jahr dran ist.

Kind 2 Wir könnten doch einfach etwas nehmen, was wir schon mal hatten.

Kind 1 Genau! Ich fand die Herdmanns am besten.

Kind 4 Nee, Robby und Tobby. Das ist schon so lange her. Das können wir ruhig wieder nehmen.

Leiter/in Wiederholung? Wir machen doch keine Wiederholungen.

Kind 5 Wieso? Das macht das Fernsehen auch: Jedes Jahr zu Silvester wieder „Dinner for one".

Leiter/in Aber wir sind kein Fernsehen. Und der Gottesdienst ist kein Spielfilm oder Theaterstück. Nee, Leute, so geht es nicht.

Kind 3 Irgendwie ist das ja wirklich komisch: Wir haben jedes Jahr dieselbe Geschichte. Und trotzdem keine Wiederholung. Ich möchte gern mal rausfinden, was eigentlich der Unterschied ist zwischen dem, was wir machen und dem Fernsehfilm.

Leiter/in Sagt mal: Könnte das unser Thema in diesem Jahr sein: „Wir machen doch keine Wiederholung!"?

Kind 4 Klingt gut. Aber wie sollen wir dazu was spielen?

Leiter/in Wir lassen es erstmal dabei. Denkt mal drüber nach – bis nächste Woche.

LIED Erleuchte und bewege uns (EG 608)

2. Teil Da haben wir ja ein Thema!

Kind 1 Na, schon was geschrieben?

Leiter/in Nein. – Hast du schon was gedacht?

Kind 1 Na ja, ich hab mal überlegt, wieso die Weihnachtsgeschichte so wichtig ist.

Kind 2 Ist doch klar – weil Jesus geboren wurde. Und Jesus ist eben wichtig.

Leiter/in Und warum? Ich meine, warum ist Jesus wichtig?

Kind 1 Also, wie solch ich das sagen. Ich mein, er hat uns befreit, irgendwie.

Kind 4 Ja, er hat uns gerettet. Er hat uns Gott nahe gebracht. So … ich weiß auch nicht genau.

Leiter/in Ich glaube, jetzt habt ihr war ganz Tolles gemacht. Ihr habt nämlich nicht von Leuten gesprochen, die damals dabei waren, sondern von euch. Eine Geschichte, die ganz alt ist, ist zugleich unsere Geschichte. Und das müsste an Heiligabend deutlich werden, finde ich.

Kind 5 Wir hatten doch letzte Woche schon ein Thema, passt das denn so zusammen?

Leiter/in *(nachdenklich)* „Wir machen doch keine Wiederholung“…

Kind 4 Aber wir holen die Geschichte wieder zu uns!

Kind 1 Das passt!

3. Teil Wo wäre heute Betlehem?

Kind 3 Und dann spielen wir an Heiligabend so, dass (*Heimatort einsetzen*) Betlehem ist.

Kind 2 Da müssten wir ja eigentlich irgendwo auf einem Bauernhof spielen, damit wir einen Stall haben.

Leiter/in Das wird wohl nicht möglich sein. Und heute wäre wahrscheinlich ein anderer Platz auch richtiger. Der Stall sagt ja in der alten Geschichte: Die letzte Ecke, ein menschenunwürdiger Platz, total am Rand. Das ist ein Platz, wo man eigentlich nicht wohnen kann. Aber wenn man heimatlos und arm ist, dann bleibt einem nichts anderes.

Kind 4 Dabei denke ich dann an irgendeine stillgelegte Baustelle oder so, zwischen ein paar Wänden eine Plastikplane und vielleicht noch 'ne Wolldecke.

Kind 3 Oder im Gewerbegebiet zwischen Müllcontainern und Altpapierstapeln. Da, wo keiner genauer hinsehen mag.

Kind 1 Dann bauen wir so einen Platz in der Kirche auf und dann spielen wir.

(Kulisse aus Zeitungspapier und Karton wird aufgebaut. Dies muss so geübt sein, dass es zügig und ohne Hin- und Herräumen geht.)

4. Teil Wer ist in Betlehem dabei?

Kind 5 Und welche Personen sollen vorkommen?

Kind 2 Maria und Josef – ist doch klar.

Kind 1 Aber die können dann wie heute angezogen sein.

Kind 3 Ich finde, Josef braucht den Wanderstab und Maria das Kopftuch, sonst erkennt die Gemeinde sie nicht.

(Kinder geben Maria und Josef Stab und Tuch. Damit treten Maria und Josef auf. Sie gehen an einen Platz mitten in der Kirche. Dort ist sozusagen Nazaret. Augustus wird später in ihre Nähe kommen und sie mit seinem Befehl ansprechen.)

Kind 1 Aber vorher gibt es da doch auch noch den Kaiser, der die Volkszählung befiehlt.

Kind 2 Wir haben keine Kaiser mehr.

Kind 3 Einer von uns spielt einfach einen edlen, mächtigen Typen so in Schlips und Kragen.

Kind 2 Ja, einen, wie heute die Mächtigen aussehen, die Leute rumschieben.

(Ein Kind „kostümiert" sich entsprechend und bewegt sich auch so. Der Platz des Augustus ist mitten in der Kirche. Wenn er später redet, steigt er dazu auf einen Stuhl.)

Kind 3 Und dann brauchen wir auf jeden Fall Engel.

Kind 4 Da fragen wir Anne. Die kann so gut singen.

Kind 5 Gute Idee. Außerdem sitzt sie oben an der Orgel, das klingt gut. Und die Leute auf der Empore sind einfach der Engelchor. Die machen bestimmt mit.

Leiter/in Wir können ja noch einige Kinder besonders als Engelchor vorbereiten.

Kind 3 Ja, mit Kerzen und hellen Kleidern. Das muss sein, finde ich.

(Engel werden unten vorbereitet und ziehen dann auf die Empore/Lichter noch nicht an)

Kind 4 Und dann müssen sie das Lied der Engel auch schon ein bisschen kennen.

(Das Lied wird zweimal zur Probe gesungen.)

LIED Empore: Ehre sei Gott (s. Seite 10)

Kind 5 Und dann brauchen wir die Hirten.

Kind 2 Wo gibt es denn heute noch Hirten?

Leiter/in Da müssen wir überlegen, welche Menschen das heute sind. Die Hirten stehen ja für Menschen im Abseits, solche, die nichts besitzen. Leute, die keine Freunde haben. Kleine, Schwache, Missachtete, Enttäuschte.

Kind 1 Aber diese Menschen werden nicht mitspielen. Denn dann würde die ganze Gemeinde sie angucken. Und wenn ich so elend leben müsste, dann würde ich mich verkriechen und jedenfalls nicht vor die ganze Gemeinde treten.

Leiter/in Du hast Recht. Da bleibt uns nur eines: Ihr schlüpft in solche Rollen. So stellt ihr euch schützend neben die Menschen im Abseits.

(Im Folgenden ist ein konzentrierter Ablauf wichtig: Kind 1 nimmt seine Requisiten in Empfang, steht damit vorn und spricht direkt in die Gemeinde hinein, stellt sich also vor. Dann tritt es etwas zurück und Kind 2 tritt entsprechend auf. usw. So wird der Rollenwechsel deutlich.)

Kind 1 (Obdachlos) Ich bin einer von denen, die im (*möglichst Obdachlosenheim einsetzen*) übernachten, weil ich keinen festen Wohnsitz habe.

Kind 2 (Mutter) Ich bin eine alleinerziehende Mutter von 4 Kindern. Meine Kinder trauen sich gar nicht, mal Freunde oder Freundinnen nach Hause einzuladen. Denn immer muss ich dann sagen, dass wir uns Plätzchen, Apfelsaft und andere teure Sachen nicht leisten können. Die Sozialhilfe reicht vorn und hinten nicht.

Kind 3 (Arbeitsloser) Früher hatte ich eine Arbeit, mit der ich meine Familie ernähren konnte. Jetzt bin ich schon lange arbeitslos. Damit die Nachbarn das nicht so merken, gehe ich jeden Morgen aus dem Haus und komme nachmittags erst wieder. Jetzt im Winter weiß ich oft nicht, wo ich den Tag verbringen soll.

Kind 4 (Straffälliger) — Ich hab ziemlich viel Mist gebaut. Dafür habe ich gesessen. Als ich rauskam, wollte ich auf jeden Fall ein ganz normales Leben führen. Jetzt kriege ich alle Ängste zu spüren, die viele vor solchen Typen wie mir haben. Und manchmal habe ich kaum noch die Kraft, mein Leben vernünftig zu regeln. Ich bin in der Schublade „hoffnungsloser Fall" und da komm ich wohl kaum noch raus.

Kind 5 (Kind) — Ich bin ein Kind, dem es ziemlich dreckig geht. In der Nachbarschaft ahnt niemand, was hinter den Mauern von unserem Haus wirklich los ist. Am liebsten würde ich abhauen von zu Hause. Aber wohin? Reden kann ich mit niemandem.

Leiter/in — Ihr habt euch eindrucksvolle Rollen ausgedacht. Ja, ich denke, solchen Menschen sagt Gott: Guck mal her. Dich will ich ganz nahe bei mir haben.

(Kinder 1 – 6 kommen jetzt erst dazu.)

Kind 6 — Aber ich meine, heute gibt es auch noch Hirten. Und die sollen auch dabei sein. Ich finde, Polizist ist ein Hirten-Beruf, jedenfalls wenn es ein netter Polizist ist, der auf uns aufpasst.

Kind 7 — Stimmt. Und Erzieherinnen im Kindergarten, das sind auch gute Hirtinnen!

Kind 8 — Und was ist mit den Krankenschwestern? – Ich finde, wir sollten sie mit im Spiel haben. – Und zwar in echt. Wir bitten sie einfach, mit uns zum Stall zu kommen.

Leiter/in — Das ist eine gute Idee. *(In die Gemeinde hinein!):* Sind hier Menschen mit Hirtenberufen? Polizisten, Erzieherinnen, Krankenschwestern, Pastoren – das heißt übersetzt sogar Hirte. Alle, die einen Hirtenberuf haben, kommen nachher mit den anderen nach vorn in den Stall. Und eure Kinder dürft ihr natürlich mitbringen.

Kind 4 — Und alle anderen Kinder doch auch. Damit die auch mal ganz vorn sind!

Kind 3 — Das finde ich prima. Das wird hoffentlich ein ganz langer Zug mit ganz vielen Leuten! Alle können die Geburt von Jesus feiern.

(Beim folgenden Lied gehen Kinder 1 – 5 an verschiedene Plätze, wo sie sich legen oder hinkauern.)

LIED — Macht hoch die Tür (EG 1, 2 und 5)

5. Teil — Gebet und Lesung

Sprecher/in — Wir beten:
Treuer Gott, wir haben uns auf diesen Tag vorbereitet.
Dein Kommen möchten wir feiern. Deine Nähe möchten wir suchen wie die Hirten damals. Nun sind wir hier. Hilf uns, guter Gott, damit deine Geschichte auch unsere Geschichte wird. Lass uns diesen Gottesdienst mit der Erwartung feiern, deine Barmherzigkeit zu erfahren. Amen.

Lesung — Jes. 57, 14–19

LIED — Erleuchte und bewege uns (EG 608)

6. Teil — Unterwegs

Augustus — *(mitten in der Gemeinde auf einem Stuhl, mit viel Energie in der Stimme)*
Ich habe Macht. Mein Einfluss reicht über alle Kontinente. Wenn ich es befehle, wird ein Wald abgeholzt. Wenn ich es befehle, wird ein See gegraben. Wenn ich es befehle, arbeiten Leute. Wenn ich es befehle, sind sie arbeitslos. Ich bewege sie wie Figuren in einem Spiel. Aber es ist kein Spiel. Es ist mein bitterer Ernst.
Ich befehle: Verlasst eure Heimat. Seht zu, wo ihr bleibt. Ihr müsst flexibel sein. Ich will es so und ich habe die Macht!

(In der Nähe des Augustus sind Maria und Josef.)

Maria — Josef, das Leben ist so schwer. In was für eine Zukunft hinein wird unser Kind geboren? Schon vor der Geburt wird es getrieben und befohlen.

Josef — Heimatlos von Anfang an. Ach, Maria, wir werden ihm Geborgenheit geben müssen, wo immer wir sind.

Maria — Die Mächtigen benutzen uns wie Spielfiguren. Aber wir sind doch Gottes Geschöpfe, Gottes Kinder.

Josef — Ja, Maria. Und daran kann auch der widerlichste Befehl eines Menschen nichts ändern.

Maria — So müssen wir fortgehen. Aber nicht fort von Gott.

Josef — Er ist da.

Maria — Und er nimmt sich seiner geliebten Menschen an. Da bin ich sicher.

LIED — Ach, dass der Herr aus Zion käm (EG 542, 4)

(Die Engel auf der Empore bekommen bei diesem Lied die Kerzen angezündet. Maria und Josef wandern während des Liedes durch die Kirche zum „Stall")

7. Teil — Im „Stall"

Josef — Ein erbärmlicher Ort, Maria. Es tut mir so Leid. Aber etwas anderes konnte ich für die Nacht nicht finden. Alle Häuser waren dicht. Kein Unterschlupf mit ein bisschen Wärme. Nur diese Ecke unter der Brücke.

Maria — Du hast ja alles versucht, Josef. Wenigstens vor Regen und scharfem Wind sind wir hier geschützt. Das Papier wärmt ein wenig von unten. Und deine Laterne gibt ein bisschen Licht. Das Wichtigste ist, dass du hier bist. Unser Kind wird bestimmt in dieser Nacht geboren. Ich spüre es.

Josef — Versuche zu schlafen, Maria. Ich wache.

8. Teil — Die Engel

(Während dieses Teiles wird das Kind in sein „Bett" gelegt.)

Stimme 1 — Das Volk, das im Finstern wandelt, sieht ein großes Licht. Für die, die im Land der Finsternis wohnen, leuchtet ein Licht auf.

Stimme 2 — Ein Kind ist uns geboren, der künfige König ist uns geschenkt. Man wird ihn nennen: umsichtiger Herrscher, mächtiger Held, ewiger Vater, Friedensfürst.

Engelchor — Ehre sei Gott (s. Seite 10)

(Bei dem Gesang richten sich Kind 1 – 5 allmählich auf, horchen, blicken umher …)

Engel — Ihr dort, in der Dunkelheit. Ihr hier im finstern Land!
Hört!
Fürchtet euch nicht!
Meine Nachricht ist eine gute Nachricht, eine Nachricht von Gott.
Für euch ist der Retter geboren. Wie ein Licht in der Nacht ist er da.
Gottes Rettung ist da. Geht, macht euch auf den Weg, den Retter zu entdecken.
Klein und gering, an einem elenden Ort. Ganz nahe bei euch.

Engelchor — Ehre sei Gott (s. Seite 10)

9. Teil — Die „Hirten"

Kind 1 Obdachloser — Was war das?

Kind 3 Arbeitsloser	Ich habe den Himmel gesehen. Mitten in meinem Elend und meinem Frust – was soll ich davon halten?
Kind 5 Kind	Ich habe so schöne Klänge gehört! Mitten in das dauernde Schimpfen und Brüllen meiner Eltern hinein. – Was ist das?
Kind 4 Straffälliger	Ich habe etwas vom Retter vernommen. Ich bin doch ein hoffnungsloser Fall, was bedeutet das?
Kind 1 Obdachloser	Gestern haben johlende Menschen mich gejagt und getreten. Heute höre ich ein Jubellied voller Wohlgefallen? Ist das das Paradies?
Kind 2 Frau	Gestern haben sie mich gedemütigt und mit Geringschätzung betrachtet. Heute empfange ich aufrecht Gottes Wort.
Kind 5 Kind	Es ist, als ob sich alles wendet.
Kind 4 Straffälliger	Eine Wende zum Guten.
Kind 1 Obdachloser	Los, lasst uns gehen und das sehen, was wir gehört haben: Gottes Retter für uns Menschen ist da.
Kind 5 Kind	Und viele sollen mitgehen.

(Kinder 1-5 kommen zusammen und gehen nun durch die ganze Kirche, um viele Menschen abzuholen, insbesondere natürlich Kinder und Leute mit „Hirtenberufen")
(Musik zum Hirtenweg, die ausklingt, wenn die Bewegung in der Kirche zur Ruhe kommt.)

10. Teil	**Alle sind im Stall willkommen**
Kind 5 Kind	Was für ein elender Platz.
Kind 1 Obdachloser	Gottes Retter für die Menschen ist hier wirklich am erbärmlichsten Ort, den unsere Stadt hat.
Kind 4 Straffälliger	So weit ist er herunterkommen – weiter geht es nicht.
Josef	*(unsicher)* Ihr seid hierher gekommen – so viele Leute. Was sucht ihr?
Maria	*(mit Angst in der Stimme)* Haben wir euch etwas getan? Ist dies euer Platz? Bitte, tut uns nichts an. Ich muss doch hier bleiben, wenigstens eine Weile. Unser Kind ist doch in dieser Nacht erst geboren.
Kind 2 Frau	Beruhigt euch. Ihr müsst keine Angst haben.
Kind 3 Arbeitsloser	Wir wollen euch nicht vertreiben. Wir wollen euch nur besuchen.
Kind 1 Obdachloser	Wir wollen das Kind bei uns begrüßen. Denn es ist ja schließlich unsere Rettung.
Kind 5 Kind	Ja, und deshalb haben wir auch gleich noch ganz viele Leute mitgebracht.
Maria	Woher wisst ihr denn von unserem Kind? Niemand war hier.
Kind 5 Kind	Das war ganz eigenartig, weißt du? Es war wie ein Licht mitten in der Nacht
Kind 3 Arbeitsloser	Und ein Gesang wie aus dem Himmel.

Kind 2 Frau	Und eine Stimme wie von Gott. Und die hat gesagt: Ihr werdet ein neugeborenes Kind finden. Erbärmlich und ganz nahe bei euch. Und dieses Kind ist Gottes Retter für die Menschen im finstern Land.
Kind 1 Obdachloser	Ja, und dann sind wir hierher gekommen. Denn die erbärmlichen Orte in unserer Stadt kennen wir nur zu gut. Da wussten wir, wo das Kind ist.
Maria	Gottes Retter. Dieses Kind!?
Josef	Als wir aufgebrochen sind aus unserer Heimat, da trieb uns ein Befehl eines Mächtigen, der mit Menschen wie mit Spielfiguren umgeht. Er wollte uns ins Elend treiben. Und so sind wir hierhergekommen.
Maria	Aber Gott hat dieses Elend in seine gute Hand genommen. Gott hat diese Elendshütte zu seinem Haus gemacht.
Kind 2 Frau	Und als wir aufgebrochen sind, da hat uns Gott selbst in Bewegung gebracht. Er hat unser Elend in seine gute Hand genommen und uns aufgerichtet. Darum sind wir hier.
Kind 5 Kind	Hier ist wirklich Gottes Retter geboren.
LIED	Tragt in die Welt nun ein Licht (EG 538)
11. Teil	**Das ist es!**
Kind 6	So, das war's. Jetzt ist es zu Ende
Kind 7	Nee: Das *ist* es. Wir haben doch gesagt, wir holen die Geschichte zu uns. Und jetzt ist sie da. Nicht zu Ende, nicht vorbei. Die Geschichte ist jetzt bei uns.
Kind 8	Jetzt ist das Kind mitten unter uns geboren. Am elendesten Ort, den man sich denken kann. Und jetzt?
Pfarrer/in	Und jetzt?! Die Frage stellen uns die Kinder mit ihrem Spiel. Und diese Frage soll heute Abend auch so stehen bleiben. Eine schnelle Antwort wäre platt und würde niemandem helfen. Das Kind ist mitten unter uns. – Und jetzt? Euer Leben heute und an jedem Tag nach Weihnachten wird darauf eine Antwort sein. Das Kind, Jesus, ist mitten unter uns. Jetzt.

(Alle, die nach vorn gekommen sind, bleiben dort bis zum Schluss.)

LIED	Hört der Engel helle Lieder (EG 54)
Schlussgebet	Guter Gott. Du wohnst inmitten der Menschen. Oft erkennen wir das nicht. Die Kinder haben versucht, deine Geschichte von damals zu uns heute zu holen. Sie haben uns gezeigt, dass sich ganz viel verändert, weil du da bist. Gott, lass uns deine Anwesenheit erfahren, auch in dieser Nacht. Lass uns die Veränderungen sehen, die Menschen durch dich geschenkt bekommen. Wir wollen uns freuen mit der aufgerichteten Frau und mit dem Mann, der wieder Hoffnung hat. Wir wollen uns freuen mit den Menschen, die eine neue Heimat und Geborgenheit finden, und mit dem Kind, das Freundlichkeit erfährt. Gott, auch wir möchten unseren Weg mit dir gehen. Du bist da. Darauf vertrauen wir, wenn wir gemeinsam zu dir sprechen. Unser Vater im Himmel …
LIED	O du fröhliche (EG 44)
Segen	

Er stellt ein Kind in die Mitte

IDEE UND INHALT

Es begann damit, dass eigentlich nichts anfing. Keine Idee tauchte auf – bis im Team jemand sagte: „Ich, finde es müsste mal zur Sprache kommen, dass Leute kritisch zu Weihnachten stehen, nichts damit anfangen können, das Kind in der Krippe unwichtig finden und sagen: Was hat das mit mir zu tun?"
„Wenn die Hirten weitergehen und erzählen, was sie gehört und gesehen haben, dann könnten ihnen ja solche Bemerkungen begegnen." – Damit war die Grundidee geboren: Wir denken den Weg der Hirten weiter und können darin Bezüge zu heute entwickeln.
„Dann wäre es gut, wenn die Hirten auch noch eine Begegnung mit dem erwachsenen Jesus erleben, damit wir nicht immer bei dem Kind stehen bleiben. Denn dieses Kind in der Krippe bekommt seine (Be)Deutung ja von seinem ganzen Leben her." – Das war der nächste Anstoß.
Aber an welcher Stelle im Leben Jesu könnte ein Hirte noch einmal Jesus begegnen? Zwei Zwölfjährigen stellte ich diese Frage. Ganz prompt erhielt ich eine Antwort: „Ist doch ganz klar: Ein Hirte heiratet, kriegt Kinder, und die sind dann dabei, als Jesus die Kinder segnet. Und dann versteht er das erstmal richtig." Der Knoten war geplatzt. Genauso konnte – oder musste? – es sein. Und so bekam der Gottesdienst sein Thema: „Er stellt ein Kind in die Mitte."
Eine Herausforderung für die Gestaltung ist die lange Zeitspanne, die für die schlüssige Handlung notwendig ist. Der Hirte von Betlehem hat in dieser Vorstellung ja Familie, als Jesus erwachsen ist, es müssen also mehr als 20 Jahre überbrückt werden.
Der Spieler dieses Hirten muss zunächst sehr jung wirken, dann aber auch als Familienvater überzeugen.
Die Erinnerung an das Geschehen in Bethlehem wird blasser. – Das lässt sich durch einen Vorhang vor der Krippenszene andeuten, der am Ende dann wieder geöffnet wird, weil der Hirte die Geschichte an seine Kinder weitergibt.

ROLLEN, KOSTÜME, REQUISITEN

Sprecher, Lukas, Augustus, Quirinius, Boten, 1-3 Engel (mit Text), weitere Engel (ohne Text),
Maria, Josef, 5 Hirten, Simon,
Person 1, 2, 3 und 4
Mutter und Vater des 3. Hirten
Person 5, 6 und 7
Frau des 5. Hirten, 4 Kinder des 5. Hirten

Der junge Hirte, der später Familienvater ist, kann mit einem Bart älter werden. Er kann aber auch nur durch den Umgang mit seinen Kindern und seine Art zu sprechen das Älterwerden vermitteln. Die Eltern des Hirten sollten von Erwachsenen gespielt werden.
Mit der verblassenden Erinnerung der Hirten wird vor die Krippenszene eine durchscheinende Store-Gardine gezogen. Zwischen zwei Kartenständern lässt sich die Stange mit der Gardine gut und schnell aufstellen. Am Schluss wird dieser Vorhang wieder geöffnet, indem die beiden Gardinenteile zur Seite gebunden werden. So wird die zurückliegende Erinnerung wieder nach vorn geholt. Für Maria und Josef, die während des ganzen Gottesdienstes vorn bleiben, ist der Vorhang ein Schutz, der ihnen diese lange Zeit erleichtert.

ZEICHEN DER ERINNERUNG

Mit Hilfe von handelsüblichen Gießformen lassen sich aus Gips preiswert Kerzenhalter gießen. Eine Gießform mit einem Kinderkreis-Relief passt ideal zum Thema dieses Gottesdienstes. 8-10 Gießformen sind nötig, um die große Zahl herzustellen, man sollte Ende November mit dem Gießen beginnen.

DER GOTTESDIENST

LIED	Wenn die Dunkelheit zerbricht (s. Seite 9)
Eröffnung	Gebet
Sprecher/in 1	Gott, nun sind wir hier, in deinem Haus versammelt.
Sprecher/in 2	Wir wollen Weihnachten feiern. Doch ohne dich bleibt dieses Fest leer. Darum sind wir hier, in deinem Haus versammelt.
Sprecher/in 1	Wir suchen dich, Gott. Wir sehnen uns nach deiner Nähe. Darum sind wir hier, in deinem Haus versammelt.
Sprecher/in 2	In uns steckt noch die Unruhe des Alltages, der Vorbereitungen und der überfüllten Straßen. Wir wünschen uns, dass nun Raum ist für Ruhe, Gelassenheit und leise Töne. Darum sind wir hier, in deinem Haus versammelt.
Sprecher/in 1	Ich höre: Du bist Gott, der sich nicht versteckt, sondern der sich finden lässt.
Sprecher/in 2	Ich höre: Du bist Gott, der nicht stumm ist, sondern mit Engelszungen redet, um entdeckt zu werden.
Sprecher/in 1	Ich höre: Du bist Gott, der nicht in der Ferne allein bleiben will, sondern sich an Orte begibt, zu denen ich gehen kann.
Sprecher/in 2	So bin ich hier, barmherziger Gott, um dich zu finden, dich zu hören, zu dir zu kommen. Im Vertrauen auf dein Versprechen, dass du da bist. Amen.
LIED	Es ist für uns eine Zeit angekommen (EG 545, 1)

Einleitung

Sprecher/in	Ein Mann mit dem Namen Lukas hat sich etwas Großes vorgenommen. Er will ordnen und aufschreiben, was er von Jesus gehört hat. Lukas selbst hat Jesus nicht kennen gelernt. Aber er hat von Jesus gehört. Er hat entdeckt: Jesus ist wichtig für mich. Jesus ist von Gott. Wenn ich erfahre, wie Jesus gelebt hat, dann habe ich eine Idee, wie ich mein Leben führen kann. Und wenn ich durch Jesus von Gott erfahre, dann weiß ich, wer mein Leben hält. Heute und immer und sogar wenn ich nicht

mehr lebe. Das alles hat Lukas entdeckt. Und nicht nur er, sondern auch viele andere. Und deshalb hat sich Lukas vorgenommen, alles was so wichtig ist, so gut wie möglich aufzuschreiben. Ganz am Anfang fängt er an, noch ehe Jesus geboren ist. Da erzählt er von der Geburt des Johannes. Und von einem Lied, das Maria singt, während sie schwanger ist. Und dann schreibt er:

Die Geschichte aus der Bibel, Lukasevangelium

Lukas — *(von der Kanzel)* In jener Zeit geschah es, als Augustus Kaiser in Rom war. Augustus beherrschte viele, viele Länder. Er selbst meinte:

Augustus — *(von der Empore)*
Ich herrsche über die ganze Welt. Alles, was lebt, muss mir gehorchen. Alles muss so passieren, wie ich es will. Ja, ich bin der Herr! Ich allein.

Lukas — Und so ging eines Tages ein Befehl von ganz oben um die Welt.

Augustus — Ich will mehr Geld für meine Zwecke! Darum müssen alle Menschen Steuern zahlen. Niemand soll sich davor drücken können. Deshalb befehle ich: Jeder geht sofort in die Stadt, in der er geboren ist. Dort wird er in Steuerlisten eingetragen. Und ab sofort muss er regelmäßig Steuern an den Kaiser zahlen. Das ist mein Befehl für die ganze Welt!

Lukas — Dieser Befehl kam auch nach Israel. Da war Quirinius. Er hatte den Auftrag, alles, was vom Kaiser aus Rom befohlen wurde, in Israel durchzusetzen. Er war sozusagen der Vertreter des Kaisers in Israel.

Quirinius — *(Stuhl unterhalb der Empore mit Blickkontakt zum Kaiser)*
Boten! *(kommen dienernd zu ihm)* Sofort macht euch auf den Weg! Ruft den Befehl des Kaiser in allen Dörfern und Städten aus! *(gibt ihnen Papierrollen)*

Boten — *(hinten in der Kirche und dann vorn in der Nähe von Maria und Josef)*
Befehl des Kaisers in Rom! Alle müssen sich in Steuerlisten eintragen lassen! Jeder muss dazu in die Stadt seiner Geburt gehen. Befehl des Kaisers in Rom!

Lukas — So kommt dieser Befehl auch nach Nazaret. Dort wohnen Maria und Josef *(packen vorn ihr Bündel und gehen los)*
Maria ist schwanger. Trotzdem müssen sie sich auf den Weg machen. Denn Josef stammt aus Betlehem. Er gehört zu der großen Familie der Nachkommen von König David.

LIED — Es sandte Gott seinen Engel vom Himmel (EG 545, 2-4)

(Krippe wird vorn hingestellt)

Lukas — Die Nachkommen von König David – das sind viele, viele Menschen. Darum ist in Betlehem ganz viel Betrieb. Maria und Josef finden keine Herberge. Außer einem Stall. *(gehen erst suchend, dann in den Stall. Handeln entsprechend dem Text)*
Es ist die Zeit, dass das Kind geboren werden soll, das Maria erwartet. Josef macht aus der Futterkrippe ein Babybett. Damit es warm genug ist, legt er Stroh hinein. Maria hat Windeln und Tücher mitgenommen. Sie wickeln das Neugeborene Kind in die Tücher und legen es in die Krippe. Es ist Nacht. Es ist ganz still. Niemand bemerkt, was in dem Stall geschah.

LIED — Es war kein Raum in der Herberg zu finden (EG 545, 5)

(Engel stellen sich auf. Hirten an ihre Orte)

Lukas — Da sind nur wenige Menschen, die nachts wach sind. Hirten sind es. Sie passen auf ihre Schafherden auf, weit außerhalb der Stadt. Sie horchen in die Nacht hinein. Sie kennen die Geräusche, die Gefahr bedeuten. Doch in dieser Nacht hören sie nichts von einer Gefahr. Die Hirten sind es gewohnt, sich auch in der Dunkelheit

genau umzusehen. Sie erkennen an geringen Schatten, ob ein gefährliches Tier umherschleicht. Doch in dieser Nacht sehen sie nichts Gefährliches.
Auf einmal ist da ein Klang, wie sie ihn noch nie gehört haben. Und ein Anblick, wie sie ihn noch nie gesehen haben. Sie fürchten sich, nicht weil da Gefahr ist, sondern weil sie erkennen: Gott ist nahe.

Engel — *(von der Empore)* Fürchtet euch nicht! Ich habe euch eine Freudenbotschaft zu sagen. Es ist eine gute Nachricht für euch und für die ganze Welt. Denn heute ist für euch der Retter geboren! Der Heiland für die Welt! Christus, der Herr! Er ist in der Davidstadt Betlehem geboren. Und daran werdet ihr ihn erkennen: Ein neugeborenes Kind werdet ihr finden, das in Windeln gewickelt in einer Futterkrippe liegt. Gottes Retter ist euch ganz nahe gekommen.

Engelchor — Ehre sei Gott (2x) (s. Seite 10)

Hirte 1 — Kommt, wir gehen nach Betlehem.

Hirte 2 — Ja, wir sehen uns an, was geschehen ist.

Hirte 3 — was Gott uns bekannt gemacht hat.

(Hirten gehen los und erreichen den Stall, während Lukas spricht)

Lukas — Und so kommen die Hirten zum Stall. Sie finden Maria und Josef und das Kind in der Krippe.

Hirte 1 — So hat Gott es uns bekannt gemacht.

Hirte 2 — Ein neugeborenes Kind in einer Futterkrippe.

Hirte 3 — Der Retter von Gott gesandt.

Hirte 4 — Ehre sei Gott in der Höhe. Und Friede auf Erden.

Hirte 5 — Gott hat die Menschen lieb.

Hirte 1 — So haben die Boten Gottes gesprochen und gesungen.

Josef — *(nachdenklich)* So große Worte über solch ein kleines schwaches Kind? Was wird aus unserem Kind werden?

Maria — Ich will alles, was ihr gesagt habt, gut behalten und darüber nachdenken.

Lukas — Die Hirten gehen fort vom Stall. Sie sind glücklich. Sie loben Gott. Denn er hat ihnen den Retter gezeigt. Und das, was sie so froh macht, wollen sie weitersagen.

LIED — Herbei o ihr Gläubgen (EG 45, 1 und 3)

Wie es weitergeht mit den Hirten

(Im Folgenden treffen die Hirten nacheinander auf verschiedene Menschen, verteilt in der Kirche)

1. Szene — **Hirte 1 trifft seinen Freund Simon**

Hirte 1 — Simon, wie gut, dass ich dich sehe! Du hast doch so oft davon gesprochen! Und jetzt ist es wahr geworden!

Simon — Was meinst du? Du redest ja ganz durcheinander.

Hirte 1 — Da soll man nicht durcheinander sein, wenn man sich so freut wie ich!

Simon — Trotzdem – nun mal ganz langsam. Worüber freust du dich so? Und was ist wahr geworden?

Hirte 1 — Gottes Heiland für die Welt ist geboren! Hier bei uns.

Simon — Meinst du das ernst?

Hirte — Ja, natürlich! In der Nacht haben wir es erfahren – von Gott! Und dann haben wir das Kind gefunden – in einem Stall am Stadtrand! Genauso wie der Engel es gesagt hatte.

Simon — Wenn das wahr ist …

Hirte 1 — Es ist wahr! Geh selbst. Und sieh das Kind. Du wirst erkennen, dass Gottes Retter in die Welt gekommen ist. So wie du es immer erhofft hast.

Simon — Gottes Retter ist da. – Ja, ich will hingehen und sehen, was du mir gesagt hast.

(Simon geht zur Krippe.)

LIED — Ach, dass der Herr aus Zion käm (EG 542, 4 und EG 42, 2)

2. Szene — Hirte 2 trifft auf eine Gruppe von vier Personen

Hirte 2 — *(trifft auf eine Menschengruppe im Gang)*
Hallo! Gut, dass hier so viele Leute zusammen sind. Da könnt ihr gleich alle etwas ganz Wichtiges erfahren.

Person 1 — Bist du jetzt etwa der Ausrufer des Kaisers? Der kann uns gestohlen bleiben mit seinen „Wichtigen Befehlen."

Hirte 2 — Nein, vom Kaiser bin ich nicht. Aber so etwas wie ein Ausrufer von Gott, denn stellt euch vor …

Person 2 — „Ausrufer von Gott!" – Ich kenn dich doch, du bist ein kleiner, dummer, dreckiger Hirte!

Person 3 — Willst dich wohl wichtig machen, wie? Pass lieber auf, dass dich hier nicht gleich jemand wegen Gotteslästerung drankriegt.

Hirte 2 — Aber … ich habe doch … wir haben doch …

Person 4 — Leute, jetzt lasst ihn doch mal seine Story erzählen. Ein Spaß am frühen Morgen ist doch nicht schlecht. *(fasst ihn schützend um die Schulter).* Na los, Kleiner, lass dich nicht einschüchtern. Erzähl, was so wichtig ist, dass du damit am frühen Morgen über den Marktplatz rennst.

Hirte 2 — *(hastig, aus Sorge, wieder unterbrochen zu werden.)*
Wir, meine Kollegen und ich, haben in dieser Nacht den Heiland der Welt gefunden. Weil Gott es uns bekannt gemacht hat. Ein Kind ist geboren. Es liegt in einer Futterkrippe, so wie der Engel gesagt hat. Und das ist Gottes Retter für die Welt.

Person 2 — *(nach einer Schrecksekunde, dann voller Ironie)*
Klar! Gott sagt einem kleinen, schmierigen Hirten, war er vorhat!

Person 1 — Und der Retter ist ein Baby!

Person 3 — Wovor das uns wohl retten sollte!?

Person 4 — Vor dem Kaiser bestimmt nicht.

Person 2 — Weißt du was, Kleiner? Du hast vielleicht gedacht, du hättest einen guten Witz heute morgen gebracht. Aber der war nicht besonders. Wir vergessen jetzt den Blödsinn, den du erzählt hast. Und du verschwindest hier ganz schnell, ehe du ernsthaft Ärger bekommst.

LIED — Ich aber, dein geringster Knecht (EG 542, 6 und EG 42, 1)

3. Szene	**Hirte 3 kommt zu seinen Eltern**
Hirte 3	*(stürmt in die Wohnung hinein)* Vater, Mutter, stellt euch vor, was diese Nacht passiert ist!
Vater	Guten Morgen wünscht man, wenn man eintritt!
Hirte 3	Ja, Entschuldigung, natürlich, guten Morgen, Vater. Guten Morgen, Mutter.
Mutter und Vater	Guten Morgen.
Vater	So, und nun sag, was dich so aufregt.
Hirte 3	In dieser Nacht ist alles neu geworden.
Mutter	*(lächelnd)* Du hast dich verliebt?
Hirte 3	Quatsch. Ganz was anderes. Heute Nacht ist der Heiland geboren.
Vater	Was sagst du? Mit solchen Dingen spielt man nicht, mein Sohn.
Hirte 3	Ich treibe kein Spiel, Vater. Gott selbst hat es uns bekannt gemacht. Mitten in der Nacht. Mit Worten. mit Gesang, mit Licht in der Dunkelheit. So haben wir es erfahren: Euch ist heute der Heiland geboren: Christus, der Herr. Und die Zeichen haben gestimmt: Ein neugeborenes Kind in Windeln gewickelt in einer Futterkrippe. Wir haben es gefunden. Es ist wahr.
Mutter	Die Freude, die du ausstrahlst, sagt mir, dass du etwas sehr Besonderes erlebt hast. Ich begreife es noch nicht. Ich muss darüber nachdenken.
Hirte 3	Das hat Maria, die Mutter des Kindes, auch gesagt, als wir weggegangen sind: Ich will das alles behalten und darüber nachdenken.
Vater	Gottes Wege sind manchmal schwer zu begreifen. Wenn das wahr ist, was du gesagt hast, dann geht Gott einen großartigen Weg. Einen Weg ganz nahe bei den Menschen, ganz nahe bei den Kleinen. Wenn das wahr ist …
Hirte 3	Es ist wahr, Vater. Ich habe es gehört und gesehen. Gottes Retter ist geboren, ganz nahe bei uns.

(Eltern gehen zum Stall)

LIED	Es ist ein Ros entsprungen (EG 30, 1-2)
4. Szene	**Hirte 4 trifft drei Arbeitslose auf einer Parkbank**
Hirte 4	*(kommt zu einer Bank)* Ihr habt sicher ein bisschen Zeit, um Neuigkeiten zu hören?
Person 5	Aber immer doch! Wir sind arbeitslos. Das Einzige was wir haben, ist jede Menge Zeit.
Person 6	Aber die braucht keiner.
Person 7	Also, setz dich zu uns. Was gibt es Neues auf der Welt, das wir noch nicht wissen?
Hirte 4	In der letzten Nacht hat Gott uns Hirten auf dem Feld etwas Großartiges bekannt gemacht. Gottes Retter ist geboren! Stellt euch vor! Gottes Retter ist da.
Person 5	Hat der Arbeit für mich? Das ist das Einzige, was mich retten könnte.
Hirte 4	Aber er ist doch ein Kind.
Person 6	Ein Kind als Retter der Welt?

Hirte 4	Ja, ein Kind ist geboren. Das ist Gottes Retter für die Welt. Und es ist in Windeln gewickelt und liegt in einer Futterkrippe. Ganz nahe bei uns.
Person 7	Und du willst das entdeckt haben?
Hirte 4	Gott hat es uns bekannt gemacht durch seine Boten, in der Nacht. Und mit Lobgesang und wunderschöner Klarheit.
Person 5	Also pass mal auf. Es kann ja sein, dass du heute Nacht was Tolles erlebt hast. – O.K. Aber bestimmt ist das nicht der Retter der Welt. Überleg doch mal ganz vernünftig: Ein Retter der Welt muss mächtig, stark, reich, sein. Er muss Befehle geben können und alle müssen vor ihm zittern! Vor einem Kind zittert niemand.
Person 6	Dein Krippenkind zittert höchstens selber vor Kälte in seinem Elendsquartier.
Hirte 4	Aber ...
Person 5	Hirte, bleib bei deinen Schafen. Mit der Rettung der Welt hast du nichts zu tun. Und dein Krippenkind auch nicht. Da müssen starke Männer ran. Das sind die wichtigen Nachrichten.
Person 6	Aber davon hat ein kleiner Hirte ja keine Ahnung. Weißt du was, geh zu dem Kind und bring ihm eine Decke, gegen die Kälte der Nacht. Gegen die Kälte der Welt kannst du sowieso nichts ausrichten.
Hirte 4	*(im Weggehen)* Warum wollen sie nichts hören von der Wärme, die bei dem Kind war. Sie wollen nichts erfahren von dem Licht, das die dunkle Welt hell gemacht hat.
LIED	Weil Gott in tiefster Nacht erschienen (EG 56, 4 und 5) *(Babybett aufstellen)*
Überleitung	**Viele Jahre vergehen**
Sprecher/in	Ja, so ging es den Hirten. Sie wurden vorsichtiger in ihrem Reden. Wenn sie merkten, dass jemand nachdenklich wurde und ernsthaft fragte, dann erzählten sie, was sie gesehen und gehört hatten. Aber sonst ...wer wird schon gern ausgelacht oder gar beschimpft. Und dann war die Familie mit dem Baby auch bald nicht mehr in Betlehem. Die große Volkszählung war vorüber. Es kehrte wieder Ruhe ein. Die Jahre vergingen. Die besondere Nacht der Hirten geriet immer mehr in Vergessenheit. *(Krippe verhängen)* Der jüngste der Hirten heiratete. Das erste Kind wurde geboren.
5. Szene	**Hirte 5 als Familienvater nach vielen Jahren**
Hirte 5	*(mit Frau am Babybett)* Nun haben wir einen Sohn.
Frau	Und er liegt so ruhig in seinem Bettchen.
Hirte 5	Ich denke gerade an das Kind damals, weißt du?
Frau	Das in dem Stall, in der Futterkrippe?
Hirte 5	Ja. Was mag aus ihm geworden sein? Er muss inzwischen doch erwachsen sein. Damals dachten wir: Er ist der Retter der Welt.
Frau	Und heute denkst du das nicht mehr?
Hirte 5	Ich weiß nicht. Eigentlich schon. Aber ...
Frau	Aber du hast nichts mehr von ihm gehört oder gesehen.
Hirte 5	Nein. Und von einem Retter sollte man doch etwas merken.
Frau	Vielleicht ist Gottes Retter ganz anders als wir denken. Die Geburt damals war ja auch ganz anders als man sich die Geburt eines Retters, den Gott schickt, vorstellt.

Hirte 5	Ich wüsste wirklich gern, was dieser Mann jetzt tut und wo er ist.
LIED	Weil Gott in tiefster Nacht erschienen (EG 56, 1 und 2)

6. Szene **Die Geschichte des Kindes geht weiter**

Sprecher/in	Es vergehen einige Jahre. Die Familie ist größer geworden und die Kinder sind fröhlich und neugierig – so wie Kinder eben sind. Besonders gern gehen sie mit ihrer Mutter zum Markt in die Stadt.

(Kinder und Mutter gehen nach hinten und kommen dann mit vollen Körben zurück nach Hause. Der Vater kommt ihnen entgegen.)

Hirte 5	Hallo! Ihr kommt aber spät heute! Ich habe mir schon Sorgen gemacht, weil es bald dunkel wird. Gab es so viel einzukaufen? Eure Körbe sind ja ganz schwer.
Frau	Hallo, mein Lieber. Komm, nimm mal den Kindern die Körbe ab. Die haben so fleißig getragen.
Kind 1	Stell dir vor, Papa, mit dem Einkaufen waren wir ganz schnell fertig. Aber dann …
Kind 2	Dann waren da ganz viele Leute.
Kind 3	Die haben ganz dicht zusammengestanden.
Kind 4	Aber nachher sind wir doch durchgekommen. Und dann waren wir ganz in in der Mitte.
Hirte 5	He, ihr redet ja ganz durcheinander. *(zur Frau gewandt)* Was war denn los in der Stadt?
Frau	Da war jemand – manche sagen, er sei ein Wanderprediger oder so etwas. Ich hatte schon öfter gehört, dass Leute von ihm erzählen. Jesus heißt er. Und aus Nazaret soll er kommen.
Hirte 5	Der, von dem erzählt wird, dass man ihm einfach gern zuhört, wenn er predigt? Weil er von Gottes Gerechtigkeit spricht und die Geringen achtet?
Frau	Ja. Und er soll auch Kranken geholfen haben, ohne nach ihrem Reichtum oder ihrer Stellung zu fragen.
Hirte 5	Und diesen Mann, du sagst, er heißt Jesus, diesen Jesus habt ihr heute in der Stadt gesehen?
Kind 1	Ja. Aber erst haben wir ihn gar nicht gesehen. Aber wir wollten ihn sehen!
Kind 2	Aber die großen Leute haben sich ganz breit gemacht und uns nicht durchgelassen.
Kind 3	Obwohl Mama gesagt hat. Ich möchte mit meinen Kindern doch auch in die Nähe dieses Mannes kommen.
Kind 2	Da ist einer ganz böse geworden. Der hat uns angeschnauzt.
Kind 1	Genau. Der hat gesagt: „Kinder haben hier nichts zu suchen. Die sind zu klein für so wichtige Sachen."
Kind 3	Und ein anderer hat dann noch gesagt: „Kinder stören! Also geht gefälligst nach Hause."
Kind 2	Aber dann sind die Brüller auf einmal ganz still geworden.
Kind 1	Und irgendwie ganz klein.
Kind 3	Weil nämlich der Jesus zu ihnen gesprochen hat.
Hirte 5	Und was hat der gesagt?

Kind 1	Dass die Brüller still sein sollen.
Kind 2	Und dass sie uns durchlassen sollen.
Kind 3	Und alle anderen Kinder auch.
Kind 1	Und dann waren wir auf einmal ganz viele Kinder in der Mitte. Und Jesus hat dann noch was zu den Großen gesagt. Aber das konnte ich mir nicht merken.
Kind 3	Aber Mama weiß das bestimmt noch.
Mutter	Jesus hat gesagt: „Lasst die Kinder zu mir kommen und hindert sie nicht. Denn Menschen wie sie haben ein Wohnrecht bei Gott. Ja, ich sage euch: Wer das Reich Gottes nicht annimmt wie ein Kind, wird nicht hineinkommen."
Kind 2	Und dann hat Jesus sich mitten zwischen uns gesetzt und erzählt und gelacht und zugehört, was wir ihm erzählt haben.
Kind 3	Das war richtig schön.
Kind 1	Und als wir dann nach Hause gegangen sind, hat er jedem Kind einen guten Satz von Gott gesagt.
Kind 2	Ja, er hat uns gesegnet.
Hirte 5	Jesus hat die Kinder in die Mitte geholt.
Frau	Und er hat davon gesprochen, dass Gottes Reich, Gottes Rettung und die Kinder ganz fest zusammengehören.
Hirte 5	Kinder, ich glaube, ihr habt heute etwas ganz, ganz Wichtiges erlebt.
Kind 3	Schade, dass du nicht dabei warst, Papa.
Hirte	Ja. Das ist schade. Aber so konntet ihr mir jetzt doch ganz viel Schönes erzählen. Und ich, ich werde euch gleich zu Hause auch etwas erzählen.

(Vorhang vor der Krippe öffnen)

	Von einem Kind, dem ich einmal begegnet bin. Das Kind ist inzwischen erwachsen. Und ich bin sicher, dieses erwachsene Kind habt ihr heute kennen gelernt.
Frau	Gottes Retter ist ganz anders als wir denken.
Hirte	Ja, er stellt ein Kind in die Mitte.
Musik	
Sprecher/in	ER STELLT EIN KIND IN DIE MITTE. Damals in Betlehem Und bis heute. Das soll nun hier sichtbar werden. Denn in einer Gemeinde, die zu Jesus Christus gehört, da sind die Kinder mittendrin. Ich lade alle Kinder ein, hier in die Mitte, nach vorn zu kommen.
LIED	Knospen springen auf (LzU 57)
Sprecher/in	Die Kinder bleiben hier vorn bis zum Schluss des Gottesdienstes. Wir alle wollen heute die Nacht feiern, in der Gott sein Kind in die Mitte gab. Dazu bekommen alle, die Großen und die Kleinen, ein Zeichen geschenkt. Einen Kerzenhalter mit einem Kreis von Kindern. Das Licht der Kerze erinnert uns an Jesus, der das Licht des Lebens ist. Der Kinderkreis erinnert uns daran, dass Jesus die Kinder in die Mitte holt und ihnen Gottes Liebe schenkt. Während die Mitarbeiterinnen und Mitarbeiter des Kindergottesdienstes die Kerzenhalter in jede Bank geben, lassen wir Körbe mit den Teelichtern herumgehen,

aus denen ihr bitte eines nehmt. Die Kerzen zünden wir nicht hier in der vollen Kirche an.
Aber wir singen vom Licht: „Tragt in die Welt nun ein Licht.".

LIED Tragt in die Welt nun ein Licht (EG 538, 1-5)

Austeilen der Lichter

Sprecher/in Gott, als Kind kamst du den Menschen nahe.

Wir wollen in jedem Kind etwas von deiner Nähe spüren. Als Jesus erwachsen war, hat er den Blick auf die Kleinen immer behalten und ihnen Zuwendung, Liebe, Segen geschenkt.

Wir wollen auf unsere Umgebung schauen wie er. Mit Liebe für die Kleinen, mit Zuwendung für die Schwachen, mit Segen für die, die am Rand stehen.

So gehen wir in diesen Abend mit einem guten Ausblick für uns und für diese Welt. Denn du stellst ein Kind in die Mitte, damit wir sehen können, was wirklich wichtig ist. Amen.

LIED O du fröhliche (EG 44, 1-3)

Segen

Damit aus Fremden Freunde werden, kommst du als Mensch in unsre Zeit

IDEE UND INHALT

Die Geschichte der Flucht wird – jedenfalls in evangelischen Gemeinden – oft hinter der lieblichen Weihnacht vergessen. Dieses Spiel holt sie nach vorn. Fragen, die uns auf die Spur brachten: Wie mag das Leben von Maria und Josef und das Aufwachsen von Jesus in Ägypten gewesen sein? Wie könnte Jesus die Rückkehr erlebt haben, denn da war er ja im Kindergartenalter? Viele Anregungen von Kindern sind in diese Szenen mit eingeflossen.
Ein Stichwort zieht sich durch das gesamte Spiel: Über Grenzen gehen
Die Weisen überschreiten Ländergrenzen ebenso wie Maria und Josef mit dem Kind. Die Menschen in Ägypten gehen über Grenzen von Tradition und belastender Geschichte.
Viele Momente aus der aktuellen Flüchtlingssituation in Europa sind in das Spiel hineingeflossen.
Hinweis: Wer das Spiel kürzen möchte und die Flucht weglassen will, kann mit der Szene enden, in der die Weisen das Kind empfangen und segnen. Eine Fortsetzung etwa am 2. Weihnachtstag wäre dann denkbar.

ROLLEN, KOSTÜME, REQUISITEN

3 Weise, Sprecher, Josef, Maria
1., 2., 3. Bürger, Schriftgelehrter
1., 2., 3. Kind, Engelkind
2 Grenzer
Frau 1, 2, 3 ,4, 5, 6, 7 (Ägypterinnen)
Fatima (Freundin von Maria), Jesus bei der Rückkehr aus Ägypten.

Eine Schlüsselszene ist die Begegnung der Weisen mit Maria und dem Kind. Maria legt das Kind anderen Menschen in den Arm. Dies ist eine ganz große Geste des Vertrauens. Die Weisen sprechen jeweils einen Segen, in dem das Leben Jesu anklingt. Diese Szene muss sehr sorgfältig ausgespielt werden. Jugendliche müssen bewusst lernen, einen Säugling zu halten und abzugeben. Eine junge Mutter kann hierbei gute Hilfestellung leisten. Dann wird die Szene ausdrucksstark und zeichenhaft: Vertrauen überwindet Fremdheit – ein Kind, für euch gegeben – getragen und geborgen – auch in fremden Armen.
Die Rolle der Grenzer ist besonders für raubeinige Jungen geeignet. Vielleicht gelingt es, für sie eine echte Polizeimütze zu bekommen. Das erhöht ihre Autorität.
Im Mitarbeiterkreis taten wir uns eher schwer, Jesus als Kindergarten-Kind auftreten zu lassen. Für die Kinder aber war das überhaupt kein Problem.
Die 1. Frau am Brunnen sollte durch ihre Kleidung eindeutig wieder zu erkennen sein, wenn sie am Schluss noch einmal auftritt.
Die Träume der Weisen und des Josef huschen in der Gestalt eines Kindes vorbei.
Alle anderen Personen tragen einfache Umhänge und Ähnliches.
Die Spielorte in der Kirche weiträumig anlegen: Wo ist Jerusalem, wo liegt Betlehem und wo ist der Brunnen in Ägypten. Der Stellplan für die verschiedenen Szenen muss entsprechend überlegt werden. Zwei Personen sollen für Auf- und Umbau zuständig sein.
Der Brunnen besteht aus einem Papprund, das mit einem Steinmuster bemalt wird. Ein Dreibein von einem Schwenkgrill steht darin, an ihm hängt ein Blecheimer, in dem Becher für die Wasserszene bereit liegen.
Die Grenzer versperren den Gang mit einer Grenzschranke. Sie ist aus dunkelgrauer Schaumgummi-Ummantelung hergestellt, (Isolierung für Rohre, aus dem Baumarkt), die mit rot-weißem Absperrband umwickelt wird. Diese Schranke ist leicht und kann niemanden verletzen. Trotzdem wirkt sie echt. Wenn Maria und Josef nach einigen Jahren Ägypten verlassen ist die Schranke kein Hindernis mehr. Maria, Josef und Jesus stehen zum Schluss vorn vor der Gemeinde. Sie sprechen die Gemeinde direkt an.

ZEICHEN DER ERINNERUNG

Farbige Kreise aus Tonpapier werden zusammengenäht, so dass sie – auseinander gefaltet – an eine bunte Weltkugel erinnern. Jeweils einer der Kreise ist mit einem kleinen Text beschriftet, dafür bietet sich das Lied EG 674 „Damit aus Fremden Freunde werden" an.

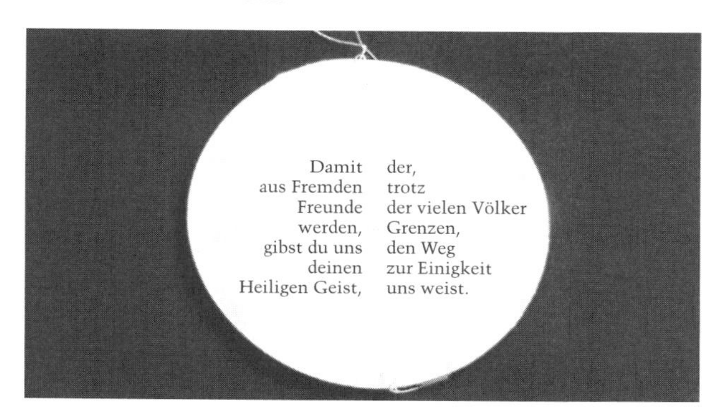

DER GOTTESDIENST

Begrüßung

LIED	Wenn die Dunkelheit zerbricht (s. Seite 9)

1. Szene — Aufbruch im fernen Land

1. Weiser steht vorn und blickt in den Himmel. Sehr aufmerksam. Er liest in einer Buchrolle, schaut wieder in den Himmel. 2. und 3. kommen heran.

1. Weiser	Es bahnt sich etwas an!
2. Weiser	Eine neue Bahn am Himmel?
1. Weiser	... bedeutet eine neue Bahn auf der Erde!
3. Weiser	Du siehst in den Himmel und denkst an die Erde?
1. Weiser	Wie denn sonst? Der Blick zum Himmel hat nur Sinn, wenn ich dabei auch die Erde nicht aus dem Blick verliere. Schließlich leben wir auf der Erde und nicht auf einer Wolke.
3. Weiser	Und was entdeckst du für die Erde?
1. Weiser	Ein neuer Weg tut sich auf. Ein Stern am Himmel zieht einen Weg, wo bisher kein Weg war. Und dieser Weg führt nach Israel. Eine Geburt von Bedeutung für die Welt steht da bevor. Etwas Neues, etwas Himmlisches für die Welt.
2. Weiser	Ich habe schon immer davon geträumt, Neues zu suchen, zu entdecken. – Aber dafür nach Israel gehen? – Wie kommt man denn da hin???
3. Weiser	Eine lange Wanderung durch die weglose Wüste. – Das ist kein Honigschlecken!
1. Weiser	Aber ein neuer Weg – so wie ich gesagt habe!
3. Weiser	Außerdem muss man Ländergrenzen überqueren! – Grenzkontrollen, Stempel und Unterschriften, Genehmigungen und Zölle, vielleicht gar kein Durchkommen.
1. Weiser	Der Stern überschreitet auch seine Grenzen am Himmel. Er zieht seine Bahn frei und unbegrenzt, sozusagen ohne Visum und ohne Berechnung.
2. Weiser	Ich will es wagen. Ich will das Neue suchen, das Bedeutung für die Welt hat. Kommt ihr mit?
1. und 3.	Ja, ich gehe mit.

3. Weiser Gleich morgen früh brechen wir auf – auf neuem Weg, über Grenzen hinweg.

1. Weiser Also, bis morgen früh.

(alle drei gehen ab)

Sprecher/in Wir beten.
Gott, Menschen sind aufgebrochen, um dir näher zu kommen.
So sind wir jetzt hier, an diesem Nachmittag.
Wir haben uns auf den Weg gemacht.
Heraus aus unserem Alltag.
Heraus aus unserer Arbeit.
Heraus aus unserer Aufregung.
Du hast uns auf eine Spur gebracht.
Wir sind neugierig.
Wir hoffen auf etwas, was von dir kommt.
So sind wir hier.
Gib uns Ohren, die hören.
Gib uns Augen, die sehn.
Gib uns ein weites Herz, einander zu verstehn.
Gott, gib uns Mut, deine Wege zu gehn. Amen

2. Szene In Israel

Sprecher/in In Israel ahnt niemand etwas von dem Neuen, das dort im fernen Osten Männer in Bewegung bringt.
– Doch, – zwei Menschen ahnen – oder wissen? – etwas von bahnbrechenden Veränderungen.
Da ist Maria. Sie ist schwanger. Von Gott gewollt.
Sie begreift: Dies ist der Weg, auf den Gott mich stellt.
Und da ist Josef, ihr Mann. Ihm fällt es schwer, Gottes Weg zu erkennen. Josef plant seinen eigenen Weg.

Josef Ich weiß am besten, was gut ist für Maria und das Kind, das noch geboren wird. Und ich bin da am falschen Ort. Ich gehöre nicht dazu. Drum gehe ich weg. Ohne mich werden sie es einfacher haben.

(geht zur Seite, kehrt dann um und geht mit Maria in den Stall)

Sprecher/in Aber Gott zeigt Josef, dass sein Weg gemeinsam mit Maria und dem noch nicht geborenen Kind weitergeht.
Und so sind sie gemeinsam in Betlehem, als die Zeit der Geburt da ist.

Josef Maria, hab keine Angst. Ich bleibe bei dir. Ich helfe dir, so gut ich kann. Und auch das Kind soll von Anfang an spüren, dass ich es umsorge und liebe.

Maria Ich bin froh, dass du da bist, Josef.

LIED Lobt Gott, ihr Christen alle gleich (EG 27, 1. 2. 5. 6)

(Das Kind wird geboren.)

3. Szene In Jerusalem

(Die drei Weisen sind im Gang unterwegs.)

Sprecher/in Die drei Menschen aus dem fernen Land haben es geschafft. Alle Ländergrenzen sind überwunden. Sie sind in Israel.

3. Weiser Und wohin nun? –

2. Weiser Eine weltbewegende Geburt, ein bahnbrechendes Ereignis, – so etwas muss im Zentrum seinen Anfang nehmen. So gehen wir nach Jerusalem in die Hauptstadt.

(gehen zur Seite, dort sind Leute (Bürger 1 – 3) unterwegs)

1. Weiser	He, du, wir sind hier fremd. Kannst du uns sagen, wo das große Fest stattfindet?
1. Bürger	Ein Fest? Hier? Hier hat es seit langer Zeit kein Fest gegeben. Es gibt auch keinen Grund zum Feiern.
2. Weiser	Ach bitte, guten Tag. Können Sie uns sagen, wo hier ein Kind geboren wurde, das Bedeutung für die Welt hat?
2. Bürger	Kinder werden hier viele geboren. Aber von Bedeutung ist keins!
3. Weiser	Verzeihung. Wir sind auf der Suche nach einem himmlischen Ereignis. Können Sie uns sagen, wo hier in Jerusalem so etwas geschehen kann?
3. Bürger	Ihr seid aber komische Heilige! Früher, ja, da hätte man euch wohl zum Tempel geschickt mit so einer Frage. Aber jetzt, jetzt ist hier nichts vom Himmel zu sehen. Schon lange nicht mehr.
1. Weiser	Aber es muss etwas sein, was von Bedeutung ist!
3. Bürger	Bedeutung hat hier nur noch der Palast. Herodes, König von Roms Gnaden hat alle Fäden in der Hand.
3. Weiser	*(zu den anderen)* Dann lasst uns zum Palast gehen!

(Die Weisen gehen zur Seite weg.)

Sprecher/in	Herodes, der König, kann ihnen auch keinerlei Hinweis geben auf das, was sie suchen. Er wird nur sehr misstrauisch. Denn er will alles, was in seinem Land geschieht, unter Kontrolle behalten. So befragt er die Gelehrten. Und sie können ihm und den drei Fremden tatsächlich etwas sagen über Israel und den Stern und die erwartete Geburt.

(Schriftgelehrter und die Weisen kommen wieder in den Kirchraum)

Schrift-gelehrter	Das Neue, das die Welt bewegen wird, die Geburt in Israel, die mit einem Stern am Himmel verbunden ist, soll in Betlehem sein. In der kleinen Stadt am Rand. In diese Richtung müsst ihr gehen.
1. Weiser	Also nicht in der Hauptstadt in ihrem Glanz, sondern in einem Dorf in der Dunkelheit. Nicht im Zentrum der Macht, sondern in der Mitte der Machtlosen.
1. Weiser	Also los, lasst uns gehen!

(kommen wieder bis zur Mitte)

1.Weiser	Seht nur zum Himmel! Kaum folgen wir dem Weg nach Betlehem, da ist auch der Stern ganz nah!
2. Weiser	Der Weg am Himmel und der Weg auf der Erde kommen zusammen!
3. Weiser	Es ist, als wenn Himmel und Erde sich berühren.
1. Weiser	Sieh nur! Da sind die Häuser von Betlehem zu erkennen.
2. Weiser	Und im Licht des Sternes scheint eines dort hinten am Rand fast zu leuchten!
3. Weiser	Da berührt der Himmel die Erde! Da ist unser Ziel.
Lied	Stern über Betlehem (EG 546, 1-3)

(die drei laufen mit raschen Schritten auf den Ort der Geburt zu, klopfen an)

4. Szene	**In Betlehem**
Josef	Wer ist da?
1. Weiser	Besucher von weit her.
Maria	Tretet ein.

(Maria und Josef sind erstaunt über die drei Fremden)

Josef	Wer seid ihr? Und wo kommt ihr her?
Maria	Habt ihr euch verirrt? Es kann nicht sein, dass ihr uns besuchen wollt. Wir kennen euch doch gar nicht!
2. Weiser	Wir kommen aus einem fernen Land. Wochenlang sind wir gewandert, durch Wüsten und über Ländergrenzen hinweg, um euch zu finden und besonders euer Kind!
Maria	*(erschrocken)* Was wollt ihr? Was habt ihr mit unserem Kind zu tun? *(nimmt das Kind schützend in ihren Arm)*
3. Weiser	Verzeiht, wir wollen euch keine Angst machen. Die Geschichte ist ganz anders. In unserer Heimat haben wir einen Stern entdeckt, der eine neue Bahn am Himmel zog. Und das haben wir verstanden als einen Hinweis auf die Geburt eines Kindes, das Bedeutung für die Welt hat.
1. Weiser	Und weil wir dachten, Weltbewegendes muss in der Weltstadt Jerusalem passieren, sind wir dorthin gezogen.
2. Weiser	Doch da fanden wir nichts Neues. Aber den Hinweis aus der Schrift erhielten wir, dass Neues aus Betlehem kommen wird.
3. Weiser	Ja, und so sind wir hergekommen. Der Stern hat mit seiner Bahn am Himmel unseren Weg hierher gebahnt. Das himmlische Licht hat uns diesen Ort gezeigt.
Josef	Verzeiht, dass wir erst so erschrocken waren über euch. Jetzt weiß ich, dass Gott euch zu uns geführt hat. Unser Kind ist der, den ihr sucht. Gottes Kind ist geboren als Retter für die Welt.
Maria	Ja, es ist Gottes Kind, auch für euch aus einem fernen Land.

(Maria legt das Kind vorsichtig in die Arme des ersten Weisen.)

1. Weiser	Gottes Kind, du bist ein großes Geschenk für mich und für die ganze Welt. Ich schenke dir Gold zum Zeichen des Reichtums, den du bedeutest.

(Er gibt Maria das Kind zurück und legt sein Geschenk auf den Boden. Anschließend gibt Maria das Kind in die Arme des 2. Weisen.)

2. Weiser	Gottes Kind, du bist ein großes Geschenk für mich und für die ganze Welt. Du verbindest Himmel und Erde. Darum schenke ich dir Weihrauch, denn sein Duft steigt von der Erde zum Himmel.

(Er gibt Maria das Kind zurück und legt sein Geschenk auf den Boden. Anschließend gibt Maria das Kind in die Arme des 3. Weisen.)

3. Weiser	Gottes Kind, du bist ein großes Geschenk für mich und für die ganze Welt. Du öffnest die Grenzen, die Menschen gezogen haben, und du beachtest die Schwachen in der Welt. Dazu brauchst du Mut und die Kraft, auch Anfeindungen zu begegnen. Darum schenke ich dir Myrrhe, ein kostbares, stärkendes, aber auch bitteres Kraut.

(Er gibt Maria das Kind zurück und legt sein Geschenk auf den Boden.)

Maria	*(sieht auf das Kind in ihrem Arm)* Gottes Kind in meinen Armen. Was wird aus dir werden?

Welchen Weg hat Gott mit dir begonnen? *(blickt die drei an)*
Ihr lieben Männer aus einem fernen Land. Ich danke euch für alles, was ihr getan und gesagt und geschenkt habt. Auch wenn ihr nach Hause geht, wird Gott euren Weg begleiten.

3. Weiser — Und wir werden dies Kind niemals vergessen.

2. Weiser — Es soll leben und seine Bedeutung für die Welt soll ausstrahlen in alle Länder.

1. Weiser — Etwas von seinem Leben und Licht tragen wir mit uns.

Josef — So geht in Gottes Frieden. Shalom.

LIED — Stern über Betlehem (EG 546, 4)

(Dabei verabschieden sich die drei und gehen fort. Maria und Josef legen sich zum Schlafen.)

5. Szene — Der Rückweg der Weisen

(Ein Kind kommt auf die Weisen zugelaufen.)

Kind — Hallo, Fremde! Herodes will das Baby umbringen, das ihr entdeckt habt! Wenn er euch sieht, wird er euch fragen! Darum, bitte, helft, das Kind zu retten und geht nicht wieder durch Jerusalem!

(Das Kind läuft gleich weiter.)

1. Weiser — Was war das?

2. Weiser — Ein guter Rat jedenfalls! Kommt, wir nehmen den anderen Weg. Wir wollen alles tun, damit das Kind von Betlehem leben kann. *(Weise gehen seitlich weg)*

6. Szene — Flucht

(Das Kind kommt nach Betlehem zu Maria und Josef)

Kind — Herodes will das Kind umbringen, das Bedeutung für die Welt hat! Steht auf und flieht!

Josef — Maria! Wir müssen fort. Wir werden dieses Land verlassen und nach Ägypten gehen.

Maria — Nach Ägypten? Ausgerechnet in das Land, in dem unser Volk einst in Sklaverei lebte!? Ausgerechnet dahin sollen wir gehen? Josef, das kann nicht sein!

Josef — Doch Maria. Das ist Gottes Wille. Denk an die Männer, die uns besucht haben. Sie haben gesagt: Der Stern hat uns gezeigt, dass Gott über alle Grenzen geht. Der Weg über die Grenze nach Ägypten ist Gottes Wille.

Maria — Nun ja. Ägypten ist das Land, in dem Mose aufgewachsen ist. Ich will an Mose denken, wenn wir dorthin gehen. Dann habe ich nicht mehr so große Angst.

Josef — Das ist gut, Maria. Vielleicht will Gott der Welt zeigen: Das Kind, das er gewollt hat, Jesus, wird auf Moses Spuren wachsen.

Maria — Komm, lass uns packen und fortgehen.

(Sie packen ihre Sachen, nehmen das Kind und gehen los.)

LIED — Die Weisen sind gegangen (EG 548, 1 und 4)

7. Szene — An der Grenze

(2 Grenzer stehen mit einem Schlagbaum quer im Gang, als Maria und Josef näher kommen.)

1. Grenzer — Halt! Hier kann man nicht einfach durchgehen! Zeigt eure Papiere!

Maria Papier? Wir haben nur unsere kleine Tora-Rolle. *(holt sie aus dem Reisebündel)* Doch was wollt Ihr damit?

1. Grenzer Wollt ihr euch über mich lustig machen?! Dies hier ist eine Landesgrenze. Da braucht man einen Pass, ein Visum, ordentlich mit Stempel und mit Unterschrift! Also los, zeigt die Papiere.

Josef Wir ... wir haben all das nicht. Wir sind auf der Flucht. Herodes, der König in unserer Heimat, will unser Kind umbringen! Seht, unser Kind ist nur wenige Wochen alt. Doch Herodes hat Angst vor diesem Kind! Darum will er es töten. Wir haben keine Wahl – nur, wenn wir über die Grenze kommen, ist unser Kind gerettet. Bitte, lasst uns ins Land. Das Kind ist alles, was wir haben.

Maria Und Angst vor Herodes haben wir. Und Hoffnung auf Zuflucht in eurem Land.

1. Grenzer Das ist ja ... *(empört)* ... was bildet ihr euch ein? Kein Pass, sondern ein Baby! Kein Visum, sondern Angst! Kein Stempel, aber Zuflucht suchen? – Und dafür soll ich euch die Grenze öffnen?

Maria Bitte ...

Josef Wir wollen doch nur überleben – und vor allem Sicherheit für unser Kind!

2. Grenzer *(nimmt seinen Kollegen zur Seite)* Hör mal, was soll's. Wir lassen sie durch. Sie dürfen uns nur nicht verraten. Und wir beide dürfen natürlich auch niemandem etwas davon sagen.

1. Grenzer Wie kommst du jetzt dazu, für diese Hungerleider einzutreten? Du bist doch sonst nicht so ... *(spöttisch)* so mitleidig.

2. Grenzer Vor wenigen Tagen ist unser Kind geboren. Du warst doch auch beim Fest in meinem Dorf. Ich höre noch das Jubeln und Singen. Alle haben sich mitgefreut über das neugeborene Kind. Wenn ich mir vorstelle, irgend jemand würde mein Kind bedrohen und töten wollen – ich würde alles in Bewegung setzen, um das Kind zu retten. Und dieses Kind da im Arm seiner Mutter hat auch das Recht, zu leben. – So wie meins. Los, Kollege, lass uns den Schlagbaum öffnen, damit es leben kann.

1. Grenzer Aber erst muss ihnen ganz klar sein, dass es nur deine – unsere – Freundlichkeit ist.

2. Grenzer Ja, ja.

(wenden sich wieder der Familie zu)

1. Grenzer Also, mein Kollege und ich haben uns beraten. Wir lassen euch durchgehen!

Maria Danke!!!

1. Grenzer Aaaber – eins müsst ihr uns ganz fest versprechen! Zu niemandem ein Wort darüber! Wenn jemand euch fragt, dann sagt ihr einfach, dass ihr nachts ohne Kontrolle fernab der Wege ins Land gekommen seid. – Wir beide haben euch nie gesehen und wir kennen eure Geschichte nicht. Ist das klar?!

Josef Ja, das habe ich sehr gut verstanden. Und wir werden nichts tun, was euch in Gefahr bringen könnte.

Maria Habt vielen, vielen Dank. Ihr habt uns aus Todesgefahr gerettet. Das werden wir euch nie vergessen. Gott soll euch segnen. Euch und alle, die zu euch gehören.

2. Grenzer Hier habt ihr noch etwas Brot und Wasser für den Weg. Zum nächsten Dorf sind es noch ein paar Stunden. Und jetzt verschwindet rasch, damit eure Spuren schnell vom Wind verweht sind.

(Maria und Josef gehen schnell weiter, dabei legt Josef schützend seinen Arm um Maria und das Kind.)

LIED — Damit aus Fremden Freunde werden (EG 674, 1. 2. 6)

(Dorfbrunnen wird vorn aufgestellt. Einige Frauen sind am Brunnen, als die beiden ankommen.)

8. Szene — In Ägypten

1. Frau — Wer kommt denn da? Mitten aus der Wüste?

2. Frau — Zwei Menschen, und sie tragen etwas.

3. Frau — Jetzt erkenn ich es: Der Mann trägt ein Bündel. Die Frau? … Wahrhaftig, es sieht aus, als trüge sie ein Kind im Arm!

1. Frau — Ein Kind auf diesem Wüstenweg?

2. Frau — Jedenfalls sind es Fremde. Die habe ich hier noch nie gesehen!

(Maria und Josef kommen heran.)

Maria — Shalom, Friede sei mit euch, liebe Frauen.

1. Frau — *(misstrauisch)* Du redest mit einem fremden Akzent. Wo kommst du her? Was wollt ihr hier?

Josef — Wir kommen aus Israel. Viele Tage sind wir durch die Wüste gewandert. Wir mussten fliehen. Und nun sind wir hier. An einem Ort, an dem Herodes, der schlimme König, unser Kind nicht mehr verfolgen kann. Bitte, lasst uns wenigstens eine Weile hier bleiben.

2. Frau — Moment, mal langsam. Durch die Wüste seid ihr gegangen? – Dann müsst ihr als erstes Wasser haben. *(mit einer empörten Bewegung zur 1. Frau)* So gehört sich das in diesem Land. Setzt euch her, der Schatten des Baumes wird euch gut tun. Wie heißt ihr denn?

Josef — Ich bin Josef und meine Frau heißt Maria.

Maria — Und unser Kind ist Jesus.

(Maria und Josef lassen sich nieder, die Frau schöpft Wasser, füllt es in Becher und gibt es den beiden. Dann füllt sie einen kleinen Becher. Damit geht sie auf Maria zu und zeigt auf das Baby)

2. Frau — Darf ich es nehmen und ihm etwas Wasser geben? Es ist so klein – und dann so ein weiter Weg …

(Maria gibt ihr das Kind und die Frau gibt dem Kind vorsichtig aus dem Becher.)

Maria — Ich danke euch. Ihr seid so freundlich. Das Wasser ist wunderbar.

2. Frau — *(zu den anderen Frauen)* So und jetzt nehmt ihr euch auch etwas zu trinken und setzt euch dazu. *(zu Maria und Jesus)* Und dann erzählt ihr eure Geschichte.

(alle sitzen zusammen)

Josef — Unsere Geschichte ist schnell erzählt. Vor wenigen Wochen ist unser Kind geboren. In Betlehem, einem kleinen Dorf in Israel. Der König, Herodes, hat beschlossen, dass er dieses Kind töten will. Da blieb uns nur die Flucht. Hier in Ägypten sind wir sicher. Hier hat Herodes keine Macht. Wir müssen abwarten, bis sich sein Verfolgungswahn gelegt hat.

Maria — Oder bis er stirbt.

3. Frau — Und wie stellt ihr euch vor, dass ihr hier überleben könnt? Das Leben ist hart, hier im Wüstendorf.

Josef — Ich bin Zimmermann. Wenn es irgend möglich ist, will ich arbeiten. Vielleicht kann ich bei einem Meister in diesem Dorf wenigstens als Gehilfe Arbeit finden. – Hauptsache ist, dass wir ohne Angst leben können.

4. Frau — Einen Zimmermann haben wir hier. Er ist schon älter. Ja, es könnte gut sein, dass er einen zuverlässigen Helfer brauchen kann, der die Arbeit gut kennt. Gewiss, viel Lohn bezahlen kann er nicht. Aber für das Essen wird es reichen.

5. Frau — Wir haben eine Hütte hinter unserem Haus. Sie ist unbewohnt. Na ja, nicht gerade komfortabel, aber das Dach ist dicht. Und eine Feuerstelle ist auch da. Alles andere müsst ihr selber regeln. Da könnt ihr erstmal unterkommen.

6. Frau — Und ich kann euch zwei Matten geben als Schlafplatz. Decken habt ihr ja.

7. Frau — Und für das Baby findet sich wohl eine Kiste, die als sicheres Bettchen dienen kann.

Maria — Ihr seid so freundlich. Wie kann ich euch …

1. Frau — *(ziemlich böse)* Moment mal. Mir geht das alles hier zu schnell. Ihr habt gesagt, dass ihr aus Israel kommt! I S R A E L – Meine Herrschaften, habt ihr alle die alten Geschichten vergessen?
Dieses Volk hat unseren Vorfahren die schlimmsten Plagen gebracht – und den Kriegern damals den Untergang im Meer! Und ihr wollt jetzt diesem Gesindel da, diesen hergelaufenen Gestalten aus Israel, hier Obdach und Asyl geben?!

Maria — *(verängstigt)* Ach bitte. Es geht doch um das Kind! Wo sollen wir denn hin? Bitte, lasst uns hier bleiben.

2. Frau — *(zur ersten Frau)* Hathi, wie kannst du diesen Leuten solche Angst machen? Ja, sie sind aus Israel. Ja, unsere Völker haben eine lange und manchmal auch schlimme Geschichte miteinander. Aber diese drei Menschen hier brauchen Hilfe, ganz praktisch. Und wir können helfen. So einfach ist das.

4. Frau — Und außerdem, wenn du von unserer Geschichte sprichst, dann sprich auch von Josef. Ja, ja, derselbe Name wie dieser Mann hier.
Der Josef damals kam ja auch aus Israel. Und der hat unser ganzes Volk vor dem Verhungern gerettet. Unser Pharao hat ihm vertraut – zum Glück –. Daran solltest du dich erinnern und jetzt auch diesem Josef hier vertrauen.

1. Frau — Macht, was ihr wollt. Aber rechnet nicht mit meiner Freundlichkeit.

(geht weg)

Maria — Es tut mir Leid, dass sie so verbittert ist. Die Geschichte, die sie so wütend macht, ist für uns die Geschichte der Befreiung aus der Sklaverei. Wir erinnern uns jedes Jahr aufs Neue voller Dankbarkeit daran.

3. Frau — Nun mach dir mal erst nicht so viele Gedanken, Maria. Das Wichtigste ist im Moment, dass ihr mit Jesus in Sicherheit seid. Die Gespräche mit Hathi und manchen anderen werden noch kommen. Aber nicht jetzt. Jetzt braucht ihr erstmal Ruhe.

5. Frau — Kommt, ich zeige euch die Hütte.

Kind — Ich weiß, wo die Hütte ist und laufe schon mal vor!

Sprecher/in — Und so finden Maria und Josef und Jesus eine Zuflucht in Ägypten. Josef verdient gerade genug, um zu überleben. Maria freundet sich mit einer Ägypterin besonders an, die auch ein kleines Kind hat. Gemeinsam gehen Maria und Fatima oft spazieren.

9. Szene Die Freundin

(Maria und Fatima gehen mit Kinderwagen durch den Gang.)

Maria Jeden Morgen, wenn ich wach werde, singe ich Gott ein Loblied. Ich bin so froh, dass ich hier keine Angst vor Herodes zu haben muss. Aber ich sehne mich auch nach meiner Heimat. Wie gern möchte ich, dass Jesus bald wirklich zu Hause sein kann.

Fatima Mir täte es sehr Leid, wenn du weggehen würdest. Ich habe doch sonst keine Freundin hier, mit der ich über alles Mögliche reden kann. Und es wäre so schön, wenn unsere Kinder zusammen groß werden können.

Maria Ja, sicher. Ich weiß auch gar nicht, wie ich ohne dich in den ersten Monaten hier zurechtgekommen wäre. Manchmal erinnerst du mich an Pharaos Tochter.

Fatima Ich? An Pharaos Tochter? – Ich bin doch bloß eine kleine Frau aus einem Wüstendorf. Was sollte ich mit Pharao zu tun haben?

Maria Ich denke an die lange Geschichte meines Volkes in diesem Land. Weißt du eigentlich von Mose?

Fatima War das nicht ein großer Anführer von eurem Volk?

Maria Ja, aber als er geboren wurde, war er ebenso bedroht wie unser Jesus. Damals waren die Israeliten Sklaven in Ägypten. Der Pharao wollte das Sklavenvolk klein und schwach halten, indem er alle neugeborenen Kinder töten lassen wollte.

Fatima Und was hat Pharaos Tochter da gemacht?

Maria Die Mutter von Mose hat das Baby in einem kleinen Schilfkörbchen wie in einem Boot am Nilrand treiben lassen – genau an den Badeplatz von Pharaos Tochter. Die hat das Baby gefunden und hat es zu sich genommen, wie ein eigenes Kind.

Fatima Das muss ja für ihren Vater wie ein Schlag ins Gesicht gewesen sein.

Maria Bei uns wird nichts darüber erzählt. Aber ich denke auch, dass Pharaos Tochter eine Menge Mut hatte. Sie hat ja das genaue Gegenteil von dem gemacht, was der Pharao befohlen hat. Sie hat das Kind beschützt, das der Pharao töten wollte.

Fatima Und du vergleichst mich mit Pharaos Tochter?

Maria Ja, weil du auch ein Kind beschützt, das nicht zu deinem Volk gehört. – Und die Eltern des Kindes noch dazu.

Fatima Ich hab euch doch gern wie meine eigenen Geschwister. – Da ist es doch selbstverständlich, was ich tue.

Maria Selbstverständlich ist es nicht. Du kennst doch auch die Leute, die uns nicht hier haben wollen. Für sie ist Israel eine Bedrohung.

Fatima Aber wir machen es eben anders. Wir bedrohen uns nicht.
Wir erzählen einander, was uns freut und was uns bedrückt. Wir sagen, was uns belastet und Angst macht. – Und dann können wir auch zusammen neue Wege finden.

Maria Neue Wege – das erinnert mich an den Abend in Betlehem, als die Fremden zu uns kamen. Die sind auch neue Wege über Grenzen gegangen.

Fatima Und dann seid ihr über Grenzen zu uns gekommen. Und jetzt wagen wir auch, neue Wege zu gehen.

Maria Unser Kind bringt eine Menge Bewegung in die Welt, merkst du das?

(beide gehen seitlich weg)

Sprecher/in Mehrere Jahre bleiben Maria und Josef und Jesus in Ägypten. Jesus lernt also in

Ägypten das Laufen. Er lernt sprechen, hebräisch von seinen Eltern und arabisch von Fatima. Er lernt die ersten Geschichten von Mose kennen, denn Maria erzählt sie ihm oft abends.

10. Szene **Nach Hause**

(Maria und Josef und ein kleines Kind kommen zusammen.)

Josef — Es ist soweit, Maria. Wir können nach Hause. Herodes lebt nicht mehr. Der Mann, der den Tod unseres Kindes gewollt hat, ist gestorben.

Jesus — Ist das wahr? Wir können nach Hause! Wir können wie Mose endlich nach Israel gehen!!

Maria — Dann wollen wir heute abend Abschied feiern und morgen brechen wir auf! Ich werde alles ganz schnell fertig machen. – Aber vor allem muss ich Fatima besuchen.

Jesus — Ich komme mit.

Sprecher/in — Ja, und dann geht alles sehr schnell. Schon am nächsten Tag stehen die drei am Dorfrand.

(Viele kommen, um Abschied zu nehmen.)

Fatima — Gern lasse ich euch nicht fortgehen. – Wir werden uns wohl nie wiedersehen, fürchte ich.

Maria — Aber wir werden uns auch nie vergessen. Danke für alles, Fatima.

Fatima — Ich danke dir auch, Maria. Ich habe von dir gelernt, dass die Grenze zwischen unseren Ländern uns nicht trennen muss. Jetzt weiß ich, dass wir zusammengehören.

Maria — Unser kleines, bedrohtes Kind hat uns dazu gebracht, wie Schwestern zu werden.

Fatima — Bestimmt wird Jesus noch viele Menschen auf der Welt wie Geschwister miteinander verbinden. Er überwindet Grenzen und geht neue Wege.
Gott möge euch behüten auf allen Wegen.

1. Frau — *(kommt aus Abstand dazu)*
Auch ich will euch Gottes Segen wünschen. Als ihr angekommen seid, war ich nicht freundlich zu euch. Aber ihr habt mich verändert. Jetzt weiß ich, dass Gott, der euch begleitet, auch mein Gott ist.

(Maria und Josef und das Kind umarmen sie noch einmal und gehen weg. Sie kommen wieder nach vorn, indem sie durch den geöffneten Schlagbaum gehen. Dann bleiben sie vorn stehen.)

LIED — Ich lobe meinen Gott, der aus der Tiefe mich holt (EG 673, 1-2)

Josef — Maria, wir sind in Israel.

Jesus — Sind wir jetzt zu Hause?

Maria — Ja, wir sind in Israel. Aber wohin sollen wir nun gehen?

Josef — Nach Betlehem besser nicht. Dort ist es immer noch sehr unsicher.

Maria — Und gewiss auch nicht in die Hauptstadt Jerusalem. Zu schnell kommen da die Machthaber auf schlimme Pläne.

Josef — Wir suchen einen kleinen Ort, wo eine Familie zu Hause sein kann.

Maria — *(zur Gemeinde)* Wo ist dieser Ort?

Jesus — *(zur Gemeinde)* Ich will mitten unter euch wohnen!

LIED — Freu dich Erd und Sternenzelt (EG 47, 1 und 4)

(Austeilen des Zeichens zum Erinnern)

Gebet	*(Aus den Rollen heraus formuliert und daher von den entsprechenden Spieler-/innen zu sprechen:)*
1. Frau	Guter Gott. Ich habe eine unfreundliche Frau gespielt. Zum Glück hat sie sich dann geändert. Ich bitte dich, hilf uns, dass wir uns immer wieder zum Guten verändern.
Ein Weiser	Guter Gott. Ich habe einen Menschen gespielt, der sich auf den Weg gemacht hat, um dich zu finden. Ich bitte dich: zeige uns, auf welchem Weg wir gehen können.
Fatima	Guter Gott. Ich habe eine Freundin gespielt. Ich bitte dich: Lass uns wie Freunde und Freundinnen sein, die helfen und die freundlich aneinander denken, auch wenn sie weit voneinander entfernt sind.
Pfarrer/in	Gott, wir haben erlebt , gesehen und gehört, wie nahe du zu uns kommst. Lass uns deine Nähe auch erfahren, wenn wir zu Hause sind, mit anderen oder auch allein. Hilf uns, dass wir dieses Fest mit dir feiern. Du verbindest uns zu deiner Gemeinde. Und durch dich sind wir verbunden mit Menschen in aller Welt. So beten wir gemeinsam zu dir, wie Jesus es uns gelehrt hat: Unser Vater …
LIED	O du fröhliche (EG 44)
Segen	

Das kann ein Engel gewesen sein

IDEE UND INHALT

Im Volkskunstmuseum in Innsbruck sind zahlreiche Krippendarstellungen zu sehen, die eine Besonderheit haben: In ihnen gibt es keinen „Engelchor", der konzentriert bei den Hirten steht. Stattdessen stehen die vielen Engel an ganz vielen Stellen in der Darstellung bei ganz verschiedenen Menschen: Bei Müttern mit Kindern, bei Handwerkern im Dorf, bei Händlern auf dem Weg usw. Gott erreicht jeden Menschen auf je eigene Weise, so wie es zu ihnen passt, wie sie eben erreichbar sind. Gott hat seine eigene Ansprache für jeden Menschen, für jeden von uns einen Engel. – Dieser Gedanke wird in diesem Spiel umgesetzt. Es scheint zunächst verwirrend. Aber in der Praxis haben die Spielerinnen und Spieler damit gar kein Problem. Besonders Kinder ab ca. 8 Jahren greifen dieses Wechselspiel sehr gern auf und verstehen auf Anhieb den Sinn.
Zur leichteren Orientierung sind die Personen im Spieltext mit Buchstaben gekennzeichnet. Zusätzlich steht dann jeweils auch die „Rolle", dabei, in der sie sich gerade befinden.
Das Spiel beginnt bei den Engeln, die sich an das schöne Singen damals erinnern. Sie begeben sich auf den Weg, Menschen heute auf die Weihnachtsbotschaft aufmerksam zu machen. In Alltags-Situationen tritt jeweils ein Engel auf, der aber nicht ohne Weiteres als solcher zu erkennen ist. Am Schluss treffen alle auf ihre Weise an der Krippe zusammen. Sogar der Interviewer, der eigentlich nur seinen Job macht, wird auf die richtige Spur gebracht.

ROLLEN, KOSTÜME, REQUISITEN

A = Interviewer
B = Junger Mann mit Walkman
C = Oganisationstalent Frau
D = Doktor
E = Kind 3 und Maria
F = Kind 4 und Josef
G = Kind 5 und Engel 5
H = Kind 6 und Hirte
I = Frau im Rollstuhl
K = Engel 1, der dem jungen Mann B begegnet
L = Engel 2, der als Kind zur Frau C kommt
M = Engel 3, der als Zeitungsreporter ins Krankenhaus kommt und dort dem Doktor begegnet
N = Engel 4, der als Kind 1 auf der Straße spielt, und dort Kind 2 begegnet.
O = Krankenschwester
P = Junge im Krankenhaus (kann auch ein Mädchen sein)
R = Kind 1, das auf der Straße spielt.
Ohne Text: Ein Mensch, der den Rollstuhl schiebt (Zivi)
Insgesamt sind dies 17 Rollen. Dazu sind stumme Engel und Hirte möglich. Der Hirte kann seine Texte am Ende auch mit anderen teilen.

Kostüme für Mitwirkende je nach Rolle. Die Kinder entwickeln gute Ideen. Z.B. organisierte sich unser Notarzt eine orangene Jacke von einem Noteinsatz-Team. Einen Rollstuhl erhielten wir von der Diakoniestation. Ganz nebenbei wurde damit auch noch einmal sehr sichtbar, wie gut oder wie mühsam es in unserer Kirche für Menschen mit Handicap zugeht. Die Engel bekommen einfache helle Umhänge, die sie sichtbar vor der Gemeinde ablegen, wenn sie in die Alltagsszenen hineingehen. Am Schluss nehmen sie ihre Umhänge wieder auf.
Der Interviewer sollte von einem Jugendlichen gespielt werden, der in seiner Rolle auch das ganze Stück souverän begleiten kann.
Ein Sternenhimmel hilft insbesondere der ersten Szene zu ein wenig Glanz. – Ein Moskitonetz mit Gold- und Silbersternen darin sieht sehr schön aus. Ansonsten das Übliche.

ZEICHEN DER ERINNERUNG

Alle Gottesdienstbesucher bekommen einen Engel geschenkt. Die hier beschriebene Engelfigur passt gut zu dem Spiel, weil sie keine festgelegte Form hat, eher wie hingehuscht wirkt und schließlich am Weihnachtsbaum etwas Besonderes ist.
Man braucht für den Engel: Eine kleine durchbohrte Holzperle, natur, ca. 5 mm Durchmesser. Drei weiße Bettfedern (bekommt man im Bettenfachgeschäft), Nähgarn.
Drei Federn werden mit Garn zusammengebunden. Die Fadenenden durch die Kugel ziehen, dabei die drei Federkiele in die Kugel hineinziehen. Die beiden Fadenenden als Aufhängung verknoten. Sollten die Federn mal in der Kugel überhaupt nicht halten, muss man einen Tropfen Leim hinzufügen. Die Aufbewahrung und Austeilung muss ohne Fadenchaos organisiert sein: Streifen von Styropor-Dämmplatten abschneiden und auf jeden Streifen ca. 15 Engel mit Stecknadeln spießen. So ein Streifen reicht (bei uns) für zwei Bankreihen aus. Also wird in jede zweite Bank ein Streifen gegeben und jeder nimmt sich einen Engel ab. Das geht problemlos und auch ganz schnell!

DER GOTTESDIENST

1. Szene *(beginnt bei ausklingenden Glocken)*

Interviews in einer Straße von heute.

A / Interviewer: Guten Tag, meine Damen und Herren. Ich stehe heute mit meinem Mikrofon im Ortszentrum und versuche, meine Frage loszuwerden. Da kommt ein junger Mann. Sagen Sie, was bedeutet für Sie das Weihnachtsfest?

B / jg. Mann: *(mit Walkman)*
He? Was wollen Sie?

A / Interviewer: Nehmen Sie doch mal ihre Musik ab. *(junger Mann nimmt Kopfhörer runter)*
Ich möchte von Ihnen wissen, was Ihnen Weihnachten bedeutet.

B / jg. Mann: Ach, lassen sie mich damit in Ruhe. Meine Eltern nerven mich gerade genug mit ihren Erwartungen. Da soll in Friede, Freude, Eierkuchen gemacht werden, bei Gänsebraten und Kerzenschein. Da hab ich überhaupt keinen Bock drauf. Ich werd mich ganz schnell vom Acker machen. Hoffentlich ist eine Disco offen. Und Tschüss!

A / Interviewer: *(leicht verunsichert)* Ja, tschüss.
Das war ja ein eigenwilliger Anfang meiner Straßeninterviews. Mal sehen, was diese Frau dort zu sagen hat. Bitte, sagen Sie unseren Hörern, was Ihnen das Weihnachtsfest bedeutet.

C / Frau: *(hektisch)* Vor allem Planung und Großeinkauf. Wegen der vielen Feiertage. Aber wenn das geschafft ist, dann genieße ich die Tage. Ich putze, plane, koche vor,

	damit ich an den Feiertagen feiern kann, wissen Sie? Das ist eine Frage der Organisation.
A / Interviewer	Und wie sieht dann Ihre Feier aus?
C / Frau	Die Familie ist zusammen. Die Großeltern kommen auch. Wir essen, hören Musik, erzählen, – Ach alles Mögliche. Niemand muss zur Arbeit oder zur Schule.
A / Interviewer	Na, da wünsche ich Ihnen schöne Feiertage!
C / Frau	Die wünsche ich Ihnen auch.
A / Interviewer	Jetzt frage ich mal einen Herrn, der hier gerade vorbei kommt: Was bedeutet für Sie Weihnachten?
D / Doktor	Ich bin Arzt im Krankenhaus. In diesem Jahr habe ich Dienst in der Notaufnahme. Wissen Sie, wie viele Menschen gerade an Heiligabend eingeliefert werden mit Verletzungen durch Gewalt in der Familie? Und dann noch Verbrennungen und psychische Symptome – Depressionen und so. Über den Dienst in der Notaufnahme an Heiligabend sollten Sie mal berichten. Da erleben sie ein ganz anderes Weihnachten.
A / Interviewer	Die Anregung gebe ich gern weiter und wünsche Ihnen eine einigermaßen ruhige Nacht.

(Die Kinder kommen von hinten in die Kirche gelaufen.)

	Hui, da kommt eine ganz Horde Kinder! Sagt mal, was macht ihr denn an Weihnachten?
E / Kind 3	Wir spielen in der Kirche.
F / Kind 4	Und jetzt gehen wir nämlich zur Generalprobe.
G / Kind 5	Ich bin da ein Engel.
A / Interviewer	Ach so, ihr bereitet ein Krippenspiel vor?
G / Kind 5	Ja, so ähnlich. Aber nicht wie früher, sondern wie heute.
H / Kind 6	Sie können ja mitkommen. Das ist nämlich für alle!
A / Interviewer	Danke für die Einladung. Vielleicht schaffe ich es ja noch. Aber was ist denn für euch an Weihnachten wichtig?
E / Kind 3	Hab ich doch schon gesagt: Unser Spiel in der Kirche.
F / Kind 4	Weil da doch Jesus geboren wird. Und sonst wäre ja überhaupt nicht Weihnachten.
A / Interviewer	Und Geschenke und all das, was ist damit?
G / Kind 5	Ja, das ist dann hinterher zu Hause. Das ist auch schön. Klar. Aber ohne unser Spiel wäre das nur halb so schön.
A / Interviewer	Na, denn mal los zur Probe! Und viel Spaß!
Kinder **EFGH**	Haben wir bestimmt!
A / Interviewer	Da kommt jemand im Rollstuhl gefahren. Darf ich Sie etwas fragen? Was bedeutet ihnen das Weihnachtsfest?
J / Frau im Rollstuhl	Es macht mich traurig. Im vorigen Jahr konnte ich noch allein zur Kirche gehen. Jetzt müsste ich jemanden fragen, der mich hinbringt. Mein Zivi hier, der ist ganz klasse. Aber Weihnachten gehört er doch zu seiner Freundin. Ich weiß noch nicht, wie ich das machen soll. Man mag doch keine Fremden um Hilfe bitten am Heiligen Abend. Da sind doch alle bei ihren Familien.

A / Interviewer Und die Kirche bedeutet Ihnen so viel, dass sie traurig sind, wenn sie nicht dorthin können?

J / Frau im Rollstuhl Ja, junger Mann. Können Sie das nicht verstehen? Der Gottesdienst gehört für mich zum Heiligen Abend wie – die Luft zum Atmen. Der Gottesdienst macht den Heiligen Abend lebendig.

A / Interviewer Es gibt ja Radiogottesdienste, z.B. auch bei meinem Sender.

J / Frau im Rollstuhl Ja, aber das ist nicht dasselbe. In der Kirche bin ich mit vielen Menschen zusammen. Am Radio sitze ich allein. Das Radio ist für mich immer eine Notlösung – auch wenn das oft gute Predigten sind.

A / Interviewer Vielen Dank und frohe Weihnachten!
Ja, meine Damen und Herren. Das war ein kleiner Eindruck aus Ihrem Ort. Vielleicht denken Sie selbst auch noch darüber nach, was Weihnachten eigentlich für Sie bedeutet, oder bedeuten könnte. Ich werde mich mal auf die Suche nach den Kindern machen. Die waren so fröhlich. Da könnte man fast neidisch werden.

Orgel

Pfarrer/in Was bedeutet Weihnachten für Sie, für euch?
Wir sind hier um darüber nachzudenken. Wir bekommen etwas zu sehen, zu hören und zu spüren.
Kinder, Jugendliche und Erwachsene haben den Gottesdienst vorbereitet.
Sie möchten uns auf die Spur Gottes bringen.
Und ihr alle seid hergekommen, um den Heiligen Abend mit dem Gottesdienst zu beginnen und die Spur Gottes aufzunehmen.
So sind wir hier versammelt im Namen Gottes, des Vaters, des Sohnes, des heiligen Geistes.
Wir vertrauen auf Gottes Hilfe, denn er hat Himmel und Erde und uns alle gemacht.
Gott ist treu, er lässt das Werk seiner Hände nicht im Stich. So war es vom allerersten Anfang an und so ist es in aller Zeit. Darauf können wir uns verlassen.

Gebet *(aktuell zu formulieren)*

LIED Refrain: Wenn die Dunkelheit zerbricht (s. Seite 9; 1-4)

2. Szene **Bei den Engeln**

K / Engel 1 Wisst Ihr noch? – Vor 2000 Jahren? War das ein Singen und Jubeln! Die ganze Welt hat es gehört!

L / Engel 2 Ja, ja. In der Erinnerung wird es immer größer und schöner.

M / Engel 3 Sie ist eben unsere Romantikerin!

N / Engel 4 Aber in den Krippenspielen ist das auch immer so dargestellt: Wir Engel als schöner, großer, klingender Chor! Und alle freuen sich.

G / Engel 5 Wenn das so einfach wäre, die Welt zu erfreuen. Dann wäre es auch leicht, ein Engel zu sein.

L / Engel 2 Du klingst ja ganz traurig. Was ist denn los mit dir?

G / Engel 5 Ach, ich habe gerade Radio gehört. Da wurden Leute gefragt, was ihnen zu Weihnachten einfällt. Und außer Essen, Schlafen, Gemütlichkeit ist denen nicht mehr viel eingefallen. – Das ist doch Grund genug, traurig und enttäuscht zu sein. Unsere ganze Arbeit war wohl ziemlich sinnlos.

K / Engel 1 Vielleicht müssen wir mal wieder so laut singen, dass die ganze Welt es hört und kapiert. *(singt laut)* „Ehre sei Gott!"

M / Engel 3 Das würden die als ruhestörenden Lärm anzeigen! Nein, ich denke, wir müssen den Menschen auf andere Weise nahe kommen und zeigen, was Weihnachten bedeutet.

K / Engel 1 Und wie?

M / Engel 3 Das weiß ich auch noch nicht.

L / Engel 2 Wir sollten uns erstmal wirklich an damals erinnern. Dann finden wir vielleicht einen Weg zu den Menschen heute. Los, wir lesen die Geschichte von Weihnachten, so wie sie damals der Lukas aufgeschrieben hat.

N / Engel 4 Gute Idee. Ich fange an. *(nimmt die Altarbibel und liest)*

Es begab sich aber zu der Zeit, dass ein Gebot vom Kaiser Augustus ausging, dass alle Welt geschätzt würde. Und diese Schätzung war die allererste und geschah zu der Zeit, da Quirinius Landpfleger in Syrien war. Und jedermann ging, dass er sich schätzen ließe, ein jeglicher in seine Stadt. *(Maria und Josef gehen los.)* Da machte sich auf auch Josef aus Galiläa, aus der Stadt Nazaret, in das jüdische Land zur Stadt Davids, die da heißt Betlehem, darum dass er von dem Hause und Geschlechte Davids war, auf dass er sich schätzen ließe mit Maria, seiner Frau, die war schwanger. Und da sie daselbst waren, kam die Zeit, dass sie gebären sollte.

(Maria und Josef sind im Stall, legen das Kind in die Krippe)

Und sie gebar ihren ersten Sohn und wickelte ihn in Windeln und legte ihn in eine Krippe. Denn sie hatten sonst keinen Raum in der Herberge.

M / Engel 3 Jetzt lese ich weiter. Jetzt kommt das mit den Hirten.

(Hirten an einer Stelle versammelt)

Und es waren Hirten in derselben Gegend auf dem Felde bei den Herden, die hüteten des Nachts ihre Herde.

(lesender Engel tritt auf die Hirten zu, spricht sie direkt an)

Und siehe, des Herrn Engel trat zu ihnen und die Klarheit des Herrn leuchtete um sie; und sie fürchteten sich sehr. Und der Engel sprach zu ihnen: Fürchtet euch nicht! Siehe, ich verkündige euch große Freude, die allem Volk widerfahren wird; denn euch ist heute der Heiland geboren, welcher ist Christus, der Herr, in der Stadt Davids. Und das habt zum Zeichen: Ihr werdet finden das Kind in Windeln gewickelt und in einer Krippe liegen.

(Die anderen Engel treten zu dem Leser.)

Und alsbald war da bei dem Engel die Menge der himmlischen Heerscharen, die lobten Gott und sprachen:

Alle Engel Ehre sei Gott in der Höhe und Friede auf Erden und den Menschen ein Wohlgefallen.

G / Engel 5 Habt ihr das gemerkt? – Nicht die ganze Welt, sondern nur die Hirten haben den Gesang gehört. Sonst hat im ganzen Betlehem kein Mensch was mitgekriegt.

K / Engel 1 Lies weiter.

M / Engel 3 Und da die Engel von ihnen gen Himmel fuhren, sprachen die Hirten untereinander: Lasst uns gehen nach Betlehem und die Geschichte sehen, die da geschehen ist, die uns der Herr kund getan hat. Und sie kamen eilend und fanden beide, Maria und Josef, dazu das Kind in der Krippe liegen. Da sie es aber gesehen hatten, breiteten sie das Wort aus, welches zu ihnen von diesem Kinde gesagt war. Und alle, vor die es kam, wunderten sich der Rede, die ihnen die Hirten gesagt hatten. Maria aber behielt alle diese Worte und bewegte sie in ihrem Herzen.

K / Engel 1 Ich muss zugeben, unser Auftritt war kürzer und schlichter, als ich es in Erinnerung hatte.

L / Engel 2 Mach dir nichts draus. Die Hirten haben ja alles begriffen. Sie sind in Bewegung gekommen und haben gefunden, was sie finden sollten. Und dann haben sie es weitergesagt.

K / Engel 1 Die Hirten haben also unser Lied weitergetragen.

M / Engel 3 Und die Frage ist, ob wir auch heute Menschen so erreichen, dass sie unser Lied weitertragen.

L / Engel 2 Aber die Menschen heute sind keine Hirten.

N / Engel 4 Und die Städte sind so hell erleuchtet, dass sie ein himmlisches Leuchten wahrscheinlich gar nicht bemerken.

M / Engel 3 Und die Töne aus den Radios und der Lärm im Verkehr sind so laut, dass unser Singen darin verschluckt wird.

K / Engel 1 Unsere Aufgabe ist es, Menschen mit Gottes guter Nachricht zu erreichen. Viele Menschen haben die Weihnachtsbotschaft vergessen oder verloren. Also müssen wir neue Wege ausprobieren, damit sie sie wiederfinden oder sich wieder erinnern können.

N / Engel 4 Ja. Und wir müssen die Menschen da erreichen, wo sie sind. Jetzt auf irgendeiner grünen Wiese zu singen, das würde gar nichts bringen.

M / Engel 3 Also los. Gehen wir mitten rein.

LIED Tragt in die Welt nun ein Licht (EG 538)

Engel auf Erden begegnen Menschen aus den Interviews

(Immer der Engel, dessen Szene beginnt, geht aus der Engelgruppe heraus, nimmt seinen weißen Umhang ab und ist damit in der neuen Rolle.)

3. Szene Engel 1 begegnet dem jungen Mann mit Walkman

(Ein junger Mann mit Walkman spaziert wie abwesend durch die Kirche. ***K*** *geht auf ihn zu.)*

K / Engel 1 als junges Mädchen

He, du. Nimm doch mal die Stöpsel aus dem Ohr!

B / jg. Mann Wat is?

K / Engel 1 Sag mal, was bist du denn für ein Typ geworden. Rennst mit deiner eigenen Geräuschkulisse durch die Welt und kriegst nichts mit?

B / jg. Mann Kennen wir uns?

K / Engel 1 Rate mal.

B / jg. Mann Irgendwie kommst du mir bekannt vor. Muss aber schon lange her sein.

K / Engel 1 Ziemlich lange.

B / jg. Mann Kindergarten? Schule?

K / Engel 1 Ich bin die Anja.

B / jg. Mann Anja?! Nee, nee, Anja war nicht in meiner Gruppe und auch nicht in der Klasse.

K / Engel 1 Aber im Stall.

B / jg. Mann In was für 'nem Stall? Ich war nie mit einem Mädchen im Stall.

K / Engel 1 Doch! Mit mir im Stall von Betlehem!

B / jg. Mann Bet ... Mensch, du meinst – du bist die Maria, von ..., als ich der Josef war? – Ist ja ewig her. Ich hatte schon ganz vergessen, dass ich da mal mitgemacht habe. Mensch Anja, wie hast du mich denn erkannt!

K / Engel 1 War nicht schwer. Und außerdem ist heute Heiligabend. Da passt das gerade gut.

B / jg. Mann War eigentlich schön, damals.

K / Engel 1 Ja. Und heute auch. Sag mal, hast du Zeit?

B / jg. Mann Schon. Ich such eigentlich 'ne Disco, die offen ist.

K / Engel 1 Das klingt so, als wenn du vor der Einsamkeit fliehen wolltest.

B / jg. Mann Na ja.

K / Engel 1 Brauchst du ja jetzt nicht mehr. Jetzt bin ich ja da. Du bist also nicht mehr allein.

B / jg. Mann Du meinst, du hast Zeit?

K / Engel 1 Ja.

B / jg. Mann Da können wir noch ein bisschen reden und erzählen von damals?

K / Engel 1 Von Maria und Josef und so – klar.

B / jg. Mann Du, ich hab 'ne total verrückte Idee. Was hältst du davon, wenn wir jetzt in die nächste Kirche reingehen und gucken, wie die heute Maria und Josef spielen. Und dann finden wir bestimmt 'nen gemütlichen Platz zum Erzählen.

K / Engel 1 Die Idee ist so gut, die könnte glatt von mir sein. Komm los, es läutet schon.

LIED Engel bringen frohe Kunde (Hall. 151, 1)

4. Szene Engel 2 begegnet der organisierenden Frau in Gestalt ihres eigenen Kindes

(Frau in Hektik mit Tüten und Töpfen. Kind steht dabei.)

C / Frau Jetzt noch den Braten einfrieren, den Pudding kalt stellen und dann ... Organisation ist alles. Sag ich ja immer. Morgen, morgen werde ich dann Zeit haben.

L / Engel 2 als Kind Morgen kommen Oma und Opa. Und dann macht ihr, was euch Spaß macht. Und ich sitze daneben.

C / Frau Bestimmt spielt Opa dann mit dir.

L / Engel 2 Klar. Der will immer Schach spielen. Da verliere ich sowieso immer.

C / Frau Opa ist so selten da. Da kannst du ihm doch mal die Freude machen.

L / Engel 2 Und wer macht mir Freude? Wenn ich schon keine Freunde einladen darf, weil Weihnachten ist, dann könntet ihr Erwachsenen mit mir doch wenigstens so wie Freunde was zusammen machen.

C / Frau Und was schlägst du vor?

L / Engel 2 Wir haben in der Schule ein kleines Weihnachtsspiel mitbekommen. Das ist ganz einfach. Die Lehrerin hat gesagt, das kann man ohne Üben mit der Familie spielen. Es sind auch nur vier Mitspieler nötig – extra für kleine Familien. Und mit Oma und Opa sind wir sogar fünf! Da kann einer Zuschauer sein.

C / Frau Also weißt du! Das ist doch albern, wenn wir ein Weihnachtsspiel für uns machen.

L / Engel 2 Das ist gar nicht albern. Das ist die Weihnachtsgeschichte. Und die ist ganz schön. Und ich wünsche mir, dass wir die zusammen probieren.

C / Frau	Na gut, wenn du Oma und Opa dazu überreden kannst – aber ich bin dann Zuschauerin.
L / Engel 2	Prima! Das mit Oma und Opa kriege ich schon hin. Und du kannst dich als Zuschauerin dann von der ganzen Arbeit ausruhen.
LIED	Menschen, was ist euch begegnet (Hall. 148, 2)
5. Szene	**Engel 3 geht als Journalist ins Krankenhaus**
M / Engel 3 als Jounalist	*(kommt ins Krankenhaus.)* Ich möchte in die Notaufnahme.
O / Kranken-schwester	Sind sie verletzt?
M / Engel 3	Nein. Ich kommt vom Radio und möchte berichten, was heute hier geschieht.
O / Kranken-schwester	Im Moment ist es ruhig. Da ist der Doktor. Hier ist jemand vom Radio!
D / Doktor	Was gibt's?
M / Engel 3	Ich finde, an Heiligabend muss man auch dahin sehen, wo nicht alles fröhlich und zufrieden ist. Darum bin ich hergekommen.
D / Doktor	Das ist mir noch nie passiert, dass sich jemand für unsere Arbeit am Heiligen Abend interessiert. – Sie können gern hier bleiben und miterleben, was hier geschieht.
M / Engel 3	Das mache ich.
O / Kranken-schwester	Ein kleiner Junge ist da. Er hat sich an Wunderkerzen die Hand verbrannt und hat große Schmerzen.
D / Doktor	Da geht es schon los. Wollen sie immer noch dabei bleiben?
M / Engel 3	Ja, wenn ich darf.
P / Junge	*(weint)* Es tut so weh.
D / Doktor	Sagst du mir, wie du heißt?
P / Junge	David.
D / Doktor	Komm, David, wir gehen in den Behandlungsraum.
P / Junge	Aber ich habe Angst.
M / Engel 3	He, junger Mann. Guck einfach nur mich an und nicht den Doktor und deine Hand. Ich erzähle dir eine Geschichte. Da kommst du drin vor. Jedenfalls einer, der auch David heißt. Also: Das war irgendwo in einer ganz einsamen Gegend. Weit und breit kein Licht. Nur an einem kleinen Holzfeuer saßen ein paar dunkle Gestalten. Einer von denen war der David. Die anderen machten sich manchmal über ihn lustig, weil er kleiner war, als die anderen. Aber David wusste: „Die anderen sind nicht besser als ich, nur größer. Und ich kann außerdem ganz schön singen." *(gehen in die Sakristei weg, die Stimme verklingt allmählich)* Allmählich brennt das Feuer runter. Die Männer rollen sich in ihre Decken und schlafen ein. Da plötzlich – ist das David? Nein, das sind ganz andere Stimmen. Jetzt sind alle hellwach …

(Journalist und Doktor kommen zurück)

D / Doktor	Das war ja toll, wie sie die alte Weihnachtsgeschichte neu erzählt haben. Fast hätte ich beim Zuhören meine Arbeit vergessen.

M / Engel 3	Vor allem hat aber der kleine Kerl seine Angst vergessen. Und das ist die Hauptsache.
D / Doktor	Sie sind wirklich ein Engel! Sie haben mir und dem Kleinen sehr geholfen.
M / Engel 3	Das muss an der alten Geschichte liegen. Immerhin sagen wir ja: Der Heiland ist geboren. Vielleicht erinnert sich der kleine Junge daran, wenn seine Hand wieder heil ist.
D / Doktor	Ich werd mich auf jeden Fall dran erinnern, immer wenn ich in der Heiligen Nacht Dienst habe!
LIED	Er gibt allen Menschen Frieden (Hall. 148, 3)
6. Szene	**Engel 4 begegnet Kind 1 auf der Straße**
R / Kind 2	Hi ... *(Name)*
N / Engel 4 als Kind 1	Hallo. Was machst du denn hier auf der Straße?
R / Kind 2	Ach, bei uns ist noch Hektik. Ich war nur im Weg. Da bin ich erstmal rausgegangen.
N / Engel 4	Wohnt bei euch im Haus nicht eine Frau, die nicht mehr richtig laufen kann?
R / Kind 2	Ja, in der Wohnung unter uns. Wieso?
N / Engel 4	Ich hab vorhin Radio gehört. Und da wurde so jemand interviewt. Die Frau konnte auch nicht mehr laufen. Vielleicht war das ja eure Nachbarin.
R / Kind 2	Na und? Was interessiert dich das denn so.
N / Engel 4	Na ja, diese Frau im Radio, die war traurig, weil sie heute abend zu Kirche wollte, aber niemand da war, um sie mit dem Rollstuhl hinzufahren. Und da fiel mir die Frau aus eurem Haus ein. Vielleicht ist die ja auch traurig.
R / Kind 2	Keine Ahnung. Ich weiß von ihr bloß den Namen.
N / Engel 4	Meinst du, wir könnten bei ihr klingeln und sie fragen, ob wir sie zur Kirche fahren sollen?
R / Kind 2	Du meinst, einfach so? Also, ich weiß nicht.
N / Engel 4	Traust du dich nicht? Oder hast du keine Lust.
R / Kind 2	Und wenn sie gar nicht zur Kirche will?
N / Engel 4	Dann wünschen wir ihr eben frohe Weihnachten und gehen wieder. Los, komm. Wir probieren es einfach. Vielleicht freut sie sich.
R / Kind 2	Aber du musst als Erste reden.
N / Engel 4	O.k. Und wenn die Frau zur Kirche will, dann sagen wir schnell unseren Eltern Bescheid, dass wir zur Kirche gehen. Wir müssen die Frau ja schließlich auch wieder nach Hause bringen.
R / Kind 2	Du denkst ja wirklich an alles. Gut. Ich mache mit.
N / Engel 4	Prima. Los, gehen wir.
LIED	Lasst uns all zum Kripplein eilen (Hall 151, 4)

7. Szene	**An der Krippe kommen alle zusammen**
A / Interviewer	*(Kommt zur Krippe, hinter der noch ein Engel steht)* Na, da habe ich euch ja gefunden! Ihr Krippenspieler. Wie weit seid ihr denn?
E / Maria	Sie kommen ein bisschen spät. Das Kind ist schon geboren.
F / Josef	Aber das macht nix. Setzen sie sich einfach zu den Hirten dazu.
A / Interviewer	Erstmal möchte ich aber das Kind begrüßen. Es ist doch das Wichtigste, oder?
F / Josef	Ja klar. Ohne Jesus wär ja heute nicht Weihnachten.
A / Interviewer	*(spricht zur Krippe hin)* Jesus, ich freue mich, dass du da bist. Und ich freu mich, dass ich zu dir gefunden habe.
H / Hirte	Da geht es dir so wie uns.
A / Interviewer	Guten Abend, ihr Hirten. Na ja, ihr hattet es ja leichter als ich. Ihr hattet die Engel, die euch den Weg gezeigt haben.
H / Hirte	Engel sind dir doch auch begegnet.
A / Interviewer	Nicht dass ich wüsste! Ich habe ein paar Leute getroffen, Alte und Junge, Kinder und Erwachsene, aber Engel – nee, die waren nicht dabei.
H / Hirte	Wer hat dich denn auf das Kind in der Krippe hingewiesen?
A / Interviewer	Na – die Kinder.
H / Hirte	Sag ich doch, dass du Engeln begegnet bist.
A / Interviewer	Du meinst …
H / Hirte	Ja. Engel sind so was wie Wegweiser. Damit wir zu Gott finden. Für uns Hirten waren sie das. Und so ist es heute bei dir auch.
A / Interviewer	Und was ist mit dem himmlischen Singen und dem Licht?
H / Hirte	Da war große Freude, weil Gottes Kind geboren ist. Das ist nicht anders zu beschreiben als das himmlische Singen und Licht. Siehst du dort drüben – das ist mein Engel. *(zeigt auf den verbliebenen Engel)* Er hat mich geweckt und gerufen: Komm mit. Ein Kind ist geboren, es ist Gottes Kind! Es bedeutet Heil für die Welt!
A / Interviewer	Und die anderen Engel?
H / Hirte	Ich glaube, die kommen da gerade. Die hatten noch zu tun.

(Die Spielgruppen kommen herein.)

A / Interviewer	Der junge Mann – jetzt ohne Walkman. Eine Frau an seiner Seite.
H / Hirte	Ja, sein Engel.
B / jg. Mann	Guck mal. Vor 10 Jahren haben wir so als Maria und Josef an der Krippe gesessen. Aber dann hab ich das alles ziemlich vergessen – bis heute.
E / Maria	Komm zu uns herüber. Hier ist Platz.
F / Josef	Willkommen im Stall von Betlehem.

(begleitender Engel geht zu dem Engel)

A / Interviewer	Und da kommt diese Frau, die ein Organisationstalent ist und ganz viel kocht. Sie hat ihr Kind mitgebracht.
L / Engel 2	Nee, umgekehrt! Ich habe meine Mutter mitgebracht. Ich habe sie aus der Küche rausgekriegt! Guck mal, Mama, da sind die Krippe und Maria und Josef. – Und morgen spiel ich zu Hause einen Hirten. Und Oma und Opa sind Maria und Josef.

C / Frau — Der Bursche hat mich glatt überredet. Und eigentlich hat er ja Recht. Es ist schön hier zu sein.

H / Hirte — Komm zu uns, hier ist Platz für dich.

F / Josef — Willkommen im Stall von Betlehem.

(Der Junge geht zu den Engeln.)

A / Interviewer — Was macht denn mein Kollege von der Tageszeitung hier?

M / Engel 3 — Ich war im Krankenhaus und habe dort einen kleinen Jungen kennen gelernt.

P / Junge aus Krankenhaus — Und dann hab ich keine Angst mehr gehabt, weil mein neuer Freund mir von euch allen erzählt hat, und dann durfte ich noch mit hierher kommen.

F / Josef — Willkommen im Stall von Betlehem.

E / Maria — Komm, setz dich zwischen uns. Dann bist du ganz nahe bei Jesus.

(Der Journalist geht zu den Engeln.)

A / Interviewer — Und da? Das ist ja – die Frau im Rollstuhl! Die hatte doch niemanden, der sie herbringt.

R / Kind 1 — Aber jetzt hat sie uns. Weil ... *(Kind 2)* die Idee hatte, zu fragen.

J / Frau im Rollstuhl — Erst hab ich ja gedacht, dass die Kinder nur einen Witz mit mir machen wollen, als sie da so vor der Tür standen. Aber dann hab ich gemerkt, dass sie es ernst meinen. Und jetzt sind es meine beiden Engel.

F / Josef — Willkommen im Stall von Betlehem.

E / Maria — Hier bleibt niemand einsam und allein.

N / Engel 4 — Ich bin ja nur auf die Idee gekommen, weil ich das Interview im Radio gehört habe.

G / Engel 5 — *(aus dem Krippenbild)*
Haben Sie das gehört, Herr Interviewer? Da sind Sie ja auch so was wie ein Engel geworden. Sie haben die Kinder in Bewegung gebracht. Also kommen sie mit in unseren Engelchor.

(Interviewer und Engel 4 und Kind 2 zur Engelgruppe)

H / Hirte — Jetzt haben wir einen richtig großen Engelchor bekommen! Ach bitte, singt doch das Lied der Engel, damit die ganze Kirche davon klingt!

G / Engel 5 — Und ihr alle singt mit.

LIED — Hände wie deine, wie du sein Gesicht (LfJ 548, 1. 2. 5.)
(zusätzlich haben wir zwei weitere Verse geschrieben:)

Menschen in Krankheit, in Not und Gefahr, Menschen, die trauern, verzweifeln sogar. Wo Menschen ganz allein –
//: Da sollt ein Engel, wirklich ein Engel, gekommen sein. ://

Wir stehen zusammen mit Freunden vor dir, erinnern uns wieder,
darum sind wir hier. Wie kann das geschehen sein?
//: Kann das ein Engel, wirklich ein Engel gewesen sein? ://

Pfarrer/in — Das kann ein Engel, wirklich ein Engel gewesen sein.

So wie dieser Liedvers es erzählt, haben es die Menschen in unserem Spiel erlebt: Engel kommen unverhofft. Engel bringen uns auf die Spur Gottes. Wie der Engel aussieht oder uns anspricht, das wissen wir nicht im Voraus. Aber es ist gut, wenn wir irgendwann erkennen: Das war ein Engel. Das war eine Spur Gottes.

Damit ihr auf der Spur bleibt und daran denkt, dass wir manchmal Gottes Nähe spüren können, bekommt ihr alle heute abend eine kleine Figur geschenkt. Sie hat keine ganz feste Gestalt, sie erinnert eher an ein Vorbeihuschen, an eine kurze Begegnung. Sie soll euch erinnern. An die Möglichkeit, dass ein Engel euch auf die Spur Gottes bringt.

(Austeilen des Zeichens der Erinnerung)

Gebet *(aktuell formulieren)*

Lied O du fröhliche (EG 44)

Segen

Die Krippe – Eine Geschichte für die Augen

IDEE UND INHALT

Krippen werden in vielen Häusern und Kirchen aufgebaut. Aber warum? Was hat die Gestaltung mit dem Inhalt zu tun? Was ist eine „kostbare" Krippe? Wir erleben, dass in vielen Familien die Tradition beibehalten wird, aber ihr Inhalt verloren geht. Kinder sehen die Figuren, aber sie (er)kennen die Geschichte nicht. Eltern erzählen nicht, weil sie selber entwurzelt sind. An diese Erfahrungen knüpfen wir an. Das Spiel fordert auf, sich nicht mit der Krippe hinter dicken Kirchenmauern und Wohnungstüren zu verstecken. Gott ist mitten in die Welt gekommen. Also gehört auch die Krippe, die davon erzählt, mitten in die Welt, mitten ins Dorf.
So erzählt das Spiel, von Kindern, die sich übers Krippe-Bauen Gedanken machen, dann eine lebende Krippe in der Kirche entwickeln und schließlich erfahren, dass draußen auf dem Kirchplatz eine Krippendarstellung mit großen Figuren sein wird: die Geschichte mitten in der Welt.
Die Spielgruppe erhält das Predigtspiel mit einem offenen Ende: „Eine Krippe draußen – das geht ja nicht." Was auf dem Kirchplatz geplant ist, sollen die Mitwirkenden ebenso wenig wissen wie die Gemeinde insgesamt. Die Krippenfiguren, mit denen die Geschichte mitten in die Welt gestellt wird, werden von einer ganz kleinen Mitarbeitergruppe so vorbereitet, dass der Aufbau in kurzer Zeit möglich ist. Sobald der Gottesdienst beginnt, wird die Krippe draußen aufgebaut. Sie kann nach dem Gottesdienst von der Gemeinde entdeckt werden. Durch die ganze Weihnachtszeit bis Epiphanias bleibt die Krippe nun stehen.
Das Spiel arbeitet streckenweise mit einer besonderen Darstellungsform, der sog. Erzählung mit Chor. Jeweils ein Teil der Gemeinde bekommt die Aufgabe, einer Sprecherin/einem Sprecher die Sätze nachzusprechen. Auf diese Weise werden die Gottesdienstbesucher in das Spiel hineingenommen. Der Ablauf ist im Text deutlich zu erkennen. Dieser Chorführer soll sich stimmlich gut vom Erzähler unterscheiden.

ROLLEN, KOSTÜME, REQUISITEN

8 Kinder,
Jessica und Anne-Katrin (Mitarbeitende)
Erzähler/in, Chorführer/in
Bote, Maria, Josef, Prophet,
Hirten (1-4)
2 sprechende Engel, Engelchor
3 Weise, Herodes
Christian (Jugendlicher, zu dem der Text passt)

Die Kinder zu Beginn sind ganz alltäglich gekleidet. Die klassischen Rollen sind fast ohne Text zu spielen. So können hier auch Kinder mitwirken, denen das Sprechen schwer fällt. Einige Mitarbeiterinnen spielen quasi sich selbst. „Chorführer/in" und Erzähler/in sind erfahrene Mitarbeitende. Denn an ihnen hängt die Beteiligung der Gemeinde.
Als Engel und Hirten sind beliebig viele Kinder einsetzbar.
Für den Gottesdienst in der Kirche sind keine besonderen Dinge notwendig.
Für die Krippen-Darstellung auf dem Kirchplatz mit einer Hauswand als Hintergrund werden zwei Schaufensterfiguren durch Schminken und Kleiden als Maria und Josef gestaltet. Eine Krippe wird gezimmert und mit Stroh gefüllt. Eine einfache Puppe wird in Windeln gewickelt in das Stroh gelegt. Mit einem niedrigen Jägerzaun wird die Szenerie abgetrennt und der Boden mit Stroh bestreut. Schattenrissfiguren werden auf weiße und schwarze Silo-Folie gemalt, ausgeschnitten und auf die Wände geklebt. So sind auch Hirten und andere an der Krippe. Auf die gleiche Weise entstehen ein paar Schafe.
Über der Szene sorgt eine Mini-Lichterkette für ein wenig Beleuchtung. In einer Klarsichttasche ist die Weihnachtsgeschichte nach Lukas auf Blättern mit einem Weihnachtsgruß zum Mitnehmen bereit.

ZEICHEN DER ERINNERUNG

Eine einfache Krippendarstellung wird auf Karton kopiert, so dass sie als Aufsteller oder Baumanhänger genutzt werden kann. Eine Mitarbeiterin meinte: „Die kann ich ins Portemonnaie stecken, dann habe ich sie immer mit." Auch das ist eine „Krippe mitten in der Welt."

DER GOTTESDIENST

Orgelspiel, Begrüßung, Eröffnung

LIED Wenn die Dunkelheit zerbricht (s. Seite 9)

EINLEITUNG

(Kind 1 und 2 vorn im Dialog)

Kind 1 Hallo, *(Name von Kind 2)*. Kommst du mit auf den Bolzplatz?

Kind 2 Nee, keine Zeit. Ich muss zu Hause helfen.

Kind 1 Schade. Alleine macht es auf dem Spielplatz keinen Spaß.

Kind 2 Staub wischen macht noch weniger Spaß.

Kind 1 Staub wischen?!

Kind 2 Ja. Meine Mutter will heute unsere Krippe aufbauen. Und die Figuren müssen vorher immer schön geputzt werden. – Und das „darf" ich in diesem Jahr machen.

Kind 1 Krippe aufbauen? – Das gibt es bei uns nicht. Macht ihr das jedes Jahr vor Weihnachten?

Kind 2 Ja, jedes Jahr dasselbe. Ein Stall, Maria, Josef, die Hirten, die Könige, Engel und die Krippe mit dem Babypüppchen. Und Papa macht dann den Stern fest und dahinter ist eine kleine Lampe.

Kind 1 Das find ich aber schön. Ich hab solche Krippen bloß mal im Museum gesehen. Hinter Glas ausgestellt.

Kind 2 Na ja, schön ist die Krippe. – Aber dass ich deshalb jetzt rein muss, statt weiter mit dir zu spielen, ist doof.

Kind 1 *(Name von Kind 2)*, was meinst du, ob ich mitkommen darf zu euch? Ich würde dir gern helfen.

Kind 2 Echt? Du willst mitmachen beim Staubwischen? Klar, kannst du mitkommen.

(gehen weg)

LIED Seht, die gute Zeit ist nah (EG, 18, 1)

Gebet Gott, Staub wischen, Räume vorbereiten, Essen kochen, Gäste erwarten. – All das und noch viel mehr Vorbereitungen liegen hinter uns.
Viel Kraft, viel Zeit haben wir da hineingesteckt.
Wir ahnen, dass manches davon unnötig war und unwichtig. Die Mühen haben uns erschöpft, so dass wir im Miteinander in der Familie oder in der Nachbarschaft genervt und gereizt waren.

Die Planungen haben unsere Gedanken so gefangen genommen, dass wir kaum noch offen waren für Phantasie und liebevolle Ideen.
Gott, rücke uns nun zurecht. Nimm die Unruhe aus unseren Herzen. Erfülle unsere abgehetzte Lunge nun mit deinem Lebensatem. Komm uns entgegen, guter Gott und zeige uns den Weg zu dir. Amen.

LIED Seht, die gute Zeit ist nah (EG 18, 1+2)

Ganz verschiedene Erfahrungen mit Krippen

(Kind 1 und Kind 2 kommen wieder)

Kind 2 So hat es richtig Spaß gemacht.

Kind 1 Ja, und jetzt steht eine richtig schöne Krippe bei euch. Ich bin ganz neidisch.

Kind 2 Als du gesagt hast: „Das Baby kann doch noch nicht in die Krippe gelegt werden, weil ja noch nicht Heiligabend ist", da hat Mama erst mal ganz komisch geguckt.

Kind 1 Aber dann hat sie gesagt: Stimmt!

Kind 2 Und jetzt liegt das Püppchen noch im Karton.

(Die weiteren Kinder kommen nach und nach dazu.)

Kind 1 Guck mal, da sind die anderen!

Kind 3 Wo habt ihr denn die ganze Zeit gesteckt?

Kind 1 Wir haben Staub gewischt.

Kind 3 Hey, übt ihr schon für 'nen gemeinsamen Hausstand?

Kind 1 Ha, ha ...

Kind 2 Wir haben bei uns geholfen, die Krippe aufzubauen. Und da mussten alle Figuren sauber gemacht werden.

Kind 4 Alle Jahre wieder ...

Kind 1 Ich finde die Krippe bei *(Name von Kind 2)* zu Hause richtig schön. Wir haben so was überhaupt nicht.

Kind 4 Wir schon. Meine Mutter hat mal einen Töpferkurs mitgemacht und da hat sie die Figuren hergestellt. Ich kann euch sagen. Das ist immer ein Aufstand, wenn die hervorgeholt werden. Die darf keiner anrühren, weil die doch so empfindlich sind!

Kind 2 Unsere Figuren sind aus Holz. Ich glaub, die hat mein Opa vor vielen Jahren in Bayern gekauft und dann meinem Vater vererbt.

Kind 1 Und irgendwann kriegst du die dann? Das finde ich schön, wenn was immer weiter gegeben wird von einem Kind zum nächsten.

Kind 3 Wir haben in der Schule mal ganz einfache Figuren aus Stoff und Pappe gemacht. Und dann hab ich die unter den Weihnachtsbaum gestellt. Und dann hat meine Mutter gesagt: Die sind aber nicht schön genug für so ein Fest. Nimm die in dein Zimmer.

Kind 5 Das war aber gemein von deiner Mutter. Was hast du dann gemacht?

Kind 3 Ich hab die Figuren weggeworfen. – Und irgendwie tut mir das heute noch Leid. Aber ich war so wütend. Und alles war nur noch doof.

Kind 6 Findet ihr das nicht seltsam: Zu Weihnachten werden an ganz vielen Orten Krippen aufgebaut. Aus ganz verschiedenem Material. Aber immer zu der einen Geschichte, der Geschichte von Weihnachten.

Kind 7	Wir waren mal in einer Ausstellung. Da waren nur Krippen. Aus der ganzen Welt. Ganz große Figuren, fast wie echt. Und dann auch ganz kleine, die hatten Platz in einer Walnussschale.
Kind 6	Sowas habe ich auch mal gesehen. Und da wurde dann abgestimmt, welche die Schönste wäre.
Kind 3	Da hätte meine ganz sicher verloren.
Kind 1	So eine Abstimmung fände ich blöd. Du hast deine Figuren aus einfachen Sachen gemacht, so gut wie du konntest.
Kind 3	Aber gegen edles Holz oder Silber und Gold waren sie eben gar nichts wert.
Kind 1	Wenn du in Geld rechnest, hast du Recht. Aber ...
Kind 2	Aber wenn du mit dem Gefühl rechnest, dann hast du nicht Recht. – Meinst du das so *(Name von Kind 1)*?
Kind 1	Ja, genau.
Kind 7	Ich möchte gern mal wissen, was alles zu einer Krippe gehört und wie man da eigentlich drauf gekommen ist, Krippen zu bauen.
Kind 5	Das hat doch irgendwie mit der Bibel zu tun. Dann müssen wir vielleicht mal bei der Kirche fragen.
Kind 7	Gute Idee. Gehen wir los.

(Alle Kinder gehen den Gang entlang, wenden und kommen gegen Ende des Liedes wieder vorn an.)

LIED	Gottes Wort ist wie Licht in der Nacht (EG 591; *zweimal*)

Die Krippe erzählt

Kind 1	Da sind Jessica und Anne-Katrin. Die machen im Kindergottesdienst mit. Die wissen bestimmt Bescheid.
Jessica	Worüber sollen wir Bescheid wissen?
Kind 5	Warum Krippen gebaut werden und was alles dazu gehört.
Jessica	Na ja. Die Krippen machen eigentlich dasselbe wie wir im Kindergottesdienst: Sie erzählen eine biblische Geschichte. Die Geschichte von der Geburt von Jesus. Die Krippen erzählen eben nicht mit Worten, sondern mit Figuren, mit einer Landschaft.
Kind 7	Aber die Krippen sehen ganz verschieden aus. Dann erzählen die doch nicht dieselbe Geschichte. Oder?
Jessica	Doch. Sie erzählen alle die Geschichte von Weihnachten. Die Geschichte der Geburt von Jesus. Aber sie erzählen sie immer wieder mit einem besonderen Blickwinkel. Das machen wir ja auch.
Kind 8	Und auch in der Bibel gibt es verschiedene Geschichten zur Geburt von Jesus – hab ich in der Schule gelernt.
Jessica	Ja, das ist richtig. Und beide Geschichten betonen etwas Wichtiges.
Kind 7	Und die Krippenfiguren sind aus beiden biblischen Geschichten genommen?
Jessica	Meistens jedenfalls. Die Hirten und die Engel aus der Geschichte, die Lukas aufgeschrieben hat. Und die drei Weisen aus der Geschichte, die der Matthäus aufgeschrieben hat.

Anne-Katrin	Und manchmal haben die Krippenbauer noch ganz andere Figuren dazugestellt, die in den beiden Weihnachtsgeschichten nicht vorkommen.
Kind 7	Die haben sie sich also ausgedacht?
Anne-Katrin	Ausgedacht kann man nicht sagen. Sie haben das dazugestellt, was ihnen wichtig ist. Einmal habe ich gesehen, dass ein Mann in Uniform dazugestellt war. Der hat sein Gewehr draußen vor dem Stall weggelegt und hat an der Krippe gekniet. Darüber hat ganz groß der Satz „Friede auf Erden" gestanden.
Kind 8	Und ich hab mal eine Krippe gesehen, bei der ganz viele Kinder waren, die hatten sogar Spielzeug mit.
Jessica	Dazu könnte der Satz passen: Lasst die Kinder zu mir kommen und jagt sie nicht weg. Der steht auch in der Bibel und den hat Jesus gesagt, als er erwachsen war.
Kind 8	Das wäre toll, wenn wir hier auch eine Krippe aufbauen könnten, die von Weihnachten erzählt, was für uns wichtig ist.
LIED	Dies ist der Tag, den Gott gemacht (EG 42, 1)

Wir bauen ein Krippe in der Kirche

Erzähler/in	Wir möchten den Wunsch von *(Name von Kind 8)* erfüllen und mit euch gemeinsam eine Krippe hier in der Kirche aufbauen. Eine lebende Krippe. Noch sind die Figuren irgendwo. Ich werde die Weihnachtsgeschichte mit Worten erzählen. Und unsere Krippenfiguren werden nach und nach dazu kommen und auf ihre Weise mit erzählen. Ihr alle müsst dabei mithelfen und mitmachen. Das geht so: Alles, was *(Name der Chorführerin)* sagt, muss von einem Teil der Gemeinde nachgesprochen werden. Welcher Teil das sein wird, werdet ihr schon merken, dann das erzähle ich mit. Ihr übernehmt also immer eine Rolle in der Weihnachtsgeschichte und seid so selber mittendrin. Und so wird die biblische Weihnachtsgeschichte auch unsere Geschichte. Und jetzt geht es los. *(zeigt zur Empore hinauf)* Dort ist ein Bote des römischen Kaisers. *(Bote tritt nach vorn an die Brüstung)* Der Bote des Kaisers muss in Nazaret einen kaiserlichen Befehl ausrufen:
Bote	Der römische Kaiser will euch zählen! Darum geht in eure Geburtsstadt. Dort werdet ihr gezählt.
Erzähler/in	Die Leute in Nazaret – und das sind jetzt alle, die dort oben auf der Empore sind – hören den Boten. Sie erschrecken und fragen:
Chorführer/in	Müssen wir wirklich fortgehen? *(Wiederholung)* Was wird aus unserer Arbeit? *(Wdh.)* Was wird aus unseren Kindern? *(Wdh.)*
Erzähler/in	Der Bote aber sagt nur:
Bote	Das ist ein Befehl des römischen Kaisers. Ihr müsst gehorchen.
Erzähler/in	Und so ist der Bote im ganzen Land unterwegs. *(Bote geht weg)* In Nazaret wohnen auch Maria und Josef, der Zimmermann. – Habt ihr sie gefunden? *(Maria und Josef treten an die Brüstung der Empore)* Maria ist schwanger. Sie sagt:
Maria	In wenigen Tagen wird unser Kind geboren. Und der Weg nach Betlehem ist weit.

Erzähler/in	Josef packt das Bündel mit Proviant und ein paar Windeln.
Josef	Wir müssen den Weg wagen. Wir müssen nach Betlehem gehen.
Erzähler/in	Maria und Josef gehen los. *(während des Liedes die Treppe runter)*
LIED	Eine Tür eine Tür (LzU 70, 1)
	(Maria und Josef sind im Gang unterwegs)
Erzähler/in	Maria und Josef kommen nach Betlehem. – Und das seid nun ihr alle auf dieser Seite – *(links, vorn)*
	Viele Menschen sind in Betlehem, um sich eintragen zu lassen. Maria und Josef fragen am ersten Haus:
Maria u. Josef	Habt ihr Platz für uns?
Erzähler/in	Aber die Leute müssen antworten:
Chorführer/in	Nein, hier ist alles voll. *(Wdh.)*
Erzähler/in	Maria und Josef fragen am zweiten Haus:
Maria u. Josef	Habt ihr Platz für uns?
Erzähler/in	Aber auch dort ist die Antwort:
Chorführer/in	Alles überfüllt. *(Wdh.)*

(Im Folgenden tun Maria und Josef das, was erzählt wird. Eine Abstimmung von Tempo und Pausen ist wichtig.)

Erzähler/in	Schließlich finden Maria und Josef in einem Schafstall einen notdürftigen Platz. Josef macht aus der Futterkrippe ein Babybett. Noch in dieser Nacht bekommt Maria ihr Baby. Sie wickeln es in Windeln und legen es in die Futterkrippe.
Sprecher/in	Das Bild erinnert an Sätze aus der Bibel, aus dem Ersten Testament. So wird deutlich, worauf das Bild uns hinweisen soll:
Prophet	Das Volk, das im Finstern lebt, sieht ein großes Licht. Über denen, die wohnen im finsteren Land, scheint es hell: Denn uns ist ein Kind gegeben. Der Sohn Gottes ist geboren. Er heißt: „Jesus: Gott hilft.“ Er heißt: „Für immer Friede.“ *(Prophet stellt sich hinter die Krippenszene)*
LIED	Weil Gott in tiefster Nacht erschienen (EG 56, 1+4)

Die Geringen werden groß, die Letzten sind die Ersten

Erzähler/in	In derselben Nacht sind weitab der Stadt Betlehem Hirten auf den Feldern. – Wo sind denn die Hirten hier bei uns? *(Im Quergang stehen die Hirten auf, auch der Engelchor stellt sich schon hin.)*
	Sie haben harte Arbeit.
Hirten	Wir müssen auf die Schafe aufpassen. Tag und Nacht. Wir müssen sie schützen. Vor Wölfen und Löwen.
Erzähler/in	Auch in dieser Nacht wachen die Hirten über ihre Schafe. Es ist stockfinster. Nur ihr kleines Feuer gibt ein wenig Licht. Auf einmal horchen sie auf. Da ist etwas!

Engelchor *(leise, mit Flöte):*

Ehre sei Gott (s. Seite 10)

Erzähler/in — Es klingt den Hirten ganz deutlich in den Ohren. – Und nun seid ihr alle dort unter den Emporen der Engelchor und singt für die Hirten das Schönste, was sie je gehört haben!

(alle unter den Emporen:)

Ehre sei Gott (s. Seite 10)

Erzähler/in — Und dann hören sie, was geschehen ist und was sie tun sollen:

Engel 1 — Fürchtet euch nicht!
Ich verkündige euch eine große Freudenbotschaft.
Denn euch ist heute der Heiland geboren.
Der Retter für die Welt.
Christus, der HERR.

Engel 2 — Und daran sollt ihr ihn erkennen:
Ihr werdet ein Kind finden, das in eine Krippe gelegt ist.
In einfache Windeln ist es gewickelt.
Es ist Gottes Geschenk für euch und die ganze Welt.
Und ihr werdet es finden.

Erzähler/in — Da machen sich die Hirten auf den Weg. *(Sie gehen nach vorn, Abstimmung der Zeit ist nötig!)*
Sie finden das Kind im Stall in einer Krippe. Es ist in Windeln gewickelt. Ganz einfach, ganz arm. Aber die Hirten wissen: Dieses Kind ist Gottes Kind. Und sie knien nieder und beten. Und wir beten mit ihnen:

Hirten — Treuer Gott, du hast uns ein Geschenk gemacht, das wir kaum begreifen können. In einem Kind zeigst du deine Liebe. Wir ehren dich, wir preisen dich, wir beten dich an. Amen

LIED — Engel bringen frohe Kunde (Hall. 151, 1 und 148, 2+3)

Aus aller Welt kommen Menschen zu Jesus

Jessica — So, nun haben wir die Figuren, die die Weihnachtsgeschichte vom Evangelisten Lukas erzählen, alle hier vorn. – Außer den Engeln. Die sind ja auf dem Hirtenfeld dort hinten und eigentlich eher verborgen. Aber heute rufen wir sie nach vorn, damit sie in der Nähe unserer Krippe stehen. *(Alle Engel kommen nach vorn und stellen sich seitlich der Krippe auf.)*

Kind 1 — Dann machen wir aber jetzt mit den Figuren vom Evangelisten Matthäus weiter.

Jessica — Genau. Das sind die Weisen. Sie kommen von weit her.

Erzähler/in — Ja. Seht ihr, dort hinten kommen sie nun in unsere Kirche. Sie sind schon lange unterwegs. Durch eine Wüste sind sie gegangen. Sie suchen einen König, der Bedeutung für die Welt hat. Darum gehen sie zum Königspalast in Jerusalem.
Die Weisen fragen den König Herodes:

Weise — Wo ist hier der neue König?
Er soll eine große Bedeutung für die Welt haben. Darum sind wir hier.

Erzähler/in — Aber Herodes hat natürlich keine Ahnung. Er kriegt nur einen großen Schrecken. Er hat Angst vor einem Konkurrenten. Aber er verstellt sich und bleibt ganz höflich. Herodes ruft seine klügsten Leute, die Schriftgelehrten. Und das seid nun ihr *(Bänke linke Seite)* Die Schriftgelehrten sollen herausfinden, wo der wunderbare König geboren ist. Die Schriftgelehrten lesen in der Bibel. Sie sagen:

Chorführer/in	Der wunderbare König kommt nicht aus Jerusalem. *(Wiederholung)* Er kommt aus der Stadt Davids. *(Wdh.)* Er kommt also aus Betlehem. *(Wdh.)* Es ist Gottes König für die Welt. *(Wdh.)*
Erzähler/in	Herodes sagt den Weisen:
Herodes	Ihr findet den König in Betlehem. Geht hin. Und wenn ihr zurückkommt, sagt mir Bescheid. Dann kann ich auch hingehen und ihn ehren.
Erzähler/in	Aber in Wirklichkeit will Herodes den neuen König nicht ehren, sondern vernichten. Und die Weisen werden ihm nichts verraten. Dafür sorgt Gott selbst. Die Weisen gehen los, Richtung Betlehem. Sie schauen zum Himmel.

(Ein Stern, getragen an einem langen Stab, geht nun vor ihnen her und bleibt am Stall stehen.)

Die Weisen	Seht, der Stern! Er ist ein Zeichen! Wir sind auf dem richtigen Weg.
Brigitte	Und so kommen sie nach Betlehem. Sie finden das Baby. Sie finden Jesus. Sie beten und wir beten mit ihnen.
Weise	Gott, Herr der Welt, du hast uns hierhergeführt. Du hast uns Augen und Ohren geöffnet für deine Zeichen. Du hast unsere Schritte auf den richtigen Weg gelenkt. Wir danken dir, dass du Menschen aus der ganzen Welt zusammenbringst. Amen.
LIED	Als aller Hoffnung Ende war (s. Seite 10)

Die Krippe in der Welt

Jessica	Seht ihr, jetzt ist unsere Krippe komplett.
Kind 3	Ja, alles, was Lukas und Matthäus aufgeschrieben haben, ist da.
Kind 1	Aber ich finde, da fehlt noch ganz viel.
Jessica	So? Was denn?
Kind 1	So ganz normale Leute: Kinder und Erwachsene und so. Alle können doch zu Jesus kommen.
Jessica	Dann müssten wir ja alle Leute hier aus der Kirche nach vorne rufen. Das würde aber ganz schön voll!
Kind 2	Aber ein paar könnten doch kommen, oder?
Jessica	Ja, gut. Ein paar Kinder, ein paar Großeltern, ein paar Eltern. *(geht in die Gemeinde hinein und bittet einige Menschen nach vorn)*
Christian	Na ja, das ist jetzt ja ganz schön hier in der Kirche. Wir haben eine Krippe aufgebaut, so wie viele das zu Hause haben. Aber irgendwie reicht mir das nicht.
Jessica	Das versteh ich nicht. Es ist doch wirklich voll genug hier vorn. Was willst du denn noch?
Christian	Ich will nicht noch mehr Leute hier vorne hin holen. Ich meine was ganz anderes:

	Die Geburt von Jesus ist doch wichtig für die ganze Welt. Warum verstecken wir die Geschichte dann hinter den dicken Kirchenmauern oder in unseren Wohnungen. Ich finde, die Krippe müsste draußen von der Geburt von Jesus erzählen, so mitten im Dorf!
Jessica	Ich glaub, ich versteh, was du meinst. Aber wir können doch nicht alle, die hier vorne sind, an den Weihnachtstagen draußen stehen lassen – bei der Kälte. Und außerdem wollen die ja auch feiern!
Kind 2	Eine Krippe draußen – das wäre schön. Aber das geht ja doch nicht.

Bis hierher erhalten die Mitwirkenden den Text.

Erzähler/in	„Eine Krippe draußen, das geht ja doch nicht.“ *(Name von Kind 2)* hat wahrscheinlich die ganze Zeit gedacht: Warum muss ich mit so einem traurigen Satz aufhören? Denn das, was ich jetzt verraten kann, das hat kaum jemand bisher gewusst. Es gibt nämlich eine Krippe draußen. Wenn ihr nachher aus der Kirche geht, dann macht euch auf die Suche. Nicht alle Figuren sind bei der Krippe, aber die wichtigsten: Maria, Josef und Jesus. Ihr alle, wenn ihr zur Krippe kommt, seid dann wie die Hirten und die Weisen. Mit euch zusammen also wird auch die Krippe draußen komplett. Christian hat ganz Recht: Die Geburt von Jesus gehört mitten in die Welt hinein, mitten in unser Dorf. Denn die Geburt von Jesus hat Bedeutung für die ganze Welt, nicht nur für die Leute in der Kirche oder unterm Weihnachtsbaum. Und damit die Geschichte von der Geburt Jesu mit euch auch überall hinkommt, haben wir eine kleine Krippe für euch alle zum Mitnehmen vorbereitet. Jemand hat gesagt: Die kann man ins Portmonee stecken und überall hin mitnehmen. Aber ihr könnt dieses kleine Bild auch zu Hause aufstellen oder mit einem Faden an den Weihnachtsbaum hängen. Auf jeden Fall soll euch das kleine Bild daran erinnern: Die Geschichte von der Geburt Jesu gehört mitten in die Welt hinein.

(Musik, während mit vielen Körben ausgeteilt wird.)

Gebet	Wir stehen auf, werden ruhig und falten die Hände. Wir beten. Guter Gott. Nun gehen wir in unsere Häuser und Familien. Lass uns auch dort daran denken, dass du mitten in diese Welt hinein gekommen bist. Du bist als Friedensstifter gekommen. Hilf uns, alles in unseren Kräften stehende zu tun, um mit dir gemeinsam für den Frieden einzutreten. Du bist als König der Barmherzigkeit gekommen. Hilf uns, anderen Menschen barmherzig zu begegnen. An der Seite deines Sohnes, Jesus Christus, beten wir gemeinsam: Unser Vater …
LIED	Herbei, o ihr Gläubigen (EG 45, 1+3)
Pfarrer	Und nun geht in diesen Abend mit Gottes Segen. Geht zur Krippe mitten in der Welt. Tragt die Nachricht von der Geburt Jesu überall hin. Ihr wisst: Gott kommt mitten in die Welt hinein.
Segen	